Pour Florence Delmas,

L'Enfant de la rage,

en témoignage de mon immense gratitude pour l'accueil réservé au "Bugu" lors de sa parution.

Avec mes meilleures pensées,

Anne Boquel

DE LA MÊME AUTRICE

Une histoire des haines d'écrivains. De Chateaubriand à Proust, Flammarion, 2009 (avec Étienne Kern).

Une histoire des parents d'écrivains. De Balzac à Marguerite Duras, Flammarion, 2010 (avec Étienne Kern).

Les Derniers des fidèles, Flammarion, 2013 (avec Étienne Kern).

Les Plus Jolies Fautes de français de nos grands écrivains, Payot, 2015 (avec Étienne Kern).

Le Crâne de mon ami. Les Plus Belles Amitiés littéraires de Goethe à García Márquez, Payot, 2018 (avec Étienne Kern).

Le Berger, Seuil, 2021.

Anne Boquel

L'Enfant de la rage

Robert Laffont

ISBN : 978-2-221-27423-1
Dépôt légal : janvier 2024
Éditions Robert Laffont – 92, avenue de France, 75013 Paris

Pour Étienne

1

La masse gisait devant eux, entre les feuillages, énorme au milieu des champs.

Des branches, de la terre mêlée à de la paille calcinée, des morceaux de grillage, et puis quatre ou cinq palettes défoncées ; au centre, un miroir, dont la surface restée intacte faisait comme une flaque lumineuse au milieu du chaos.

Laurence interrogea Loïc du regard.

Depuis trois kilomètres qu'ils suivaient la départementale de Dufresnoy à Augerac, des détritus de plus en plus nombreux s'amoncelaient dans les fossés.

Jusqu'à cette barricade, en travers de la route.

Une scène de guerre, s'était dit Laurence. Ou les marges d'un autre monde. Ils n'avaient jamais vu ça, à part à la télévision, ou dans les journaux, quand il était question de pays difficiles à placer sur la carte.

Nouvelle flambée de violence à Morvaillan. L'émeute du 13 novembre, la semaine précédente, avait fait les gros titres pendant deux jours. Malgré l'abandon du projet par le gouvernement, un an plus tôt, les zadistes continuaient d'occuper le terrain. Dégradations en série, blessés – certains, légers, d'autres, sérieusement touchés.

Et puis un grave.

Les gendarmes, au check-point, les avaient prévenus : il restait des débris un peu partout, les chemins étaient défoncés, ils auraient à marcher un moment. Avec le camion, ils auraient pu passer, peut-être, en forçant. Là, il allait falloir abandonner la Peugeot.

De chaque côté du chemin, un peu surélevée, une étendue de terre humide et nue.

Ils étaient là, tout près, sans doute, ceux qui avaient fait *ça*.

Cachés.

Loïc n'avait jamais chassé de sa vie, mais l'instinct du prédateur s'éveillait en lui. Ce désir d'aller débusquer la proie jusqu'au fond de son terrier pour lui faire rendre gorge, à peu près le même que lorsqu'il refusait de se laisser doubler, la nuit, sur l'autoroute du Nord, sans avoir engagé une lutte à mort, le quarante-tonnes lancé à tombeau ouvert, jusqu'à frôler la catastrophe. Il les aurait, ces salauds. Tous. Jusqu'au dernier. Même s'il devait y laisser la peau.

Laurence descendit la première. Elle frissonnait un peu, les jambes engourdies.

Loïc claqua sans ménagement la portière.

Sur le visage de son mari, ce même regard de détermination qu'elle lui connaissait depuis qu'ils avaient pris la décision de venir et d'obtenir des renseignements. Coûte que coûte.

Elle devinait le dessin des veines bleues sous la peau des tempes, toujours plus apparentes lorsqu'il était contrarié.

— On va faire comment ?

Mais Loïc, déjà, avait pris son sac à dos et l'avait jeté sur ses épaules, des épaules larges, carrées, qui lui faisaient une allure massive, presque bovine, à la fois maladroite et rassurante, un lutteur catapulté hors du ring.

Laurence hésita un peu.

Tant pis pour la voiture. Elle n'était plus toute jeune, et puis elle ne risquait plus grand-chose.

Au point où ils en étaient.

Loïc entra le premier, en poussant la porte en bois. L'intérieur, très sombre, sentait le tabac froid et le bois pourri, la même odeur que dans la grange où ses grands-parents, autrefois, élevaient des poules.

— Il y a quelqu'un ?

Autour d'eux, des vêtements traînaient, au milieu de bidons vides, de pots et d'outils posés à même le sol.

Laurence se retourna brusquement. Une femme venait d'entrer.

— Je peux vous aider ?

— On cherche Louise-Michel.

— C'est moi.

Une cinquantaine d'années, peut-être un peu plus, les cheveux gris déjà, coupés très court, vêtue d'un pantalon de toile et d'une polaire défraîchie, Louise-Michel était grande et solidement campée.

— Je peux faire quelque chose ?

— Nous sommes les parents de Yohann Bellanger.

À la seconde même, le visage de Louise-Michel se figea.

— Venez. Il fait trop sombre par ici.

Elle les conduisit dans une pièce attenante, beaucoup plus petite, tapissée de planches, avant de les faire asseoir sur un vieux canapé, tandis qu'elle-même prenait place sur une caisse en bois. Un jour froid tombait des fenêtres, éclairant les murs où la peinture vert d'eau s'écaillait par endroits, révélant le plâtre nu.

Laurence saisit la main de Loïc, sans donner l'impression de vouloir la quitter. D'un seul coup, elle le sentit un peu plus à l'aise. Pour un instant, l'éclat haineux dans son regard s'était voilé.

Deux époux qu'un drame avait rapprochés et qui venaient demander des comptes. Derrière la colère et le désespoir, on sentait cette tendresse robuste et tranquille qui pouvait exister, parfois, entre les êtres les plus fragiles. Tout ce qu'un homme et une femme pouvaient se donner de consolation, ces deux-là, Louise-Michel en était sûre, se l'apportaient du mieux qu'ils le pouvaient.

— Comment va-t-il ?

La respiration de Loïc s'accéléra de nouveau.

Laurence sut d'instinct tout ce qu'il allait dire. Qu'ils n'étaient pas venus pour donner des nouvelles de leur fils, mais pour poser des questions ; qu'ils se moquaient bien de ce que Louise-Michel ou n'importe qui d'autre pouvait penser à leur sujet ; qu'ils voulaient des réponses ; que la situation était intenable, et qu'eux tous, dans leurs champs poisseux, retranchés dans leurs cabanes minables, au fond de leurs trous boueux, tous autant qu'ils étaient, ils allaient devoir payer, payer pour Yohann.

Payer pour son fils allongé sur un lit d'hôpital, dont nul ne savait encore quand ni s'il se réveillerait un jour.

Alors, ce fut elle qui répondit.

— Son état est stationnaire.

Sa voix n'avait pas tremblé. Elle déglutit.

— C'est ce que disent les médecins. Attendre. Pas de pronostic pour le moment.

— Attendre…

Eux ne vivaient plus, depuis dix jours que leur cauchemar avait commencé, quand la police les avait appelés, vers quatre heures du matin, pour les prévenir que leur fils était hospitalisé à Augerac, dans le coma, après un choc à la tête dont on n'avait pas pu ou pas voulu, d'abord, préciser la nature. Loïc rentrait tout juste de huit jours de livraison à travers l'Europe. Depuis, il n'avait pas repris la route, pour rester auprès de Laurence et de la petite, qui demandait chaque jour, au réveil, où était son frère. Leur monde s'était figé.

Louise-Michel secoua la tête.

— Ils veulent rien dire.

— Non. C'est ça.

Laurence, décontenancée, se tourna vers son mari. Loïc continuait de regarder droit devant lui, les poings serrés.

Louise-Michel.

Un des seuls noms, avec ceux du Pilote et de Sylvain Mercier, que Yohann ait jamais prononcés devant elle, à propos de la ZAD. À peine des noms, d'ailleurs : seulement des identités d'emprunt.

Son fils lui avait expliqué cela, au moins, malgré le silence qui s'était imposé entre eux au cours des derniers mois : lorsqu'on décidait de rester *sur zone*, on changeait obligatoirement de *blaze*. Lui, au début, naïvement, avait donné sa vraie identité à ceux qu'il avait rencontrés, avant qu'un pote lui transmette quelques fondamentaux, un brin condescendant. L'anonymat, c'était la base, le truc qui vous protégeait le plus efficacement des flics. Aux gens du dehors, visiteurs de passage, enquêteurs de tout poil, on donnait toujours le même prénom pour décourager toute curiosité mal placée.

À Morvaillan, on en tenait pour Claude, qui avait l'avantage d'être épicène : ni fille ni garçon, même le sexe du gus devenait illisible.

Après, il fallait un pseudo, celui qu'on voulait ou celui qu'on vous donnait. Rox était rousse comme un renard. Le Pilote voyait toujours à long terme. Seul Sylvain avait conservé son vrai nom : le vieux paysan n'était pas tout à fait du même monde qu'eux.

— Vous voulez du thé ?

Laurence releva la tête. Louise-Michel lui souriait.

Loïc, brusquement, explosa. Tous ces non-dits l'épuisaient.

— Écoutez. On ne sait rien. Rien de rien, vous entendez ? Les flics nous ont posé un tas de questions auxquelles on n'a pas su répondre. Sur notre propre môme, vous vous rendez compte ?

Il répéta sourdement :

— Sur notre propre môme.

Laurence le savait d'expérience : quand Loïc était sur le point de basculer, tout pouvait arriver. Il était temps d'intervenir.

— C'est pour ça qu'on est venus. Pour savoir.

— Pour savoir ?

— Cette nuit-là, ce qui s'est passé.

Un silence. Louise-Michel secoua la tête. Elle comprenait, bien sûr.

— Je n'étais pas présente sur les lieux, à ce moment-là. C'est du côté du Terril, dans la zone est, que ça s'est produit.

Devant leur incompréhension, elle expliqua.

Depuis l'origine, la ZAD était gérée par cinq collectifs, c'est-à-dire cinq groupements principaux d'habitants, dans des hameaux dispersés sur l'ensemble du site. Le Terril était l'un d'eux. Deux des trois départementales qui desservaient les lieux passaient là, ce qui en faisait un endroit stratégique. Toutes les issues étaient généralement surveillées par des équipes qui se relayaient à intervalles plus ou moins réguliers, en fonction des besoins. Quand on prévoyait des affrontements, on s'efforçait de les rendre impraticables en construisant des barricades.

Dix jours plus tôt, celles qui défendaient l'accès au Terril avaient été détruites au bulldozer, pour permettre l'entrée des colonnes de CRS au cœur de la ZAD.

Ça avait vraiment commencé à chauffer avec les premières lacrymos, un peu avant minuit. Tout le monde était prévenu qu'il fallait faire gaffe. Il y avait des masques à gaz, on s'était protégé comme on avait pu.

Malgré tout, cette chose-là était arrivée, ce qu'ils redoutaient le plus.

Les oreilles de Loïc bourdonnaient.

— Ils ont dit qu'il a reçu un éclat venu d'un projectile. Que vous lanciez des pierres, depuis une butte. Et des grenades.

Louise-Michel haussa les sourcils.

— Des pierres *contre* les grenades. C'est à peu près ça, oui, si c'est ce qu'on vous a dit.

David contre Goliath, les branches brandies à bout de bras contre les blindés, les caillasses contre les fumigènes, les canettes contre les bombes. Les zadistes n'existaient que par là. Les cris, les coups. Le bordel. Leur seule force, c'était ce qu'ils avaient dans le ventre. Louise-Michel connaissait ça par cœur. Elle avait vraiment aimé ça, autrefois, avec passion, l'adrénaline, la peur au ventre, celle qui te tordait les boyaux et te faisait jouir d'une façon inouïe, parce que cette fois, ça y était ! Être en plein cœur du chaos, et se dire que c'est toi qui l'as créé, rien qu'à la force de tes bras.

Cette jouissance-là s'était effacée avec le temps et l'usure. Avec les lendemains aussi. Des lendemains de cuite, où tu te réveillais sans souvenir de ce qui s'était passé la veille, et où tu pouvais juste constater les dégâts.

Le territoire dévasté.

Et là, dans la boue, ce grand corps étendu, auquel elle aurait voulu ne plus penser, sans y parvenir.

Laurence gardait les yeux baissés. On étouffait. Elle avait eu tort de vouloir à tout prix rencontrer *ces gens-là*.

C'était elle, pourtant, qui avait eu l'idée de venir ici.

Elle avait dû parlementer pied à pied avec Loïc avant qu'il accepte. Et maintenant, elle pouvait sentir sa souffrance presque aussi nettement que si elle se tenait à l'intérieur de lui, logée tout contre son cœur.

Elle murmura, avec l'espoir qu'il l'entende et qu'il finisse par se lever :

— Il n'y a rien à faire, tu vois…

Mais elle avait parlé si bas que personne ne l'entendit.

— Alors ?

Loïc, penché en avant, avançait un peu la mâchoire. Louise-Michel prit une grande inspiration.

— Ça a été une véritable bataille rangée, vous savez. Il y a eu des tirs échangés de part et d'autre, et personne n'a vraiment vu ce qui s'est passé.

Et c'était la vérité.

Les affrontements duraient depuis plusieurs heures lorsque les faits s'étaient produits. On n'y voyait plus grand-chose, malgré les projecteurs braqués sur eux depuis les blindés. La fumée avait tout envahi, au point de faire disparaître la petite butte argileuse sur laquelle le Terril était situé. Il faisait très humide, cette nuit-là, et tous pensaient à l'orage qui allait bientôt éclater, un orage de novembre, qui noierait les blindés sous des trombes d'eau - peut-être de la grêle, si on avait de la chance -, et leur donnerait un peu de répit.

Avant la pluie, qui avait bel et bien fini par dégager le terrain, ils avaient manœuvré entièrement à tâtons.

Louise-Michel répéta :

— Non, personne n'a vu ce qui s'est passé.

— Personne, hein ? Personne ! Vous vous foutez de ma gueule ! Et c'est mon môme qu'on a ramassé, deux heures plus tard, allongé dans son sang ! Et personne n'a rien vu !

Loïc s'emportait, incapable de se contenir plus longtemps.

À deux heures, sans qu'ils aient bien compris pourquoi, les tirs s'étaient arrêtés. À ce moment-là, et à ce moment-là seulement, ils avaient songé à se regarder les uns les autres, et à se compter. Certains d'entre eux avaient disparu, alors on avait commencé à les chercher, dans le noir, parmi les débris, en appelant à droite à gauche, à la lumière des quatre ou cinq lampes torches encore en état de marche.

On entendait des appels, des gémissements parfois, mais on n'y voyait rien, et on butait presque à chaque pas.

Deux ou trois avaient répondu assez vite : les quelques blessés légers pour lesquels on savait comment procéder. Rox, par exemple, s'était retrouvée sacrément étourdie par les gaz lacrymo. On les avait emmenés sur le bord de la route, où les autres attendaient avec la camionnette prévue à cet effet.

La suite, Louise-Michel ne pouvait la raconter telle quelle à ces pauvres gens.

Elle-même arrivait juste des Marouflets, avec le Pilote, pour prendre des nouvelles, lorsqu'ils avaient aperçu Yohann couché en travers du fossé, inanimé, la tête formant un angle bizarre avec le corps. Ils l'avaient reconnu tout de suite, le pauvre gosse, à cause du sweat jaune qui le faisait trop facilement repérer. Dix fois, cent fois peut-être, ils lui avaient demandé de s'en débarrasser, sans jamais rien obtenir de lui, malgré l'obéissance aveugle dont il était capable, parfois.

Le Pilote avait couru comme un fou en l'apercevant.

Une fois agenouillé auprès du corps, il s'était mis à jurer tout ce qu'il savait. Jamais encore elle ne l'avait vu dans cet état, au point qu'elle avait cherché à l'éloigner, pour épargner ce spectacle aux autres.

Les pompiers étaient arrivés dix minutes plus tard. À partir de ce moment, Yohann avait été pris en charge sans que personne parmi eux ait plus voix au chapitre. Ceux qui le pouvaient avaient répondu aux questions qu'on leur avait posées.

C'était tout.

Ils avaient relâché tout le monde après quelques jours, d'ailleurs.

Un nouveau silence. Laurence pleurait sans bruit.

Le récit de Louise-Michel, différent de celui des policiers, différent surtout des images fantasmées qui germaient continuellement dans son cerveau depuis la catastrophe, venait d'anéantir ce qui lui restait de courage.

Louise-Michel, d'un coup, se décida.

— Votre fils savait ce qu'il risquait.

Loïc bondit avant que Laurence ait pu le retenir.

— Qu'est-ce que vous dites ?

— Ce que je viens de dire. Votre fils savait ce qu'il risquait. Il a choisi ce combat.

Ce n'était pas rendre justice au gosse que d'en faire une simple victime. À force, il était devenu l'un d'entre eux, on ne pouvait le nier. Elle les reconnaissait de loin, ces mômes, toujours les mêmes, la hantise d'une vie médiocre et toute tracée, la haine de l'injustice, la révolte dans le sang, le goût de l'aventure, et puis cette aptitude si précoce à comprendre le fonctionnement du monde ambiant pour ce qu'il était : un immense gâchis. Yohann, énergie brute, inentamée, devait avoir échappé à ses vieux depuis bien longtemps, avant même qu'ils se soient rendu compte de rien.

Tout ça, c'était une question de fatalité. Il n'y avait rien d'autre à dire.

Elle ajouta sans y croire :

— Si Sylvain était là, il vous dirait la même chose que moi.

Laurence releva la tête.

Yohann, à plusieurs reprises, avait prononcé le nom de Sylvain avec la même nuance de respect que Louise-Michel venait d'y mettre.

Loïc hurla :

— Je me fous absolument de ce que n'importe qui a pu dire ou ne pas dire.

— Écoutez. Votre fils a fait ses choix. Je comprends votre chagrin, mais…

— Non. Non, vous ne comprenez pas. Je peux même vous dire que vous ne comprenez rien. Rien du tout.

Déjà, il se tournait vers sa femme.

— Tu viens ? On perd notre temps, là.

Loïc sortit en claquant la porte. Laurence jeta un regard implorant à Louise-Michel avant de lui emboîter le pas.

2

— Alors ? C'était qui ?

— Les Bellanger.

— Qui ?

Louise-Michel marqua un léger temps d'arrêt avant de répondre :

— Les parents du gosse.

Le Pilote fronça les sourcils.

— Qu'est-ce qu'ils voulaient ?

— Rien. Savoir ce qui s'est passé.

— Qu'est-ce que t'as dit ?

En face d'eux, sur la carte suspendue au mur, la ZAD de Morvaillan formait une sorte de tache oblongue aux contours dentelés : un territoire d'environ cinq kilomètres sur deux, où les frontières des anciennes parcelles faisaient un quadrillage irrégulier. Une cinquantaine de petits cercles rouges indiquaient les lieux occupés, chacun doté d'un nom, répartis entre cinq collectifs : le Terril, les Oiseaux célestes, le Pot de Terre, la Brèche et les Marouflets – avec aussi la boulangerie et le marché de la ZAD.

Les carrés bleus désignaient les endroits stratégiques. Tout à côté de l'entrée principale de la zone, la ferme Gonord, une drôle de bâtisse, mi-corps de ferme, mi-citadelle, mal conçue et brinquebalante, surmontée par un assemblage de tôles et de poutrelles métalliques en forme de tour, surnommé le Phare, constituait le centre névralgique de l'ensemble.

C'était là que le Pilote était venu s'installer, trois ans plus tôt, en même temps que Louise-Michel et Rox, la gamine dont elle venait de s'enticher, là aussi que se déroulaient la plupart des réunions indispensables à la survie de la ZAD.

Louise-Michel le regardait curieusement, hésitant à le juger. Elle le savait capable de trancher dans le vif dès lors qu'il s'agissait de défendre la cause. Elle-même n'avait eu ce genre de courage qu'au tout début, lorsqu'elle avait rompu les amarres avec le monde ancien pour embrasser son idéal. Elle avait blessé beaucoup de gens alors, qui l'aimaient et qu'elle aimait, ses parents, son frère, qui l'avaient accusée de les prendre de haut et l'avaient suppliée pendant des mois de revenir parmi eux, avant de renoncer.

Quoi qu'elle en dise, elle en était restée meurtrie.

Lui ne craignait pas la souffrance, la sienne encore moins que celle des autres. Seule comptait la cause, depuis toujours.

Ils avaient beau combattre ensemble depuis plusieurs années, des zones d'ombre demeuraient entre eux. Louise-Michel, par exemple, ne savait pratiquement rien de sa famille, mis à part que ses deux parents, profs en collège, avaient été trotskistes dans leur propre jeunesse. Encore l'avait-elle déduit de deux ou trois remarques échappées au cours de leurs innombrables conversations. Pour le reste, c'était comme si la vie du Pilote s'était toujours confondue avec ses actions militantes. Il avait fait ses premières armes en province, au cours de manifestations lycéennes suffisamment agitées pour lui donner précocement le goût de l'action. Sa participation aux cortèges parisiens de 2002 qui protestaient contre la présence de Jean-Marie Le Pen au second tour de l'élection présidentielle avait achevé de cristalliser sa vocation.

Par la suite, les syndicats étudiants étaient devenus son terrain de jeu favori. Très rapidement, il avait été amené à occuper un poste important dans l'organigramme de l'Unef. *A posteriori*, tout le monde avait reconnu son rôle déterminant dans la grande mobilisation de 2009 contre la loi LRU, puis, l'année suivante, contre la réforme des retraites : sa capacité à mobiliser les étudiants en imposant ses volontés aux administrations universitaires les plus fragiles lui avait valu dès cette époque ce surnom de « Pilote » qui avait fini par éclipser son nom véritable.

Son avenir semblait tout tracé. Déjà plusieurs partis politiques l'avaient approché pour lui proposer des fonctions en interne, et même une circonscription aux élections législatives.

Presque chaque semaine, il participait à des maraudes de nuit pour aider les sans-abri à trouver un hébergement d'urgence. Les bénévoles de son association le vénéraient. Un portrait dans *Libération* avait définitivement consacré sa notoriété naissante.

Un soir de réunion du bureau de l'Unef, un camarade lui avait présenté Louise-Michel, invitée à prononcer une conférence sur ses dernières publications. Tout de suite, il avait su qu'ils se reverraient.

À l'époque, Louise-Michel jouissait déjà d'une certaine réputation dans les milieux militants, qu'elle devait à parts égales à son parcours et à sa personnalité. Alors qu'elle s'appelait encore Françoise Hechtling et qu'elle venait, à trente-deux ans à peine, d'être élue maître de conférences à l'université de Strasbourg, elle avait démissionné avec fracas, quitté son mari et fait son coming out avant de s'envoler pour les États-Unis afin d'y rencontrer Monique Wittig. La philosophe l'avait immédiatement prise sous son aile.

De retour en France, elle avait fondé une revue anarchiste avant de s'installer sur le plateau du Larzac. Entourée de quelques disciples, elle avait repris l'épicerie de Verney, un village qui devait bientôt faire parler de lui.

Un beau matin de novembre 1999, la police avait brusquement débarqué dans la boutique pour l'arrêter. Elle était mise en examen pour « direction d'une structure à vocation terroriste » et « association de malfaiteurs ».

Le tronçon de la ligne TGV qui passait à proximité de Verney venait de faire l'objet d'une tentative de sabotage.

Françoise, placée en détention provisoire, avait clamé son innocence. L'affaire une fois rendue publique par un communiqué ministériel, l'absence de flagrant délit, d'aveux, et même d'indices, avait aussitôt déclenché une vague de protestations collectives virulente, en France comme à l'étranger. Les associations féministes et lesbiennes étaient montées au créneau avec une unité rarement observée auparavant.

Françoise avait profité des quelques mois qu'avaient duré sa détention effective puis son assignation à résidence pour donner de longues interviews à la presse nationale, et surtout pour écrire *La Révolte qui vient*.

Le pamphlet s'était vendu au-delà de toute espérance. Signé « Louise-Michel », nom de plume qui devait lui rester, il avait achevé d'asseoir son aura en démontrant l'immédiate nécessité d'une insurrection générale. Pour la première fois sous la plume d'une universitaire, le féminisme, la lutte sociale et les préoccupations écologiques, mis sur le même plan, apparaissaient liés d'une façon inextricable : pour vaincre, il fallait refuser en bloc l'organisation actuelle des sociétés occidentales.

Le Pilote, comme beaucoup d'autres de ses camarades de lutte, avait lu *La Révolte qui vient* à l'époque de sa parution, à la fin de l'année 2008, juste au moment où Louise-Michel était définitivement blanchie par la justice des chefs d'accusation qui pesaient sur elle. Il s'était fait d'elle, d'après le texte, une image très différente. Il le lui avait dit, sans tact excessif.

Elle avait ri de bon cœur.

La différence d'âge – elle avait presque vingt ans de plus que lui – et sa méfiance instinctive envers les hommes n'avaient pas empêché une immédiate camaraderie de s'établir entre eux. Elle avait défini d'emblée le cadre de leurs relations : ils seraient des alliés politiques.

Rien par la suite n'avait pu les faire dévier de cette ligne commune, même pas Rox. Toutes les deux venaient de se rencontrer, et depuis qu'elle sentait auprès d'elle cette grande fille rousse, superbe de visage et de corps, qui donnait l'impression de ne pas vouloir la quitter d'une semelle, Louise-Michel se sentait pousser des ailes. Pour Rox, elle aurait fait n'importe quoi, y compris se jeter de plus belle au cœur de la lutte.

Par la suite, de son fait comme de celui du Pilote, ils avaient mis tous leurs soins à se voir et à échanger sur une série d'idées et de projets, pas tous viables, mais qui allaient dans le même sens : lutter activement contre les conséquences du capitalisme sur l'environnement. Très vite, le Pilote avait vu en Louise-Michel l'inspiratrice, tandis qu'elle avait perçu en lui l'organisateur-né, dont le charisme pourrait, à terme, soulever des montagnes.

Leurs amis communs s'étaient alarmés. Tous ceux qui espéraient voir le Pilote s'assagir avant d'entamer une carrière politique dans les formes en avaient été pour leurs frais. Ni les arcanes des bureaux politiques, ni l'écriture n'avaient d'impact suffisant pour faire bouger les lignes. Louise-Michel s'en était persuadée la première : il était nécessaire, pour faire advenir un monde nouveau, de commencer à le construire ici et maintenant.

2015 avait définitivement scellé leur association. La ZAD de Morvaillan, à cette date, avait déjà huit ans d'existence. Peu de gens, hormis les habitants du coin et les activistes écologistes, prêtaient vraiment attention à ce qui s'y déroulait.

Il était question, depuis la fin des années 1970, de construire dans ce coin de campagne un peu paumé, quoique pas si éloigné des chantiers de construction navals du port d'Augerac, un gigantesque viaduc routier : six cents mètres d'acier et de béton, une forêt de pylônes dressés vers le ciel et, de part et d'autre de la vallée de Dufresnoy, des remblais à n'en plus finir. Le viaduc des Valloires : l'ouvrage n'aurait pas d'équivalent dans toute la région, ni même dans le nord de la France. Avec le péage autoroutier qui devait être installé deux kilomètres plus loin, il offrirait à l'axe Dufresnoy-Augerac son *portail vers le futur*.

L'idée, selon les promoteurs, était surtout de faciliter l'exploitation des carrières d'ardoise toutes proches, en les reliant de manière beaucoup plus directe à Augerac.

Dès cette époque, il s'était trouvé des opposants pour dénoncer le caractère surdimensionné du projet. Malgré tout, les conseils municipaux s'étaient prononcés pour une zone d'aménagement différé, une ZAD, donc, avec la signification que l'acronyme avait encore à l'époque. Plus que la mobilisation des militants, les chocs pétroliers de 1973 et 1979 avaient contribué à geler le chantier en asséchant son financement. Quant à l'entreprise qui devait prendre en charge les travaux, elle avait elle-même été balayée par la crise.

Les hostilités avaient repris en 2003, plus de vingt ans plus tard, alors qu'on croyait le projet définitivement tombé aux oubliettes. Construire un nouveau pont au sud de Dufresnoy permettrait de redynamiser la région ouest, qui souffrait d'un manque d'attractivité. Le gouvernement avait approuvé la décision du comité interministériel en charge de l'aménagement public, puis début 2007, la préfecture avait déclaré le viaduc d'utilité publique et reconnu sa compatibilité avec les objectifs de développement durable affichés par le gouvernement.

Presque aussitôt, la ZAD était sortie de terre, tandis que les opposants s'étaient constitués en différentes associations. Aux premiers militants écologistes venus manifester s'étaient progressivement adjoints des squatteurs qui avaient occupé les fermes abandonnées ou construit leurs propres cabanes pour empêcher la progression des travaux.

Contre toute attente, l'État avait laissé traîner les choses. Au début des années 2010, les procédures s'étaient tellement enlisées que la construction du pont n'avait pas avancé d'un pouce. Un nouveau préfet, désireux de se faire remarquer en haut lieu, avait soudain décidé, deux ans plus tard, de lancer l'opération César.

Les cabanes et les potagers n'avaient opposé aucune résistance aux tractopelles, comme on s'y était attendu.

Ce que les autorités n'avaient pas prévu, en revanche, c'était l'ampleur des protestations que ces premières destructions allaient provoquer. Les images de cette petite centaine de types enfoncés dans la boue jusqu'aux yeux, dressés devant des engins de chantier, avaient fait le tour du monde, avant de devenir presque instantanément l'emblème d'une nouvelle forme de mobilisation.

Dans les jours qui avaient suivi les expulsions, les différentes associations d'opposants avaient recruté comme jamais auparavant. Le samedi suivant, quarante mille personnes venues de toute la France et parfois de l'étranger avaient défilé de la forêt de Morvaillan à Augerac, à vingt kilomètres de là, pour dire non au viaduc.

Pour Louise-Michel et pour le Pilote, ç'avait été un véritable déclic.

Lui comme elle cherchaient désespérément, depuis plusieurs mois, un combat où investir leur énergie. Leur ardeur s'épuisait en luttes sans lendemain. Morvaillan, un espace complètement libre de toute occupation antérieure, susceptible de devenir le laboratoire d'une nouvelle société : c'était là qu'il fallait être, au cœur de la lutte, vivante, meurtrière, incandescente.

Lorsqu'ils étaient arrivés sur place, bien décidés à s'y installer le temps qu'il faudrait, Rox avait aussitôt remporté les suffrages.

Où qu'elle aille, la gamine attirait immédiatement l'attention par son entrain et sa fantaisie. Son corps, bien sûr, jouait aussi son rôle, un corps extraordinaire, presque irréel, souple et délié, couronné d'une auréole de cheveux roux.

Cette fille, à vrai dire, était une véritable merveille.

La première fois qu'il l'avait rencontrée, le Pilote s'était cru très capable de la juger froidement, avec ce coup d'œil acéré dont il avait fait sa marque de fabrique. Très jolie, mais légère ; somme toute, un satellite négligeable, quoique incontestablement attirant. Bien vite, il avait dû déchanter : il ne savait pas plus que les autres résister à Rox. Louise-Michel elle-même avait beau, sitôt qu'elle avait le dos tourné, s'extasier sur sa « fragilité » et se poser en protectrice, on se demandait vraiment qui protégeait qui. Dans les réunions, sur les chantiers, sous le soleil, sous le vent ou sous la pluie, elle aimantait l'attention de chacun, qu'elle donnait l'impression de capter sans effort. Lorsqu'elle portait des charges lourdes, tout le monde se précipitait pour l'aider ; à table, on s'arrangeait pour lui servir ce qu'il y avait de meilleur ; dans les réunions, on se taisait instantanément pour l'écouter. Les types ne pouvaient s'empêcher de la désirer, et les filles s'efforçaient toutes, même inconsciemment, de lui ressembler. Qu'elle vénère à ce point Louise-Michel, qu'elle ne quittait pas, et qu'elle donne l'impression de le respecter, lui, le Pilote, s'était révélé d'une aide inappréciable.

Louise-Michel avait eu, dès le départ, la joie secrète de voir ses prévisions se réaliser.

Sans jamais prétendre occuper une place de leader – incompatible avec les principes de gouvernance horizontaux de la ZAD –, le Pilote avait rapidement réussi à imposer certaines règles d'organisation. Il avait notamment contribué à mettre en place un nouveau processus de décision. Dans les faits, la technique était simple : réunir tout le monde, soumettre une idée à l'approbation des membres de l'assemblée par un vote à main levée. Chaque décision devait être prise à l'unanimité. Si quelqu'un n'était pas d'accord, il devait s'exprimer, défendre son point de vue en argumentant avant que la résolution soit de nouveau soumise au vote, jusqu'à ce que le consensus s'établisse. Jamais le choix de la majorité ne devait s'imposer à une minorité. Les réunions ainsi conçues duraient des heures, mais elles permettaient malgré tout de s'accorder sur les décisions indispensables.

C'était lui encore qui avait suggéré aux habitants de mettre en place une forme de justice communautaire inspirée des pratiques des Indiens mexicains du Chiapas. L'opération consistait à tirer au sort pour un mois douze habitants chargés de se réunir à intervalles réguliers et de se rendre disponibles pour les victimes de dégradations, de violences ou de vols. L'un des résidents en poste était ensuite chargé d'aller à la rencontre de l'accusé et de l'inciter à réparer son méfait, par exemple en proposant une aide matérielle à sa victime. Dans les cas les plus graves, comme les violences sexistes, les douze étaient habilités à prononcer une exclusion temporaire ou définitive de la ZAD.

Après quelques tâtonnements, le système avait remporté un grand succès.

En quelques mois, le Pilote s'était rendu indispensable.

Louise-Michel elle-même, à Morvaillan, était rapidement devenue une référence : on n'ignorait pas quel avait été son exceptionnel parcours ; beaucoup la recherchaient pour l'interroger sur son passé ou sur ses écrits. Dès qu'elles devenaient trop insistantes, elle mettait fin, gentiment mais fermement, à toutes ces interrogations.

Elle était là pour empêcher le viaduc de voir le jour. Le reste ne comptait pas. À la ZAD, les derniers valaient les premiers.

Fin 2017, après quatre ans de résistance acharnée, ils avaient vaincu.

L'État avait officiellement admis, par la voix du Premier ministre, que « les conditions n'étaient pas réunies » pour la construction de l'ouvrage.

Le projet, depuis, était définitivement enterré.

Jamais il n'avait été question, pourtant, ni pour Louise-Michel, ni pour le Pilote, ni pour Rox, ni pour une bonne partie des zadistes, de s'en tenir à cette victoire.

Montrer qu'un autre monde était possible, là, maintenant, tout de suite, en abolissant la propriété privée, en partageant les ressources, en mettant en place des systèmes d'entraide, en luttant contre l'agro-industrie : tout restait à faire. Ils demeureraient là, fidèles à ces terres et à la mission qu'ils s'étaient donnée.

Il ne s'agissait plus, désormais, d'une simple bataille circonstancielle, mais d'une lutte essentielle entre deux modèles de société. Le Pilote comme Louise-Michel en étaient certains : à force de persévérance, ils parviendraient à faire la preuve que la raison était de leur côté, et qu'il était possible de se réapproprier son temps de vie.

Dans un sens, tout commençait.

Et ils étaient restés, déterminés à montrer que la ZAD de Morvaillan conservait sa légitimité.

Les attaques de la préfecture s'étaient durcies, profitant du désintérêt du public pour un combat dont le but semblait désormais nébuleux.

Jusqu'aux affrontements de la semaine passée, ceux qui avaient vu la catastrophe arriver, Louise-Michel n'avait pas douté un seul instant.

Au lendemain des événements, une descente de police avait eu lieu aux Oiseaux célestes. Le Terril était resté bouclé plusieurs jours, avec du scotch jaune autour des cabanes et des marques blanches au sol, comme dans les séries de seconde zone, pour les besoins de l'enquête.

Cinq arrestations, aussitôt transformées en gardes à vue, tout le monde relâché trois jours après. Les faits demeuraient impossibles à établir précisément. Une grenade avait explosé, venue de l'arsenal des gendarmes. Une barricade avait volé en éclats, il y avait eu des projectiles un peu partout. Mais qui avait lancé la grenade ? Et dans quelles circonstances ? Au bout du compte, il était probable que rien ne sorte de cela, sinon des contrôles encore plus fréquents.

Restait à réparer les dégâts.

Les serres de la Brèche n'existaient plus. Là-bas, les fourgons et les deux blindés avaient quasiment tout rasé. Il faudrait une saison entière pour réparer, après le déblayage.

Quelques pousses subsistaient qu'on pourrait sauver une fois qu'on aurait ramassé les débris, surtout les cartouches lacrymo, de vraies saloperies qui empoisonnaient la terre.

De tout ça, le Pilote avait l'habitude.

Moins du reste.

De ce corps étendu qui lui apparaissait la nuit, par exemple, juste avant qu'il s'endorme, et qu'il n'arrivait pas à chasser, ni par la raison ni par la colère.

Il revoyait le sweat jaune, un sweat avachi, avec des écussons anarchistes mal cousus, l'ensemble maculé de terre, poisseux, avec le sang collé, qui lui avait fait la main gluante lorsqu'il l'avait avancée, comme ça, instinctivement, sans pouvoir s'en empêcher, juste pour sentir le corps chaud, avant même d'avoir l'idée de porter secours. Pas la première fois qu'il voyait des militants amochés. Même, à deux reprises, dans des manifs, un œil crevé, des mains arrachées, de ces blessures qui vous abîment une vie pour toujours. Mais un truc pareil, ce petit gars couché de tout son long, disloqué, réduit à l'état de loque, ça non, jamais.

Lui aussi, malgré son tempérament sauvage, avait fini par se prendre d'affection pour le gosse, une affection subite et profonde, comme il pouvait y en avoir de maître à disciple, quand le premier se sent intimement compris par le second. Yohann lui vouait une admiration inconditionnelle, un peu naïve, mais si entière qu'elle lui semblait racheter ses insuffisances. Lorsque le gosse le regardait, la honte d'être ce qu'il était, méfiant et plein d'orgueil, disparaissait comme par magie.

Ils avaient vraiment passé pas mal de temps ensemble, ces dernières semaines.

S'il n'y avait pas eu Sylvain entre eux, et la dévotion du gamin pour ses idées fumeuses de vieux pacifiste, il aurait pu en faire quelqu'un de bien, un militant au vrai sens du terme.

Les choses n'avaient pas vraiment tourné comme ça, c'était dommage, mais elles auraient pu, si seulement il y avait mis un peu plus d'attention. Répondre à toutes ses questions, sourire patiemment quand il le fallait, passer sur certaines énormités pour lui montrer le chemin à emprunter, il n'avait pas pu.

Il n'avait pas tellement l'âme d'un prof, en fait.

Jusqu'à ce que les pompiers annoncent que Yohann était encore vivant, il l'avait cru mort pour de bon.

Et il se sentait au cœur une sourde colère contre lui-même, de n'avoir pas su prévoir que les choses tourneraient mal, avec ce gamin mal préparé, trop impulsif, inconscient des risques.

Il avait été comme ça, lui aussi, vers quinze-seize ans, ingérable, démarrant au quart de tour, n'obéissant qu'à lui-même, dès que ça lui semblait juste.

Maintenant, la légèreté avait disparu, envolée, impossible.

Et le combat continuait, envers et contre tout.

De chaque coin de France l'insurrection menaçait. Les actions menées étaient souvent de portée limitée, mais elles étaient nombreuses, et on en parlait de plus en plus. La semaine passée, à peu près au moment des émeutes, dix groupes d'activistes avaient décidé de bloquer les principaux accès au périphérique parisien en collant leurs mains au bitume pour interrompre la circulation. Deux jours plus tôt, le concert illégal organisé pour protester contre l'extension de l'A67 à travers la vallée de l'Orchette avait rassemblé plusieurs milliers de manifestants. Ce matin-là encore, on avait reçu des nouvelles de trois types un peu barjes qui projetaient de s'attaquer de nuit à un centre de traitement des déchets nucléaires et demandaient du soutien.

— Et maintenant ? Qu'est-ce qu'on fait ?

Il sentit le regard de Louise-Michel qui pesait sur lui. Pour une fois, il ne savait pas quoi répondre.

3

La voisine, en refermant le portail, lui fit un dernier signe de la main.

Laurence rabattit la fenêtre d'un coup sec.

Au-dehors, le tuyau d'arrosage, enroulé autour du robinet, pendait au mur, lamentable. Le long des bordures, des cartons vides traînaient, rongés d'humidité, abandonnés depuis des jours. Les choses pouvaient bien continuer à tout envahir, elle s'en moquait.

Tourner la poignée, la refermer. Se pencher pour ramasser un mouton de poussière, jeter un coup d'œil par la porte du salon. Sa vie n'était plus qu'une succession de gestes sans lien entre eux.

La tête d'Émilie dépassait du dossier du canapé. C'était la voisine qui la gardait jusqu'au retour de sa mère.

— Est-ce que le téléphone a sonné ?

Sa fille, plongée dans son *Mickey*, fit non de la tête.

Chaque jour, maintenant, sa mère posait la même question, préalable à toutes les autres. Elle ne savait pas bien ce qu'elle signifiait, ni même ce qu'elle aurait dû faire si le téléphone avait bel et bien sonné. Répondre ? Dire que son frère était toujours absent ? Depuis son départ, tout était flou. Elle avait l'impression de vivre dans un univers incertain. Ses jambes, d'ailleurs, se dérobaient sous elle sans crier gare. Ce matin encore, elle était tombée dans la cour, sans savoir pourquoi. Les autres l'avaient regardée si bizarrement qu'elle s'était relevée très vite, malgré la douleur. Plus tard, en classe, les larmes étaient venues, discrètes, irrépressibles et douloureuses. Personne n'avait rien remarqué, heureusement.

— Ça s'est bien passé à l'école ? La maîtresse a dit quelque chose, pour le manuel perdu ?

L'instit était particulièrement compréhensive, et Laurence lui en était reconnaissante. La petite, du haut de ses dix ans, ne manifestait pas grand-chose, mais n'importe qui pouvait voir qu'elle était perturbée, le regard absent, les larmes aux yeux dès que quelqu'un lui parlait ou s'approchait d'elle.

Laurence n'en tirerait pas davantage.

Sans Émilie, pourtant, elle n'aurait pas tenu le coup. Sa fille la maintenait debout, en la forçant à se lever le matin, à préparer le petit déjeuner, à l'accompagner à l'école. La douleur n'avait en apparence sur la petite que des prises brèves et déchirantes. Laurence la soupçonnait de masquer son chagrin pour ne pas les attrister davantage, Loïc et elle.

Plus petite, les colères de son père l'épouvantaient. C'était Yohann, alors, qui la rassurait le mieux, en l'entourant de ses bras de grand frère protecteur. Tous les deux s'adoraient depuis toujours.

La veille, Laurence, en venant embrasser sa fille avant d'éteindre la lumière, avait eu la surprise de la découvrir en train de pleurer silencieusement entre ses draps, alors qu'elle l'avait quittée apaisée une demi-heure plus tôt.

Ce soir, par bonheur, elle n'avait pas de devoirs à faire.

Laurence ne s'était jamais sentie aussi fatiguée de sa vie, même juste après la naissance de ses enfants.

Qu'est-ce qu'on était censé faire, face à l'impensable ?

Bien sûr, il était arrivé, naguère, qu'elle s'angoisse plus que de raison pour Loïc parti sur la route, ou qu'elle passe des nuits sans sommeil à penser aux menaces diffuses qui planaient sur ses gosses, comme n'importe quelle mère, et parce que c'était dans son caractère de s'inquiéter sans cesse, même quand tout allait bien. Plus rarement, elle se faisait des scénarios précis, Émilie harcelée à l'école ou renversée par une voiture, Yohann dans l'enfer de la drogue. Elle visualisait les premières étapes, puis son imagination se bloquait, incapable d'aller au-delà. D'autres qu'elle, plus tourmentées, plus pessimistes encore, allaient peut-être au bout du film. Jamais elle n'avait réussi à se représenter les conséquences de ces catastrophes virtuelles.

Quelqu'un, pourtant, elle ne savait pas qui, une main inconnue, Dieu – elle ne pouvait pas réfléchir à cette question –, l'avait poussée suffisamment fort pour qu'elle traverse l'écran.

Et maintenant, elle était dans le film.

Le monde, autour d'elle, était frappé d'irréalité. Elle évoluait dans un brouillard plus ou moins dense.

Des déchirures, de temps à autre, laissaient filtrer un peu de lumière, lui permettant de s'orienter.

Secrétaire médicale dans un cabinet dentaire d'Augerac, elle ignorait comment elle avait trouvé la force de reprendre ses activités quotidiennes. Les gens qui savaient – peu nombreux, elle avait toujours été discrète, et rares étaient les patients du dentiste qui prenaient le temps ou la peine de lui poser des questions sur ses enfants – la regardaient bizarrement, d'un air apitoyé ou distant. Les autres, ceux qui se comportaient normalement, la faisaient moins souffrir, mais elle habitait désormais sur une planète différente, trop loin pour attendre d'eux un secours quelconque.

Enzo, le meilleur ami de son fils, avait déposé dans leur boîte aux lettres une carte avec quelques mots qui l'avaient beaucoup touchée.

Mais elle n'avait plus nulle part où se réfugier.

Tout valait mieux, cependant, que de rester à la maison, écrasée sous le poids de l'angoisse.

Recommencer à faire quelques gestes, même sans y mettre rien d'autre que la force de l'habitude, revenait à tenter d'échapper aux heures infernales, celles qui les avaient laissés, Loïc et elle, hébétés, suffoqués par les larmes, avec le sentiment que le monde, autour d'eux, venait de s'écrouler.

La moindre respiration, le moindre trou d'air que laissaient les obligations de la vie matérielle faisaient rejaillir intact le cauchemar.

L'appel des gendarmes, cette nuit-là.

Les hurlements de Loïc, ses coups de poing dans les murs, le moment où elle s'était précipitée avec une chaise pour éviter qu'il ne se brise quelque chose en tombant sur le sol. La terreur d'Émilie, ses vomissements. La façon dont elle-même s'était tordue sur le lit, les genoux à terre, les mains pressées sur ses tempes qui explosaient.

Elle avait senti la folie la visiter.

Le bruit du portail qui s'ouvrait, le vélo qu'on appuyait contre la clôture.

Laurence s'approcha de la fenêtre pour jeter un coup d'œil à l'extérieur. Loïc était là, dehors, à quelques mètres, en train de tirer sur sa cigarette.

Elle se sentit brutalement projetée en arrière.

Ces dernières années, il avait tout essayé pour arrêter. Le sevrage progressif, la volonté, les patchs, et même une séance d'hypnose à laquelle elle l'avait convaincu d'aller. Six mois plus tôt, elle avait cru la partie gagnée. Les vêtements qu'elle récupérait après sa semaine de travail n'avaient plus cette odeur si caractéristique, celle qu'elle respirait depuis des années en ouvrant le sac de sport bleu Umbro qui lui servait de valise, une sorte de boudin trouvé chez Leclerc un jour de braderie. La nicotine imprégnait jusqu'à ses fibres. À deux reprises au moins, elle avait voulu le jeter. Loïc s'y était opposé avec véhémence. Ce sac faisait encore parfaitement l'affaire, et puis il aimait trop les choses auxquelles il était habitué, fussent-elles sans valeur aucune. Elle avait capitulé. Pourvu qu'il arrête, le reste n'avait pas d'importance.

Depuis quinze jours, depuis Yohann, depuis… – elle ne trouvait pas le mot –, Loïc s'était remis à fumer ses Kent jusqu'au filtre, avec une hargne qu'elle ne lui avait jamais connue. L'impression de solidité confiante qui se dégageait ordinairement de lui avait complètement disparu. Blafard, voûté, les muscles endoloris, il n'était plus lui-même.

Toutes leurs soirées, à présent, ressemblaient à celle qui allait commencer, pareille à celle de la veille. Laurence vaquerait à ses occupations pour tenter de se donner une contenance, Loïc regarderait dans le vide, Émilie mangerait en silence avant de remonter dans sa chambre. Ils feraient la vaisselle, avant de s'asseoir dans le salon, elle, blottie dans ses bras à lui, sans parvenir à prendre la décision d'aller se coucher.

Elle soupira.

Loïc venait d'entrer dans la cuisine.

Il l'interrogea du regard.

Elle fit non de la tête. Elle n'avait même pas croisé de médecins, juste les infirmières. Impossible de savoir quoi que ce soit. Le prochain rendez-vous officiel n'avait lieu que dans huit jours.

— Tu y retournes quand ?

— Demain.

Elle rendait visite à Yohann le plus souvent possible, en fonction de l'agenda du boulot. Son patron la laissait partir tôt, même si, parfois, ça ne collait pas avec les horaires de visite.

Loïc hésita.

Quatre jours qu'il n'avait rien fait d'autre qu'entrevoir la silhouette de son fils allongée sous les draps.

Il aurait pu l'étreindre pour lui donner un peu de sa force ; il était presque sûr que sa volonté suffirait à l'éveiller.

Mais peut-être qu'à le serrer si fort, il le briserait.

Il étendit ses doigts crispés comme des griffes sur la nappe en toile cirée qui recouvrait la table. Ses mains, de grosses mains, larges, vigoureuses, avec lesquelles il soulevait de lourdes charges et manœuvrait son camion, ne lui étaient d'aucune utilité.

— Tu veux que je vienne ?

— Pourquoi ?... Puisque j'y vais, ce n'est pas la peine.

Laurence, concentrée sur la salade qu'elle tournait avec application sur le plan de travail, se mordit les lèvres.

La vérité était qu'elle se sentait plus à l'aise auprès de Yohann lorsqu'elle était seule. Elle cherchait désespérément, par-delà le silence, une façon de rester en lien avec son fils. La colère rentrée de Loïc, toute la tension qu'elle sentait en lui et qu'elle absorbait malgré elle lorsqu'il était à ses côtés l'empêchaient de s'y consacrer pleinement.

Elle reprit plus doucement :

— Tu devrais te reposer.

Son impuissance le rongeait. Il aurait voulu casser des murs, déplacer des blocs de pierre, briser des troncs à la hache. Il l'aurait fait, là, tout de suite, s'il n'y avait pas eu Laurence et la petite. Elles n'avaient jamais su composer avec ses humeurs.

Ce qui le soulageait les terrifiait.

Malgré lui, il sentit la vague enfler, irrépressible. Il n'y avait plus qu'à s'abandonner.

— Ah ! Nom de Dieu de nom de Dieu !

À présent, le regard baissé vers la table, il se tenait le crâne avec les mains, les doigts crispés dans les cheveux, les épaules arrondies. Laurence se tendit légèrement, sans se retourner.

Respirer. Oublier.

Le cauchemar rendait Loïc à ses vieux instincts. Personne n'y pouvait rien.

Quand ce docteur, à l'hôpital, leur avait dit que le coma artificiel risquait de durer plusieurs semaines, jusqu'à la stabilisation complète de l'état de leur fils, et qu'il lui faudrait du temps, beaucoup de temps, pour en sortir complètement, sans qu'on puisse être sûr qu'il récupérerait intégralement toutes ses facultés, ils n'avaient pas su comment réagir.

On les avait orientés vers un psychologue, qui leur avait prescrit des tranquillisants que Loïc n'avait pas voulu prendre. Ils l'avaient vu deux fois. Ils l'avaient écouté poliment, sans protester contre ses paroles lénifiantes.

Il fallait se battre, leur avait-il dit d'un air pénétré.

Mais se battre contre quoi ?

Le destin n'était rien d'autre qu'un gros mot que Laurence se refusait à prononcer.

Elle pourrait toujours lui parler de l'état de son mari, lorsqu'elle le verrait, le lendemain, à l'hôpital.

Elle savait déjà qu'elle n'en ferait rien.

Loïc n'avait jamais supporté qu'on lui dise quoi faire, de toute façon. C'était une de ses fiertés, autrefois, d'oser *dire les choses*, lorsqu'il n'était pas d'accord, au mépris des conséquences éventuelles. Il avait toujours été, selon ses propres mots, une forte tête, *à qui on ne la faisait pas*.

— Qu'est-ce qu'on va devenir ? Mais qu'est-ce qu'on va devenir ?

Le dos tourné, il avait collé son front contre la vitre. La sensation du froid contre sa peau en sueur lui fit un peu de bien.

Émilie, depuis qu'il était rentré, n'avait pas encore prononcé un mot. Les explosions de Loïc ne l'étonnaient plus. Elle l'écoutait sans vraiment saisir le sens de ses paroles, regardait sa mère, prête à lui obéir au moindre signe, pensait à cent détails de sa journée qui lui traversaient l'esprit et qu'elle ne parvenait pas à fixer. Bientôt ce serait la nuit. Et demain, tout recommencerait. Dans sa tête d'enfant, l'idée vague se levait d'une condamnation collective, qui les frappait tous quatre.

Le soleil était couché depuis longtemps.

Les champs de terre nue, bordés de graminées folles, avaient disparu dans l'obscurité. À peine pouvait-on deviner le bosquet de chênes annonçant les abords de la forêt de Morvaillan.

Morvaillan.

Pendant des mois, Laurence n'y avait guère prêté attention. Loïc et elle s'étaient installés à Dufresnoy en 2012, très peu de temps après le début de cette grande indignation autour du viaduc des Valloires.

À l'époque, c'était même ce qui leur avait permis d'acheter leur pavillon à moindre coût. Le promoteur désespérait de voir partir les deux dernières maisons du lotissement. Beaucoup d'acquéreurs rechignaient à venir vivre à proximité d'une zone de troubles, et certains propriétaires récents songeaient même déjà à la revente.

Eux n'avaient pas hésité bien longtemps.

Le prix, en sus de la perspective de vivre au grand air, avec un bout de jardin, où il ferait bon cultiver des légumes et planter quelques fleurs, les avait définitivement convaincus. Ils n'étaient pas seuls à avoir fait ce choix. Beaucoup d'habitants de Dufresnoy travaillaient à Augerac, comme eux ; d'autres, plus loin encore. Leur pavillon se trouvait à un jet de pierre du centre du bourg, deux ou trois rues tranquilles autour d'une église dix-neuvième un peu raide, aux vitraux criards, que seuls les mariages, et parfois les enterrements, réussissaient encore à remplir. On distinguait sans peine les différentes époques de croissance du lotissement le long de la nationale, en fonction du style plus ou moins moderne des maisons. La leur, un peu décatie déjà, appartenait à la première vague de construction.

Un coin de paix où vivre tranquille.

Laurence avait mis à embellir leur intérieur un soin tout particulier. Quelques jolis meubles dénichés dans une brocante lui avaient valu beaucoup de compliments. Elle se souvenait encore du soir où ils avaient mangé pour la première fois dans leur nouveau salon. Ce jour-là, au début d'un mois de juin, Laurence avait cru au bonheur, malgré les coups durs, les absences de Loïc.

Elle regrettait seulement l'état du jardin, à l'abandon faute de temps.

Trop fatigant pour Loïc, dont les week-ends de repos étaient sacrés. Les livraisons qu'il assurait à l'autre bout de l'Europe pour Speedfret, l'entreprise qui l'employait, l'obligeaient à de longues absences. Les jardinières et les pots qu'elle avait disposés sur la terrasse dissimulaient tant bien que mal la pelouse mangée de trèfles. Les enfants, après les premiers mois, s'étaient désintéressés du carré potager qu'elle leur avait aménagé.

Quant à la ZAD, sa présence à l'horizon les avait longtemps laissés indifférents.

Les taches sombres des cabanes au milieu des champs, aperçues depuis la route, en hiver, n'avaient droit, la plupart du temps, qu'à de vagues haussements d'épaules de leur part. Du reste, en dehors de quelques manifestations ponctuelles, plus fréquentes à Augerac qu'à Dufresnoy, les olibrius qui vivaient là se rappelaient rarement à leur souvenir.

Deux ou trois fois par mois, on en croisait chez Simply Market, la supérette du coin, les poches un peu trop remplies, ou bien sur le parking, à l'arrière du magasin, en train de guetter les invendus, pour une récup'.

On les laissait faire.

Une fois seulement, à la pompe, Laurence avait dû subir pendant une dizaine de minutes le laïus d'un gars à dreadlocks qui l'avait suppliée de mettre un peu de gazole dans son bidon, rien qu'une goutte, parce que l'essence coûtait cher, et que les camionnettes de la ZAD ne roulaient pas toutes seules. Amusée, elle avait fini par céder. Le soir, Loïc avait râlé, pour la forme.

Rien de bien gênant.

Certes, leurs voisins, les Ménard, un couple d'agriculteurs retraités, ne manquaient pas une occasion de leur rappeler de quelle injustice ils étaient victimes. Les zadistes occupaient l'un de leurs champs qui avait échappé au remembrement. Impossible désormais de le vendre à l'État, comme ils en avaient eu l'intention cinq ans plus tôt pour arrondir leur retraite. De toutes leurs forces, ils restaient arc-boutés sur cette spoliation, contre laquelle ils remuaient en vain ciel et terre depuis des années.

Loïc et Laurence compatissaient.

Avoir été lésés avait rendu Lucette et Jean-Pierre Ménard terriblement méfiants.

D'ailleurs, le flot grondant de leur amertume allait à l'État bien plus encore qu'aux zadistes, dont, à leur manière, ils se sentaient proches. Jean-Pierre le répétait à qui voulait l'entendre : ce n'était pas de gaieté de cœur qu'ils s'étaient résignés à saisir la justice. Les petits gars, là, avec leurs idées de défense de la nature, n'avaient pas tort sur tout, qu'on se le dise.

Du béton à la place des champs, ça leur faisait mal au cœur, à eux aussi. Mais que les pouvoirs publics n'aient jamais défendu leurs droits, voilà qui les sidérait.

Laurence, en général, écoutait poliment, en peinant à rester concentrée.

La politique ne l'avait jamais vraiment intéressée, ni de près ni de loin. Elle préférait les gens aux idées, sans souci des journaux, attrapant les nouvelles importantes de temps à autre, à la radio, quand elle pensait à l'allumer. Loïc lisait le grand quotidien régional, dont l'édito, parfois, lui arrachait des jurons, sans qu'aucun parti ait vraiment sa préférence. Ils votaient, pas à chaque fois, surtout aux présidentielles. Le reste du temps, on s'en sortait bien tout seuls.

Pourquoi s'en faire, puisque rien ne changeait jamais, quels que soient les discours qu'on leur tenait ? Une fois, comme ça, sporadiquement, les propos d'untel ou untel les intéressaient pendant quelques semaines, une nouvelle idée, vite fanée ; cela n'était pas pour eux, les subventions et les aides diverses moins encore que le reste. De toute façon, avec leurs revenus, ils étaient presque systématiquement au-dessus des conditions de ressources exigées pour obtenir la plupart des prestations existantes. Ni Yohann ni Émilie n'avaient pu bénéficier d'une bourse pour l'école, ça leur avait porté un coup.

Il y avait bien eu quelques périodes un peu plus agitées, par exemple les émeutes de 2017, un an plus tôt.

Les zadistes s'étaient opposés de toutes leurs forces à une vaste opération d'expulsion. À l'époque, le projet de viaduc n'avait pas encore été abandonné. L'appel à la manifestation avait drainé les foules. Plusieurs milliers de manifestants étaient arrivés d'un peu partout, avec des casseurs qui cherchaient la bagarre et des hommes politiques en manque de reconnaissance, venus appeler à défier la loi, toute honte bue. Laurence se rappelait encore le défilé sous leurs fenêtres, des gens d'âges disparates, en bottes, chaussures de marche et ciré, des pancartes et des haut-parleurs à la main, le visage concentré, avec un air de détermination joyeuse.

Beaucoup de familles, des jeunes, des retraités, et d'autres silhouettes encore, plus inquiétantes, par centaines certains jours, en survêtement noir, cagoule et lunettes de plongée.

Ç'avait été pénible alors, parce que le nom de la petite ville était sur toutes les lèvres.

On filmait les fumigènes dans les champs. Depuis les palettes dressées à la verticale comme des remparts éphémères, les militants s'égaillaient par poignées entre les sillons de boue. Dufresnoy, commune sans histoire, était devenu pour quelques semaines le centre du monde. Les édiles locaux et quelques commerçants avaient accédé à une notoriété aussi subite qu'éphémère.

On était même venu sonner à plusieurs reprises à leur porte pour recueillir leur avis, les journalistes paraissant s'être multipliés.

À chaque fois, Laurence avait bafouillé quelques mots, jamais retenus au montage. Peut-être bien que ces gens-là avaient raison, elle ne savait pas trop. Non, elle ne les connaissait pas, même de vue. Oui, ils étaient plutôt discrets, ne faisaient pas d'*embêtements*. Somme toute, elle n'était ni pour ni contre, elle redoutait juste les proportions que ce bazar allait prendre, et la venue d'*extrémistes*.

Non, elle ne se voyait pas les défendre.

À la fin de l'an dernier, au moment de l'abandon du projet, il y avait encore eu un micro-trottoir sur le parvis de l'église, des pétards de victoire, et puis un concert dont les basses avaient résonné jusque dans leur jardin, avant que le calme revienne.

Eux, finalement, n'avaient guère eu à souffrir de ce voisinage, jusqu'à ce que Yohann décide de s'y intéresser.

— Maman ?

— Oui, chérie ?

Loïc avait disparu au sous-sol, dans l'espace qu'il appelait son « atelier », où il trouvait de plus en plus souvent refuge. Assise sur le tapis à jouer avec des figurines en tissu, Émilie n'avait pas changé de place. Elle ne savait pas grand-chose de ce qui était arrivé à Yohann, mais elle avait conscience de l'odeur de chagrin qui flottait dans la maison. Elle s'incrustait partout, dans les gestes de Laurence comme sur le visage figé de Loïc, et elle y était particulièrement sensible.

— Il rentre quand… Yohann ?

C'était la première fois qu'elle posait la question.

Laurence s'accroupit pour se mettre à sa hauteur.

— Je ne sais pas, chérie, je ne sais vraiment pas.

— Il est très malade ?

— Oui, c'est ça. Il est très malade.

— Mais il va guérir ?

— Il va guérir.

— Pourquoi je peux pas lui parler ?

Émilie baissa les yeux vers ses jouets étalés par terre. La réponse, elle le savait déjà, ne viendrait pas. Et c'était en elle un étonnement douloureux de voir que depuis des semaines, ses parents n'avaient plus réponse à tout. L'enfance s'éloignait, lambeau par lambeau, dans la grande secousse que les événements leur infligeaient.

— J'aimerais savoir quand. Quand il va revenir.

— Moi aussi, ma chérie.

En se relevant, Laurence aperçut les bois par la vitre, à l'horizon. La lisière de Morvaillan.

Depuis que Yohann était à l'hôpital, Laurence osait à peine s'approcher des fenêtres de la maison. Le matin, elle ouvrait les volets à contrecœur. Pendant plusieurs minutes, elle se contraignait à regarder ailleurs, puis la tentation devenait trop forte.

Elle levait les yeux, jetait un regard à la dérobée, et détaillait malgré elle ce dont elle avait peur.

On distinguait, à l'horizon, une forme bizarre.

Le phare de la ZAD, comme un géant accroupi, prêt à se redresser d'un coup, plein de force et de rage, pour anéantir tout ce qui l'entourait.

Était-ce possible, cet univers si proche du sien et dont elle ne savait rien ?

Elle aurait voulu franchir d'un bond les haies qui délimitaient les champs, fouiller les buissons, les dépouiller de leur feuillage.

Et elle ne distinguait rien d'autre que la campagne, toujours pareille à elle-même, traversée de bourrasques et de paquets de pluie.

4

Laurence, sitôt franchies les portes de l'hôpital, devait lutter pour ne pas s'affaisser sur elle-même.

L'horrible nuit recommençait.

Les soins intensifs venaient à peine de succéder à la semaine de réa.

Trachéotomie. Oxygène. Sondes gastrique et urinaire. Perfusion. Bandages. Et puis l'intubation, ce respirateur qui l'avait si fort impressionnée la première fois qu'elle avait failli s'évanouir.

— Ça va, madame ? Vous voulez sortir un peu ? lui avait demandé l'infirmière, habituée à l'effet que la machine faisait aux familles des patients.

Elle avait ravalé sa salive, et elle avait dit non.

Le visage de son fils, par miracle, était resté intact, un visage d'ange crayeux, d'une grande pureté de lignes, dont le sommeil paraissait la conséquence d'un enchantement impossible à rompre.

Pourquoi lui ? Pourquoi eux ?

L'an passé, un des élèves du lycée de Yohann était mort dans un accident de la route. Le scooter du gosse, accroché par un bus, était allé donner contre un lampadaire. Elle se rappelait sa tristesse, son soulagement égoïste aussi : ce genre de choses arrivait, bien sûr, mais aux autres, à ceux qui manquaient de prudence.

Pas à eux, à Émilie, à Yohann, jamais.

De tout ce que leur avaient dit les gendarmes, elle avait retenu peu de chose.

L'absurdité du présent effaçait celle du passé.

Pourquoi chercher une logique à ce qui ne pouvait en avoir ? Savoir ce qui était arrivé ne changerait rien au fait que son fils n'était plus là, auprès d'eux, qu'elle était en train d'en crever, et que personne n'y pouvait rien. Dès que Loïc se mettait à parler de Yohann, l'image du corps aminci, enseveli dans les draps blancs de l'hôpital, occupait à tel point son imagination qu'il lui était impossible de faire le lien entre elle et cette nuit de violence brute que tous les témoignages évoquaient.

Une colère, par moments, la soulevait, plus forte encore que la douleur. Leur vie à eux quatre, partie en fumée, définitivement. C'était injuste. Injuste.

En elle, le même effondrement durait toujours, une coulée grise et noire qui, emportant tout sur son passage, lui laissait le cœur et la tête vides, au bord du néant.

Dans la chambre, le temps s'arrêtait.

Elle y vivait, engluée dans un présent sans bornes, qui recommençait à s'écouler quand elle avait l'impression, contre toute vraisemblance, que la main de Yohann, là, contre le drap, venait de bouger, oh, imperceptiblement, bien sûr, mais de bouger quand même, comme la preuve que son petit garçon vivait toujours, prisonnier de ce corps immobile et de ces paupières closes, désespérément.

Le cerveau vide, elle reproduisait les gestes qu'on lui avait enseignés.

Elle rasait son fils, le massait, lui faisait faire de petits mouvements par-dessus les barres du lit, en prenant bien garde à ne pas déranger les tuyaux. Et elle restait là, sachant qu'elle devait parler, essayer de maintenir coûte que coûte la relation avec lui – les médecins le lui avaient demandé.

Dès qu'elle ouvrait la bouche, elle avait peur du son de sa propre voix, et plus encore de ce qu'elle allait dire.

Ne pas évoquer ses craintes, lui avait-on recommandé.

Mais elle n'était que crainte et chaos. De quoi d'autre pouvait-elle bien parler ?

Alors, elle prenait la main de Yohann, en essayant de faire abstraction de l'odeur de désinfectant, de la laideur de la chambre, et de ces tubes et ces tuyaux qui maintenaient son fils en vie, mais le lui rendaient presque étranger.

Comment rappeler à soi le bonheur, quand la signification même du mot s'était perdue ?

L'heure tournait.

Il fallait partir. Elle aurait voulu rester là, toujours, à le contempler, à s'efforcer de croire qu'elle allait réussir à le réveiller par la seule puissance de son regard.

Sur le chemin du retour, pendant les trente kilomètres qui séparent Augerac de Dufresnoy, elle pleurait sans discontinuer.

Parfois, elle allumait la radio, pour entendre des voix. Presque toujours, elle avait l'impression que le destin la poursuivait. Un convoi de tracteurs et de vélos destiné à protester contre l'exploitation d'une carrière de sable dans le sud de la région avait dégénéré en affrontement contre les gendarmes au cours d'un barrage routier. On déplorait plusieurs blessés graves.

Trois semaines à peine après les émeutes de Morvaillan, elle avait l'impression que tout recommençait.

De plus en plus souvent, sa pensée s'égarait au-dessus des haies et volait jusqu'au Phare, par-delà les champs qui s'étendaient derrière leur terrasse. Elle fermait les yeux, tâchait de se souvenir de ce qu'elle avait vu à la ferme Gonord, puis au bord du champ.

Au bout de quelques minutes, c'était immanquablement Yohann qui revenait sous ses paupières, avec son visage sérieux, concentré, presque trop grave pour un enfant de son âge. Yohann riant à gorge déployée dans la piscinette posée sur l'herbe, qu'elle remplissait, seau après seau, à l'eau très chaude. Yohann portant à grand-peine un seau de sable et de cailloux. Yohann alignant des marrons le long de l'allée d'un square dont elle avait oublié le nom. Ses enthousiasmes brefs et intenses quand il réussissait à copier, en quelques traits de crayon, un motif particulièrement délicat.

Ses serrements de cœur à elle, lorsqu'elle songeait que tout ça ne durerait pas, qu'un jour viendrait, pas si lointain, où lui se détacherait d'elle, comme elle s'était détachée de sa mère à elle, une femme anéantie par le départ de son mari.

D'aussi loin qu'elle s'en souvienne, elle avait toujours vécu avec ce rêve : construire une famille unie, aimante, une sorte de nid d'où les enfants apprendraient librement à voler de leurs propres ailes, sans jamais se sentir étouffés ou rabaissés. Réussir là où ses parents avaient échoué : c'était banal, mais si difficile à accomplir.

Reconnaître en Loïc l'homme solide qui ne fuirait pas à la première difficulté ; faire les sacrifices nécessaires pour assurer aux siens de quoi vivre ; tenir à distance sa mère, devenue de plus en plus possessive au fil du temps ; elle avait passé et réussi toutes les étapes. Il y avait encore tout le reste, la vie quotidienne, les frottements minuscules et l'usure dont il fallait triompher par la constance et l'égalité d'âme.

Elle y était parvenue, et elle en était fière.

Plus tard, lorsque Yohann avait emprunté une nouvelle voie, la citadelle avait commencé à se fissurer. Elle avait voulu lui laisser la liberté qu'on lui avait refusée quand elle avait son âge. En même temps, elle s'était effrayée de le sentir si différent, si loin d'elle, emporté par une passion qui lui demeurait absolument hermétique.

À ce moment-là seulement elle avait compris sa mère.

À présent, au plus fort de ses crises de désespoir, elle allait jusqu'à lui donner raison.

Le secret était là, dans la superposition de ses souvenirs à elle et de son histoire à lui, l'histoire de ces deux dernières années qui lui échappait et qu'elle voulait réussir à comprendre.

Mon fils.

Elle détestait le possessif, d'ordinaire. À voix haute, jamais elle ne l'avait appelé ainsi. Et voilà qu'elle l'employait pour tenter de le ramener à elle, de toutes les façons imaginables.

Elle redisait à voix haute les deux syllabes, le plus lentement possible, comme pour conjurer le sort.

Elle devait retourner là-bas.

Laurence se tenait debout sur le bord du champ, sans oser avancer. Elle restait là, les bras ballants, à piétiner dans la boue, sous les assauts des premiers vents de décembre.

Elle les compta très rapidement.

Ils étaient dix. Dix à travailler la terre avec quelques outils, entourés des cageots posés à même le sol. Plusieurs de ceux qui se trouvaient là l'avaient dévisagée sans paraître vouloir s'interrompre.

Pendant un instant, elle se dit qu'elle était folle d'être revenue ici sans en parler à son mari.

Le matin même, elle avait senti qu'elle ne pouvait pas faire autrement. Elle s'était réveillée de sa nuit de demi-sommeil en sachant qu'elle s'y rendrait, directement après l'hôpital. Les barrages de gendarmerie consécutifs aux derniers affrontements avaient disparu, mais les barricades et les planches calcinées étaient toujours là, donnant l'impression qu'à la moindre étincelle, tout pouvait s'embraser de nouveau.

Elle s'était arrêtée aussitôt qu'elle les avait aperçus, bien avant la ferme Gonord, accroupis derrière une haie.

Yohann, lui aussi, avait travaillé à plusieurs reprises dans les potagers de la ZAD. Il en était revenu, les mains tachées de vert, épuisé, le sourire aux lèvres, les vêtements couverts de terre. Elle avait tout lavé sans rien dire, juste parce qu'il avait l'air heureux.

La veille, des trombes d'eau étaient tombées. Les terres de la ZAD révélaient ce qu'elles étaient : humides, ingrates, une mince pellicule cultivable sur un lit de caillasse et d'argile, une galette sèche en été, incapable de retenir les eaux de pluie qui s'écoulaient directement à travers le schiste jusqu'aux nappes phréatiques, en hiver un vrai marécage. Pour espérer sortir de la pourriture des trous d'eau quelques légumes grêles, flétris avant même d'avoir mûri, il fallait plus que de l'acharnement.

De la foi.

— Qu'est-ce que vous voulez ?

Un grand type maigre, un peu chauve, le dos voûté, avait fini par s'approcher, l'air défiant, le visage fermé.

Tout de suite, il avait deviné qui elle était. De taille moyenne, les traits assez fins, le visage marqué par la fatigue, encadré par une chevelure blonde mêlée de blanc, Laurence se tenait debout, mal à l'aise dans sa parka trop grande pour elle.

— Parler au Pilote, s'il est là.

Une seconde, il hésita. Devait-il lui dire qui il était ? La première fois, il avait tout fait pour éviter de la rencontrer.

— C'est moi.

— Vous ne savez peut-être pas…

— Je sais qui vous êtes.

La voix était sèche, précise, directe, le regard étrangement dépourvu d'expression. Trente ans à peine, se dit-elle : il était plus jeune que sa silhouette, de loin, ne le laissait supposer.

— Alors vous savez que je viens pour vous parler ?

— Comment va-t-il ?

Le ton était si froid qu'elle mit quelques secondes à répondre.

— C'est toujours pareil. Les médecins parlent de tenter une sortie du coma dans une semaine.

Dans le visage du Pilote, pas un pli n'avait bougé.

Elle se risqua :

— J'aimerais que vous me racontiez.

Il fronça les sourcils.

— Que je vous raconte quoi ?

— Il m'a dit que vous étiez comme un guide pour lui. Alors...

— Alors ?

— Alors j'aimerais que vous me parliez de lui. Ici, de ce qu'il faisait.

— Travailler dans les champs. S'occuper des bêtes. Construire et retaper des cabanes.

Après un instant d'hésitation, il ajouta, sans la quitter des yeux :

— Se battre.

Elle ignora le défi qu'il avait mis dans sa réponse. Il ne lui avait encore rien dit qu'elle ne savait déjà. Elle en voulait plus.

Il haussa les épaules avant de sortir une cigarette de sa poche, pour donner à Laurence le temps de s'éloigner. L'entretien, manifestement, était terminé.

Elle savait qu'elle aurait dû prendre acte de sa froideur, renoncer, et partir. Mais une force la clouait là, au bord de ce paysage détrempé : une obstination venue des profondeurs de son être.

Maintenant, elle observait de tous ses yeux, passant d'un arbre à l'autre, par-dessus le fossé, puis la haie, d'un point à l'autre du champ, en tâchant de comprendre ce que son fils avait vu et qu'elle ne voyait pas.

De la terre mouillée, des mottes, de l'herbe, des feuilles poisseuses, du gris, du marron, du sale. Des ombres grises qui pataugeaient, gauches et malhabiles, au point de se confondre avec la terre où elles s'embourbaient. L'une d'entre elles s'était redressée, comme pour soulager son dos. Laurence aperçut une couronne de cheveux roux retenue par un foulard crasseux.

Elle détourna le regard.

Dans le jour finissant de décembre, la maigre silhouette du Pilote se dressait à ses côtés, noire et rude. Sa tête pâle de guillotiné, dégarnie sur le haut du crâne, se détachait, spectrale, au-dessus du bourrelet formé par le col roulé en laine.

Elle ne s'en irait pas.

— Vous grelottez. Vous feriez mieux de rentrer.

Laurence tressaillit.

En elle se disputaient tristesse et colère. Pour qui donc la prenait-il ?

Mais déjà le Pilote pensait à la réunion qui devait avoir lieu le soir même à la ferme Gonord.

Il y avait peu d'assemblées générales à la ZAD, comparé à ce qui pouvait se faire dans d'autres communautés semblables à la leur. On se réunissait pour discuter de la répartition des terres, fixer les prochains grands travaux collectifs, ou tout simplement pour débattre ou passer un film, mais les assemblées élargies où il s'agissait de choisir les orientations du mouvement demeuraient rares.

Ce soir-là, il espérait convaincre Sylvain de repousser une fois pour toutes l'accord de régularisation des exploitations agricoles présentes à Morvaillan proposé par les autorités régionales. D'après Louise-Michel, le vieux paysan hésitait encore. La pression du groupe aiderait à le déterminer.

Laurence murmura, implorante :

— Je vous en prie…

Le Pilote se retourna brusquement, prêt à la renvoyer mais il y avait tant de peine et d'obstination mêlées dans sa voix qu'il se contint.

— Je vous en prie, répéta-t-elle plus fermement.

Mue par une impulsion subite, elle ajouta :

— Je crois que Yohann vous aime beaucoup.

Il tressaillit, avant de la dévisager pour la première fois jusqu'au fond des yeux.

— Alors… Alors…

— Alors ?

Il fallait insister.

— Alors j'aimerais que vous me parliez de lui.

Le Pilote se sentit tout d'un coup très las, indécis, face à cette femme qui lui réclamait quelque chose de son fils.

La pluie commençait à tomber à grosses gouttes.

Comme Laurence se tournait de nouveau vers lui, il dit fermement :

— Maintenant, il faut que vous partiez.

Il demeurait immobile, tête nue, sa cigarette à la main, dont le mégot achevait de se consumer sans qu'il songe à le jeter. Ses cheveux fins ruisselaient déjà.

Il ajouta plus doucement :

— Vous serez mouillée sinon. Vous n'êtes pas suffisamment couverte.

Laurence baissa la tête. Elle avait encore pâli, désormais sans défense aucune, maintenant que sa demande était définitivement rejetée.

Elle était vaincue.

Il n'y avait quasiment plus personne dans le champ. Tous ou presque s'affairaient autour de la camionnette déglinguée, un peu plus loin sur le chemin, achevant le chargement. Deux zadistes enfourchèrent des vélos.

Le Pilote s'éloigna sans un mot.

Deux univers parallèles, entre lesquels toutes les passerelles avaient brûlé.

La voiture de Laurence venait de disparaître derrière les haies, au premier tournant.

— C'était qui ?

Le Pilote grogna.

— Personne.

Rox haussa les sourcils.

— Allez, on remballe.

— Pourquoi tu veux pas me répondre ?

Elle était vraiment pénible, cette fille, quand elle s'y mettait. Encore deux minutes et ils seraient tous trempés jusqu'aux os.

— OK, puisque t'insistes. La mère de Yohann. C'était la mère de Yohann.

Il n'avait pu s'empêcher de mettre de la colère dans sa réponse. Rox tressaillit.

— T'aurais pu le dire.

Sans l'avoir jamais révélé à personne et surtout pas à Louise-Michel, le Pilote était certain que si Yohann s'était montré si assidu auprès d'eux tous, ni Sylvain ni lui-même n'en étaient vraiment la cause.

— Pourquoi ? T'avais quelque chose à lui raconter ?

Elle le regarda sans répondre.

Il se rappelait comment Rox avait traité le gamin, les premiers temps : comme un animal de compagnie très docile, jappant de reconnaissance à la moindre caresse. Amusée par son enthousiasme, elle l'avait trimballé partout, des Marouflets au Terril, en lui montrant toutes sortes de choses ; comment construire une clôture, comment s'occuper des agneaux nouveau-nés, comment faire la popote, avec ce sentiment de supériorité qu'une fille de vingt-cinq ans peut éprouver en présence d'un garçon de dix-sept, incapable de déguiser sa fascination.

— J'sais pas. Demander des nouvelles, par exemple. Elle t'a dit comment il va ?

De mauvaise grâce, il lui répéta les mots de Laurence. Rox baissa la tête avant de monter dans la camionnette, sans rien ajouter.

Deux minutes plus tard, ils se mirent à rouler au ralenti dans un chemin herbeux.

Le Pilote connaissait trop bien Rox pour s'illusionner sur la manière dont elle s'y était prise : les yeux brillants, les corps qui se frôlent, la petite possédait à fond le jeu de la séduction, où elle excellait, naturelle jusque dans l'artifice. Yohann, très vite, était devenu sa proie, une proie consentante et bienheureuse, dont elle n'avait rien à craindre, ni brutalité ni violence. Rien de ce à quoi elle avait été habituée depuis qu'elle était en âge d'être abîmée par le désir des hommes.

Le gosse, de toute façon, était si timide et si inexpérimenté qu'il n'avait probablement rien osé, sinon des sourires bêtes et des serrements de main moites.

Il se souvenait encore de ce matin où Louise-Michel et lui les avaient découverts, Yohann et elle, épaule contre épaule, deux corps minces et presque confondus, en contemplation, accroupis sur le seuil d'une cabane, envoûtés par le chant des oiseaux, écoutant d'un air de concentration extatique qui excluait par avance la moindre interruption. Pour la première fois depuis qu'il l'avait rencontrée, le visage de Louise-Michel lui avait soudain paru très vieux.

Il se souvenait d'avoir voulu la consoler, sans trouver les mots, gêné par la situation.

À l'époque, le Pilote s'était demandé si le gosse avait compris.

Probablement, Rox n'étant pas particulièrement discrète dans ses manifestations d'affection à l'égard de Louise-Michel. Lui-même, au début, avait dû s'habituer à la voir continuellement pendue à son cou. Ce que Yohann en avait pensé, en revanche, restait un mystère, même si le Pilote avait bien sa petite idée sur la question. À cet âge-là…

Un nid-de-poule à demi dissimulé fit soudain tressauter les essieux de la camionnette.

Le Pilote pesta.

Rox, à ses côtés, restait obstinément silencieuse.

Tout de même, sa peine lui faisait quelque chose, à cette gamine. C'était comme un gros chagrin qui ne passait pas, et qui bouleversait sa figure, sans altérer sa beauté. Sa voix chevrotait, et dès qu'elle parlait de Yohann, elle devait chercher ses mots.

La camionnette roulait toujours. Le soir tombait. Dans une demi-heure à peine, on n'y verrait plus rien.

Rox, à nouveau, souffla, pleine de rancune :

— T'aurais pu le dire, quand même.

Le Pilote crispa les mains sur le volant. C'était toujours pareil : des reproches. La seule chose qu'il gagnait à s'attendrir.

Mieux valait se concentrer sur l'essentiel. Lutter. Toujours.

L'actualité était encourageante. De plus en plus de militants, exaspérés par l'inefficacité des actions de désobéissance civile, lançaient de nouvelles opérations. Le dernier exploit en date d'activistes grecs réputés pour leur radicalité occupait tous les esprits. À la ZAD, on ne parlait plus que de ça depuis deux jours : les camarades avaient attaqué plusieurs vitrines de concessionnaires automobiles spécialisés dans la vente de voitures électriques dernier cri pour protester contre un projet gouvernemental particulièrement pervers.

Il était question de privatiser une petite île des Cyclades et de la transformer en *smart island*, sorte de laboratoire à ciel ouvert où tester librement des modèles de véhicules autonomes et connectés en dehors du contrôle des institutions européennes. Le projet prévoyait en sus, pour assurer la production d'électricité nécessaire aux nouveaux prototypes, l'installation de centaines d'éoliennes sur les côtes.

Grâce aux camarades, les intentions du gouvernement grec et du constructeur étaient désormais connues : la résistance s'organisait avec succès. Tout indiquait qu'elle triompherait.

Partout en Europe et dans le monde, les idées fusaient. À Morvaillan, une rage de destruction animait les militants, plus fervente encore qu'avant l'abandon du projet : l'ancien monde devait disparaître.

Dès qu'elle ouvrit la porte de la maison, Laurence sut que Loïc allait lui poser la question qu'elle voulait à tout prix éviter.

— Tu reviens d'où ?

Elle n'aimait pas mentir.

— De là-bas, hein ?

Elle prit une grande inspiration.

— Oui.

— Tu les as vus ? Tu leur as parlé ?

— Ils n'ont rien dit, si tu veux tout savoir.

— T'as pas compris, encore ? Qu'ils diront rien ?

— Écoute, j'ai cru… Je sais pas ce que j'ai cru.

— C'est ridicule.

— Je fais ce que je peux, OK, avec… avec tout ça.

— Ça mène à rien, d'aller là-bas. À rien, t'entends ? Jamais j'aurais dû t'accompagner chez ces connards. Et maintenant t'y retournes, comme ça, sans rien me dire ? T'aurais pas dû, Laurence. T'aurais pas dû.

— Tu vas faire peur à Émilie.

Elle désignait la petite, qui avançait curieusement le visage à travers l'encadrement de la porte du salon, attirée par les éclats de voix.

Loïc fit un effort pour se contenir et murmura :

— Laisse tomber ces gars-là, OK ? Laisse tomber.

Presque aussitôt, il tourna les talons et descendit à son atelier.

En dehors de la route, Loïc n'avait jamais vraiment su maîtriser ses colères. Il fallait tout l'amour qu'il portait à Laurence pour qu'il ait mis fin aussi vite et aussi calmement à leur conversation.

Il savait bien repérer les débuts de crise, cette tension brusque dans ses muscles, cette douleur au crâne qui le prenait à la racine des cheveux, cette envie irrépressible de se saisir le front à deux mains pour tenter de faire cesser l'orage. La fin était moins nette ; il pouvait y avoir de faux apaisements, des remontées brusques de passion, mais c'était toujours, ensuite, un épuisement désespéré, qui le laissait amer et honteux, incapable même de demander pardon.

Tout ça venait de loin, de l'enfance, un vieux tas d'histoires qu'il n'aimait pas trop remuer, mais qui restaient gravées en lui au fer rouge, le père mort trop tôt en tombant d'un toit, un événement bête, un pari fait avec des potes qui avait mal tourné, les frères trop jeunes dont il avait fallu s'occuper pour soutenir la mère, toujours couchée à des heures pas possibles, levée aux aurores, esquintée au travail, histoire de ne rien devoir à personne.

Au bout de quelques années, il avait environ quatorze ans, elle avait craqué, tout d'un coup, comme ça, sans crier gare.

À son retour du lycée pro, il l'avait retrouvée une après-midi, allongée de tout son long sur le sol de la cuisine, en train de sangloter convulsivement, le regard révulsé. Le médecin avait diagnostiqué une dépression sévère, prescrit des médicaments qui l'hébétaient et la laissaient incapable du moindre effort. Lui s'était démené pour la soutenir, vaille que vaille, surtout pour donner le change, afin d'éviter le placement de ses frères par l'assistance sociale. Il avait réussi, tant bien que mal, au prix d'efforts surhumains, dont personne, pas même Laurence, ne soupçonnait l'étendue.

Du reste, jamais il n'avait cru accomplir des miracles, et il se serait récrié si on le lui avait dit.

Son plus petit frère portait tous les espoirs de la famille. Repéré très tôt par un membre de la fédération de football, il avait obtenu d'être entraîné gratuitement au club d'Augerac jusqu'à ce qu'il ait l'âge d'envisager une carrière pro. Loïc, une fois passé son permis, avait tenu à conduire le gamin à tous ses matchs dont certains se déroulaient parfois à plusieurs centaines de kilomètres. Une méchante fracture du métatarse était venue doucher leurs espérances. La mère, qui avait paru un moment reprendre un peu d'entrain, était retombée plus bas que jamais. C'était à cette époque que Loïc avait connu ses premières explosions de colère. Un rien, un verre cassé, un papier manquant, un simple contretemps suffisaient à le faire sortir de ses gonds.

Travailler. Vite. Pour quitter cet enfer.

Continuer d'aider, aussi, du mieux qu'il le pouvait. Il avait d'abord choisi la pâtisserie, parce que la mère aimait cuisiner, quand elle en avait encore la force, et puis parce que c'était un métier difficile, usant, conforme à l'idée qu'il avait d'une vie d'homme, une vie d'efforts et de sacrifices pour ceux qu'il aimait.

En somme, un rejet de la faiblesse, qu'il tolérait chez lui encore moins que chez les autres.

L'horizon commençait juste à s'éclaircir lorsque sa mère était morte. Un cancer foudroyant l'avait emportée en huit mois. Il n'avait pas su comment réagir autrement que par la colère ; les crises avaient recommencé, plus fortes, pour tout et rien. Les frères, heureusement, avaient tracé leur chemin, et lui s'était trouvé libre, avec un grand cœur à employer, très sentimental au fond, sous ses dehors bourrus de lutteur mal dégrossi.

Plus tard, quand il avait rencontré Laurence, à peu près à l'époque où il avait passé son permis poids lourd, il avait su au bout d'une demi-heure – il avait toujours pris plaisir à le lui répéter – qu'il l'aimerait pour la vie, parce qu'il avait compris qu'elle aussi, il pourrait l'aider. Lui faire don des forces minutieusement accumulées en lui pour affronter le pire. En échange, elle l'avait définitivement arraché à son passé.

Laurence. La seule qui ne s'éloignait jamais de lui, même lorsqu'il était repris par ses vieux démons. Laurence qui savait son amour pour elle et qui lui pardonnait tout, avec son grand calme d'amie et de sœur. Laurence qui, toujours, venait à lui, pour lui épargner le premier pas, et qu'il aimait pour cette pitié qu'elle avait de lui, au lieu de la colère en retour qu'il savait mériter. Laurence dont il s'était fait tatouer le prénom sur le biceps droit, un jour, peu après leur mariage, moitié par blague, moitié pour lui prouver qu'il l'avait vraiment dans la peau.

Laurence dont le calme seul, ces derniers temps, lui permettait de trouver un peu de repos. Ses bras autour de lui avaient ce pouvoir extraordinaire : le faire rentrer en lui-même.

Lui redonner espoir.

Au moment où Yohann se réveillerait, la vie d'avant reprendrait. Seulement, cette fois, il dresserait autour de lui, autour d'Émilie, des barrières infranchissables, pour les protéger de toutes les menaces.

Ils étaient tout pour lui, ces mômes, ce qu'il avait de plus précieux au monde, et pour qui sa vie valait le coup d'être vécue. Il comprenait les gens qui pleuraient, à la télé, parce qu'ils avaient raté une épreuve de survie et avaient peur de décevoir leurs gosses, parce qu'il se sentait comme eux, pas à la hauteur, sans honte de la douleur qui l'anéantissait, même en public.

Il ne les lâcherait plus des yeux.

Il se le promettait.

5

Le mardi suivant, au moment de fermer le portail pour la nuit, Laurence aperçut Louise-Michel qui sortait d'une fourgonnette déglinguée, garée un peu en contrebas dans la rue.

— Auriez-vous quelques minutes ? Je n'en ai pas pour longtemps.

Après une seconde d'hésitation, Laurence la fit entrer. Émilie était déjà couchée. Loïc, absent pour la semaine, n'en saurait rien. La façon dont le Pilote l'avait accueillie, la semaine passée, demeurait présente à sa mémoire ; elle en gardait une certaine amertume qui l'incitait à la méfiance.

Comme elle fouillait avec obstination les placards de sa cuisine, Louise-Michel l'arrêta d'un geste. Elle n'avait besoin de rien, même pas d'un thé.

— Asseyez-vous, je vous en prie. Il faut que je vous parle.

Laurence obéit machinalement.

Elle reconnaissait les cheveux ras, le visage, les rides profondes du front, les yeux bleus, à fleur de tête, et leur regard franc, les lèvres épaisses et bien dessinées. La compassion de Louise-Michel était tout entière dans ses gestes, mesurés et précis, dénués d'impatience.

Lorsqu'elle prit la parole, ce fut sans rien brusquer.

Les camarades voulaient rendre un hommage public à Yohann. L'idée datait un peu déjà, mais elle était revenue en force depuis qu'on commençait à se relever des dernières destructions. Ce serait quelque chose de simple, de très digne, sans slogan ni revendications. Rien d'autre que des textes, des poèmes, des chansons.

— Et peut-être une prise de parole, par un de ceux qui l'ont connu là-bas. Pour exprimer notre solidarité, envers lui mais aussi envers vous, ses parents, bien sûr. Nous avons besoin d'un événement collectif pour dire notre chagrin, vous comprenez ?

Louise-Michel se tut un instant.

— Nous voudrions savoir ce que vous en pensez. Et si vous aimeriez, éventuellement, participer.

Elle devinait en Laurence le combat intérieur.

Le visage de cette femme, cette douleur inquiète, rentrée, inscrite dans chacun des plis du visage, l'émouvait plus encore que la première fois.

La maison, la cuisine tout en longueur, où trônait la photographie en noir et blanc d'un énorme camion américain, au-dessus de la table recouverte d'une toile cirée, rappelaient à Louise-Michel des souvenirs très lointains, presque effacés.

Elle revoyait la cuisine de ses propres parents, longue, étroite et humble, la cocotte sur le feu, la chaise un peu branlante, l'atmosphère surannée, avec, derrière la vitre, le jardin mal tenu, presque à l'abandon, qui, plus tard, du temps de la vie en ville, lui avait tant manqué. C'était la même atmosphère confinée, le même cocon sans luxe qu'elle avait quittés sans retour, des années plus tôt et où, parfois, surtout ces derniers temps, elle aurait aimé pouvoir se réfugier.

Elle s'imaginait très bien Yohann avalant rapidement son petit déjeuner avant de partir pour la ZAD, sous le regard de sa mère désemparée.

Une vie tranquille, banale et profonde, ce souci des parents pour l'avenir des enfants, cette inquiétude transmise de génération en génération, si brutalement anéantie par l'impensable.

Laurence demanda des précisions.

Quand l'hommage aurait-il lieu ? Qui serait convié ? Aurait-elle quelque chose à faire, quelque chose à dire ?

Déjà, elle pensait tout haut : il faudrait que ça ressemble à Yohann, que ce soit discret, il n'aimerait pas ça, sinon.

Louise-Michel la rassura. Une heure au plus, un point de rendez-vous au lieu-dit Fond-du-Loup, avant de marcher jusqu'au Terril, sur les lieux mêmes de l'affrontement, où des textes seraient lus. La manifestation serait ouverte à toutes les bonnes volontés – peut-être Yohann avait-il des copains de lycée qui aimeraient participer ? Dans ces cas-là, il faudrait que Laurence se charge de transmettre les informations. On laisserait la parole à chacun de ceux qui voudraient la prendre.

Sa curiosité pour les détails concrets apaisée, Laurence acquiesça, convaincue. C'était très beau, cette idée, si gentil aussi, si généreux. Elle viendrait, oui, elle viendrait, pourvu qu'on n'exige pas d'elle de parler.

Elle ne s'en sentait pas la force.

Le cortège progressait dans le chemin bourbeux, bordé par les carcasses desséchées des ombellifères, par-dessus un tapis de trèfles.

Des pancartes pointaient, ici et là, par-dessus les têtes.

Sur l'une d'entre elles, quelqu'un avait inscrit au feutre bleu : « Ni oubli ni pardon. Justice pour Yohann. »

Tout ce mouvement faisait comme une houle au milieu des champs noirs et glacés, d'où montait l'odeur humide de la terre et des mousses. Les voix, presque aussitôt après le départ, s'étaient tues. Puis quelqu'un s'était mis à chanter, une mélodie très simple que d'autres, quelques secondes plus tard, avaient reprise. Les paroles, à cause des voyelles exagérément allongées dans les graves, ne se laissaient presque pas distinguer.

Laurence était là, soutenue plus encore que guidée par Louise-Michel, en tête de cortège.

Une heure plus tôt, elle avait laissé Émilie avec Loïc.

Il bricolait dans le garage lorsqu'elle était partie. Elle n'avait pas eu le cœur d'aller le déranger. Quand elle lui en avait parlé, quelques jours plus tôt, elle avait cru qu'il ne comprenait pas, tant son regard était demeuré inexpressif.

Puis il avait paru saisir, peu à peu.

— Comment que tu dis ?

— Un hommage, ou une cérémonie, si tu veux, avait-elle répété doucement.

— Pour quoi faire ? Il est pas mort, que je sache, non ?

Laurence avait sursauté sous le coup. C'était la première fois qu'il prononçait le mot fatidique, presque un crachat.

Elle n'avait rien pu en tirer de plus.

— Jamais. Jamais, tu m'entends, tu me verras avec ces gens-là. Tu sais même pas si c'est pas eux les responsables.

À son ton, elle avait compris qu'il serait inutile de chercher à le faire revenir sur sa décision. Alors elle avait pris son courage à deux mains pour dire qu'elle irait. Elle n'avait pas dit qu'elle trouvait ça bien, ce qu'on faisait pour eux, ni que c'était important pour elle d'être là. Juste qu'elle irait.

— Tu fais ce que tu veux. Et la petite reste avec moi.

Laurence avait acquiescé, les yeux baissés, avant d'ajouter en murmurant qu'elle serait aussi avec Yohann, d'une autre façon.

Il avait tourné la tête sans répondre. Ils n'en avaient plus parlé.

Et maintenant, elle était là.

Ça faisait drôle quand même, surtout le camion de flics, au bord de la route, casqués, avec les boucliers et tout. Elle ne se rappelait pas avoir jamais participé à une manifestation, d'aucune espèce que ce soit. Et cela y ressemblait beaucoup, même si c'était pour son fils.

Un monde qu'elle découvrait.

Elle avait reconnu le Pilote, qui se tenait à bonne distance. Elle n'avait pu accrocher son regard. Des autres zadistes, elle ne connaissait que Louise-Michel, et puis peut-être cette fille, la rousse, qu'elle venait de lui présenter sous le nom de Rox. Elle s'était sentie regardée avec une intensité singulière.

Un peu en arrière, les camarades de classe de Yohann qu'elle avait pris soin de prévenir, une semaine plus tôt. C'était leur présence qui l'émouvait le plus. Lucas, Anass, Iris, Enzo…

Elle connaissait surtout le dernier, parce que c'était le meilleur ami de Yohann depuis toujours ou presque et qu'à une certaine époque, pas si lointaine, les deux gamins aimaient encore aller pêcher ensemble dans l'étang de Lèves. Elle ne pensait plus que c'était à cause de lui que Yohann, pour la première fois, avait mis les pieds à la ZAD.

Elle ne l'avait pas revu depuis l'accident. Il avait bredouillé des phrases, qu'elle avait très vite interrompues en posant la main sur son bras.

Vraiment, ce n'était pas la peine.

— Yohann serait content que tu sois là pour lui.

Elle entendit le gamin qui respirait plus fort. La vérité, c'était qu'elle lui était vraiment reconnaissante d'être présent, et qu'elle ne savait pas comment le lui dire.

Il bredouilla :

— J'aurais voulu… j'aurais voulu que ça se passe autrement.

Il s'était mis à pleurer silencieusement, et elle s'était détournée pour ne pas le gêner davantage.

Enfin, on arriva en vue du Terril.

Les gendarmes, au matin de la nuit terrible, à l'hôpital, avaient prononcé ce nom à plusieurs reprises.

Trois bâtisses disposées en U se dressaient autour d'une sorte de cour, en avant d'un bosquet de bouleaux, sur une petite butte. Plus qu'à la ferme Gonord, qui demeurait, malgré différentes transformations, un bâtiment en dur, on avait l'impression d'un campement provisoire. Au milieu de l'espace en terre battue était un foyer éteint, surmonté d'un trépied d'où pendait une marmite un peu cabossée.

Laurence, à l'approche de l'endroit où son fils était tombé, se mit à trembler de tous ses membres, au point que Louise-Michel dut lui prendre le bras.

Un bouquet de fleurs, déposé par une main inconnue, marquait l'emplacement, à vingt mètres à peine d'une des cabanes.

C'était là.

Laurence regardait avidement, le cœur soulevé.

Des traces, sûrement, restaient de cette nuit d'horreur. Le paysage ne pouvait pas n'avoir rien retenu de ce qui s'était passé. Sur la droite, par terre, à proximité immédiate d'une des bâtisses, des cercles de terre noire et calcinée. Tout proches, des déchets déblayés qui formaient un amas hétéroclite, assez semblable à une barricade.

Des tessons de bouteille brillaient au soleil.

Un air de fin du monde.

Elle aurait voulu demander à Louise-Michel, qui n'avait pas lâché son bras, où on avait retrouvé son fils, exactement.

La voix lui manqua.

Quatre balles de foin avaient été déposées juste en face des cabanes, de manière à former une sorte d'autel recouvert d'une bâche retenue par des pneus. Dessus était posée une photographie de Yohann en gros plan, reproduite d'après celle qu'avait fournie Laurence. On voyait encore plusieurs bouquets de fleurs des champs dans des seaux en plastique, et quatre ou cinq grosses bougies dans des photophores de fortune enjolivés de raphia.

L'assistance prit place un peu au hasard, les uns sur les rares chaises en plastique qui traînaient, les autres sur des caisses ou des bidons, quelques-uns sur des pneus, d'autres à même le sol. Certains avaient conservé leurs cigarettes à la bouche. Des lycéens tenaient des bougies, en protégeant de leur main les petites flammes qui menaçaient de s'éteindre à chaque instant.

Laurence vit que plusieurs personnes s'avançaient vers elle pour lui remettre un cahier sur lequel était inscrit le nom de Yohann. À l'intérieur, une multitude de mots, parfois de courts textes, qui témoignaient de leur solidarité. Elle promit en balbutiant qu'elle les lirait tous.

Un homme s'approcha, que Laurence n'avait encore jamais vu.

Louise-Michel prononça son nom à voix basse.

Sylvain Mercier.

Si les gens de Dufresnoy, dès le départ, avaient si massivement soutenu l'occupation par les zadistes des terres agricoles rachetées par l'État, c'était en grande partie grâce à lui, « l'agité du bocage », comme avaient fini par le surnommer les journaux. Sa ferme se trouvait sur les terrains susceptibles d'être expropriés pour permettre la construction du pont. Dès la première heure, Sylvain avait soutenu la ZAD, y compris en menant de rudes batailles contre d'autres agriculteurs favorables au projet. Il s'était si bien démené qu'il avait obtenu le soutien des syndicats d'agriculteurs nationaux, essentiel au maintien des occupants sur zone. Laurence se souvenait vaguement de l'avoir vu à plusieurs reprises dans les journaux télévisés locaux. Son franc-parler et son mépris des codes avaient conquis, lentement mais sûrement, le cœur du public.

— Mes amis !

La voix était chaude, grave, un peu basse, très douce. En quelques mots, Sylvain rappela la raison de leur présence à la ZAD, cet amour de la nature qui les rassemblait, toutes options politiques confondues. Les champs, les haies et les fourrés autour d'eux disaient ce qu'il y avait à savoir : la beauté des feuilles inondées de soleil, le charme infini du vent dans les branches, la douceur de cet horizon de calme et de sérénité. Tout ce que la modernité s'acharnait méticuleusement à détruire, tout ce qu'il fallait sauver. Eux se battaient du bon côté, et chacun de ceux qui rejoignaient leur cause leur permettrait un jour de triompher.

— Yohann est de ceux-là. Ce jeune homme, ce garçon, il a dans la tête, il a dans le ventre, il a dans le cœur cette rage qui nous habite, et cette volonté de sauver ce qui peut l'être encore.

Laurence, assise, écoutait avec ferveur.

Sylvain, sans doute, parlait pour elle.

Était-ce bien son fils, ce combattant de la sobriété, ce défricheur capable de s'occuper des bêtes et de construire des abris en planches, cet enfant hurlant sa rage dans la nuit ? D'abord, elle avait douté : Sylvain, pas plus que tous les autres, ne connaissait le vrai Yohann. Puis son agitation intérieure s'était calmée.

Elle découvrait Yohann tel qu'elle ne l'avait jamais vu, dans l'ardeur de sa jeunesse si tôt interrompue.

Sylvain, à présent, contait les derniers mois de la lutte.

De temps à autre, Laurence glanait un détail, une précision inconnue, et le récit de ces accrochages, de ces fatigues, de ces victoires minuscules et fragiles, prenait pour elle le caractère merveilleux d'une légende ignorée.

— Que pareille chose ne se reproduise plus. Plus jamais. Il faut penser une nouvelle relation avec tout ce qui vit. Épargner à notre planète les misères dont les hommes, ses enfants, sont les premières victimes.

Sylvain chevrotait un peu, maintenant, sur les dernières phrases.

Ce n'était plus Yohann, allongé, blanchi entre les draps, qu'elle voyait, mais son fils debout, bien vivant, et qui lui souriait.

On avait rapporté deux Thermos à pompe de la ferme Gonord. Depuis la fin du discours, on se pressait autour des tables à tréteaux. Des rires fusaient, à peine étouffés. La tension retombait.

En face de Laurence, pas loin, on bavardait un peu, à voix basse. Elle n'essayait pas d'écouter. Une masse confuse, compacte, beaucoup de cheveux, d'écharpes, des gens jeunes, mais dans l'ensemble plus vieux que son fils, des corps étrangers, une complicité dont elle se sentait d'emblée exclue, et par son âge, et par sa situation. Les lycéens de tout à l'heure s'étaient évanouis, repartis déjà.

L'automne, autour d'eux, avait définitivement gagné la partie. La terre, nue pour quelques mois, demeurait stérile, malgré le sang qu'elle avait bu.

Laurence n'était pas de leur monde. Yohann seul aurait pu l'aider à comprendre ces existences si différentes de la sienne, attachées à des idées dont elle n'avait qu'une connaissance inquiète et confuse, un chaos de choses inconnues qui s'agitaient là, et dont elle restait séparée comme par une vitre en verre trempé.

Déjà, des ombres envahissaient les abords du Terril. L'obscurité du soir tombait.

Deux silhouettes s'étaient détachées du groupe.

Presque aussitôt, elles s'approchèrent : elle reconnut Louise-Michel accompagnée de Rox.

Avant qu'elle ait pu esquisser un mouvement, elle sentit Louise-Michel l'étreindre brièvement.

À son tour, Rox fit un pas, les bras ballants le long du corps.

Laurence, par réflexe, se recula un peu, toute secouée encore de l'étreinte que Louise-Michel venait de lui donner.

Elle attendit, l'esprit suspendu.

Le visage, très pur et très triste sous le casque de cheveux roux, lui rappelait, par son extrême jeunesse, celui de Yohann endormi, là-bas, sur son lit d'hôpital.

Rox murmura d'une voix à peine audible :

— Je suis désolée.

Les épaules de Laurence se mirent à trembler.

Alors Rox allongea brusquement le bras. Sa main, en se posant sur la joue de Laurence, prit une douceur inconnue. Laurence sentit son corps se relâcher tout entier sous la caresse inattendue.

Rox répéta :

— Je suis désolée. Pour tout.

Une minute plus tard, les deux silhouettes s'éloignaient pour rejoindre le groupe.

Laurence se demanda si Émilie avait accompagné Loïc à l'hôpital. En temps normal, elle aurait dû être avec eux. Elle aurait pleuré au retour, sur la route.

Là, elle pleurait au bord d'un champ, le cahier de petits mots sous le bras, et elle avait froid.

La sensation, bizarrement, était un peu plus douce.

6

Depuis la cérémonie, Laurence ne cessait plus de s'interroger.

Était-il possible de savoir quand tout avait commencé ? Quel avait été l'élément déclencheur, à supposer qu'il y en ait eu un ?

Yohann n'avait jamais été un enfant facile. Loïc en tirait plutôt de la fierté, malgré leur épuisement et les crises de colère du « petit », comme ils l'avaient longtemps appelé, avant que, vers ses quatorze ans, il ne se mette à les dépasser d'une bonne tête.

Avaient-ils été trop sévères avec lui ?

Ou pas assez ?

Trop peut-être, lorsqu'ils tentaient, toujours en vain, de le plier à leur volonté. Se brosser les dents, se laver les mains, mettre ses chaussures à temps pour ne pas arriver en retard à l'école, faire ses devoirs, se tenir correctement à table, surveiller son langage : le quotidien, avec Yohann, s'était toujours apparenté à des montagnes russes.

Une heure à tenter de leur expliquer par le menu sa dernière passion en date, le fonctionnement des serrures trois points ou la vie nocturne des phasmes ; une heure à rire comme un fou devant une vidéo pleine de gags idiots dénichée sur YouTube ; une heure à s'enfermer dans sa chambre pour copier minutieusement tel ou tel motif sur un carton à dessin.

Aucun jour, presque aucune heure ne ressemblait au jour ou à l'heure précédent.

De temps à autre, une accalmie : l'une de ces journées miracles où tout se passait sans colère ni conflit.

Laurence s'y était longtemps raccrochée comme à la preuve qu'il finirait par comprendre, un jour, comment prendre l'existence.

Avec Émilie, ça s'était passé de façon tellement plus simple ! Leur fille avait grandi toute seule, presque sans qu'ils aient le temps d'y songer. Elle obéissait sans difficulté, dormait, ne pleurait presque pas. Elle mettait ses soins à leur donner satisfaction en chaque chose. À peine pouvaient-ils lui reprocher sa timidité excessive. Elle adorait son frère, qui le lui rendait, tous deux différents à tel point que si Laurence n'avait pas été leur mère, elle aurait eu de la peine à les croire frère et sœur.

Elle avait fini par admettre que Yohann était né comme ça, avec, naturellement ancrée en lui, cette tendance à la contradiction.

Celui qui dit non.

Elle l'avait aimé avec ses colères et ses emportements, ses résistances étranges et ses attendrissements aussi, quand, d'un fou rire, il savait faire retomber la tension accumulée. Elle avait rêvé, avant sa naissance, une sorte d'affection sereine, enveloppante, dépourvue d'aspérité. Elle s'était retrouvée, devant son fils, aussi démunie, aussi hésitante, aussi prête à tout sacrifier qu'elle aurait pu l'être devant l'idole adorée d'une religion nouvelle.

Il était en première quand, d'un coup, sans que rien ait pu le laisser prévoir, il avait brutalement décidé de devenir végétarien.

Ni Loïc ni elle, à vrai dire, n'avaient compris ce qui lui prenait. Son père avait mis cette lubie sur le compte de certains profs qui lui farcissaient la tête de discours apocalyptiques sur la pollution, l'environnement, ce genre de choses. Elle, de son côté, avait soupçonné le désir de s'opposer à eux d'une façon indirecte.

Loïc s'était emporté, avant de céder : si ce gamin, après tout, voulait se priver de bidoche, c'était son affaire. Ça lui passerait, comme le reste.

Ils étaient encore bien loin, pourtant, de se douter de ce qui allait suivre. Yohann passait de plus en plus de temps dans sa chambre, à écouter ou à lire sur Internet tout ce qu'il pouvait trouver sur l'écologie.

Avec ses parents, il devenait de plus en plus distant. Petit, il n'arrêtait pas de les défier sans pour autant pouvoir se passer d'eux : sa résistance à leurs volontés avait besoin de spectateurs. L'ado bourru, pas si rétif au fond, jamais sournois, se cachait désormais de Laurence avec une insistance qui la peinait, sans la troubler. Conquérir son indépendance, c'était de son âge. Loïc ne comprenait pas. Cette génération-là, silencieuse, craintive, retranchée derrière ses écrans, lui demeurait étrangère. Ramener Yohann à des généralités le rassurait.

Elle se souvenait très bien du jour où il lui avait demandé de faire attention à ce qu'elle achetait pour lui. Il savait qu'ils n'avaient pas trop d'argent à mettre dans tout ça, les fringues, les chaussures, le sac de cours. Mais, quand même, si elle pouvait éviter le T-shirt fabriqué au Bangladesh par des esclaves mineurs, c'était préférable.

Elle avait levé les yeux au ciel. Est-ce qu'elle n'avait pas toujours essayé de faire du mieux qu'elle pouvait ?

Il était sorti de la cuisine en claquant la porte.

Ensuite, au dîner, ça s'était calmé. Elle avait fini par dire, avec réticence, qu'il avait raison, mais qu'il devait l'aider à choisir. Il avait accepté, en précisant qu'il prendrait soin de ses nouvelles affaires.

Elle l'avait amené au centre commercial la semaine suivante.

Tout de suite, elle avait senti que l'après-midi se passerait mal. Yohann avait quitté la maison, prêt à en découdre, plein d'une ardeur qui lui avait échappé, mais qu'elle découvrit toute neuve dès l'entrée du centre commercial.

— T'as vu ?

— Quoi ?

— Ces éclairages. Les enseignes.

Elle n'avait rien répondu. Ils n'allaient pas très souvent dans cet endroit, parce qu'il la fatiguait vite : trop grand, trop lumineux, trop fréquenté surtout, et surdimensionné pour une ville de la taille d'Augerac. Simplement, il n'y avait nulle part ailleurs où faire du lèche-vitrines.

Yohann avait continué à parler, assez haut pour que Laurence s'inquiète de ce que pouvaient penser les gens qui les croisaient.

— Le gaspillage à l'état pur. Alors qu'on nous promet des économies d'énergie à tout bout de champ. C'est vraiment n'importe quoi.

Deux ou trois personnes avaient tourné la tête vers eux. Laurence avait rentré les épaules en essayant de prendre un air dégagé. Dans le fond, il n'avait pas tort. Sauf que leur sortie mère-fils n'était pas censée se transformer en une séance d'indignation tous azimuts.

Elle avait cherché une entrée en matière, quelques mots qui permettent de les tirer de l'embarras où la situation les mettait.

— Tu peux choisir ce que tu veux, tu sais.

On ne pouvait pas faire pire, comme début. Il n'avait même pas eu besoin de lui répondre qu'il n'avait plus six ans, son regard exaspéré avait suffi.

Jamais Yohann ne s'était distingué par son excentricité vestimentaire. Petit, il s'était laissé habiller par elle sans protester. Plus tard, il avait surtout tenu à se fondre dans la masse. Sweat, pantalon de survêtement, chaussettes remontées jusqu'aux mollets, parfois des jeans, et les éternelles baskets. Elle avait tenu bon contre le port permanent du bonnet, cédé sur la longueur des cheveux, qu'il portait mi-longs et ondulés.

Ensuite, ils avaient erré de vitrine en vitrine.

Naturellement, au bout de vingt minutes, Yohann avait pris l'air exaspéré du martyr qui ne la suivait plus que pour lui faire plaisir.

— Je ne comprends pas pourquoi tu t'obstines.

Elle avait jeté un coup d'œil sur une devanture, où s'étalait une quinzaine de paires de chaussures, des baskets, presque toutes les mêmes, au détail près. Yohann avait dit d'un ton méprisant :

— Du plastique.

Puis, provoquant :

— T'es pas d'accord ?

— Si. Mais quoi d'autre ? Tu veux marcher pieds nus ? Parce qu'avec ce que tu as aux pieds, c'est ce qui va finir par arriver.

Elle se souvenait d'avoir à nouveau regardé les vitrines, découragée. Tout ce qu'on exposait lui avait soudain semblé affreusement cher, inutile et grotesque.

Ils avaient fini par sortir du centre commercial sans rien acheter.

Deux mois plus tard, il y avait eu ces après-midi à la ZAD, pour, disait-il, « prêter main-forte » à Enzo, son meilleur pote. Tous deux faisaient les quatre cents coups depuis toujours. Selon une règle implicite, Enzo, extraverti et casse-cou, traînait à sa suite Yohann, timide et timoré, avec son plein consentement. Ensemble, ils avaient vécu leurs premières sorties, leurs premières soirées, et puis le reste, que leurs parents ignoraient.

Laurence ne s'était pas vraiment méfiée : elle connaissait Enzo et ses parents depuis la maternelle, des gens bien, qui ne la ramenaient pas même s'ils avaient de quoi. S'ils laissaient leur fils aller par là-bas, c'est qu'il n'y avait pas de danger. Tout plutôt que de voir Yohann s'enfermer dans sa chambre, sombre et mutique, le casque sur les oreilles, à écouter prêcher des gens dont elle ne savait rien.

Quelques conseils de prudence élémentaire devaient suffire. Ne pas oublier son téléphone pour la prévenir en cas d'urgence. Ne pas rester trop longtemps la première fois. Ne pas s'approcher des personnes louches.

Il était revenu souriant, détendu et mystérieux.

Les bons soirs, lorsqu'il consentait à parler un peu, il évoquait de plus en plus Morvaillan, et le projet de viaduc, contre lequel il se montait la tête. C'était tout ce qu'il abhorrait, l'exploitation des sols cultivables par le grand capital, l'horreur écologique démasquée ; qu'il n'ait pas fait l'effort de s'y intéresser plus tôt l'emplissait de honte.

Laurence et Loïc, quand même, à ne plus le voir préoccupé que de la ZAD, avaient fini par s'alarmer.

Franchement, on ne savait pas qui étaient ces gens, ce qu'ils faisaient, ni d'où ils venaient. Il devait y avoir là toute une faune, de la drogue, des armes même, à ce qu'on disait à la télé ; il n'y avait que des coups à prendre. Il n'était pas question qu'il y retourne. Leurs discours n'avaient rien donné. Sans doute, avait supposé Laurence, parce qu'ils venaient trop tard.

Yohann s'était acharné à leur désobéir, sournoisement d'abord, ouvertement ensuite.

Les premiers temps, rien de suspect ne s'était vraiment produit. Les escapades avaient continué, de plus en plus fréquentes, de plus en plus longues, d'où Yohann revenait harassé, muet, avec un air impénétrable et tranquille.

Un soir qu'il était rentré très tard, Loïc s'était emporté plus fort que de coutume.

Les informations du jour étaient alarmantes : des activistes écolos avaient saboté le chantier de la nouvelle zone industrielle d'Augerac en construction à l'est de la ville. On avait volé des outils, saccagé des échafaudages, brûlé un semi-remorque, et surtout incendié une ligne à haute tension, ce qui privait d'électricité plusieurs usines de la zone, dont l'une spécialisée dans la fabrication de fibre carbone pour l'aéronautique. Une centaine d'ouvriers se retrouvait au chômage technique pour une durée indéterminée.

Loïc bouillait d'indignation.

Des délinquants, voilà ce qu'étaient, purement et simplement, ces gens-là !

Yohann s'était contenté de garder le silence. Depuis peu, l'indifférence était devenue sa meilleure arme, comme si Laurence et Loïc n'étaient même plus dignes qu'il leur parle. Il se glissait hors de la maison le matin très tôt, revenait silencieusement le soir, sans un mot, fourbu au point de s'endormir sur le canapé juste après le dîner.

Laurence était si contente de le voir rentrer sain et sauf qu'elle avait laissé l'habitude s'installer : désormais, une partie de son existence était là-bas. Loïc lui-même paraissait s'être résigné : que Yohann construise sa vie dans son monde, c'était bien. Pour le reste, il n'avait qu'à respecter les règles. Être à l'heure aux repas, s'habiller à peu près correctement, s'adresser à eux poliment. Promettre de ne pas foirer son année de terminale.

Leurs exigences n'étaient plus si élevées.

Parfois, il devenait dingue pour des choses insignifiantes, comme lorsque Loïc lavait la voiture à grandes eaux, une occupation à laquelle il aimait se livrer le dimanche, lorsqu'il n'était pas trop crevé. Il l'aspergeait, l'astiquait, la bichonnait, avant de passer l'intérieur avec une sorte d'aspirateur spécial acheté pour les besoins de la cause, un gros engin rond et jaune que Yohann avait détesté dès qu'il l'avait vu.

— Encore un truc de chez Darty, tu les engraisses, c'est dingue !

Loïc, pour une fois, l'avait laissé dire, et les choses en étaient restées là.

À d'autres moments, Laurence le retrouvait en larmes dans sa chambre, sous le coup d'une conviction profonde : toutes les espèces vivantes, à très court terme, allaient disparaître, balayées par l'apocalypse. Quant à ceux qui, dans ce contexte, continuaient d'avoir des enfants ou d'en vouloir, ils étaient inconscients ou suicidaires.

— On va tous crever, t'entends ? On va tous crever.

Laurence s'efforçait tant bien que mal de le réconforter, malgré sa perplexité.

Plus tard étaient venus les accrochages plus sérieux.

Ils étaient à table, au début du mois d'août, quand Loïc avait déclaré que c'était le bon moment : la maison payée dans cinq ans, l'augmentation que venait de lui accorder Dominique, et puis le plaisir qu'il y aurait à voyager avec les enfants, avant qu'ils veuillent voler de leurs propres ailes.

Ils allaient partir en vacances. L'été suivant.

Il fallait s'y prendre tôt.

Laurence avait protesté, pour la forme. L'année d'après, il y aurait sans doute les frais d'installation de Yohann quelque part, à Augerac ou ailleurs, peut-être une formation à payer, et puis la hotte à remplacer, parce que ça faisait plusieurs mois qu'elle ne tirait plus si bien. Tout ça n'était certainement pas très raisonnable.

Au fond, elle rêvait de ce voyage.

Loïc avait balayé ses arguments d'un revers de main. Avec une compagnie low cost même à quatre avec les suppléments de bagages, ça passerait sans problème. Ils avaient si peu d'occasions de se faire vraiment plaisir.

Ne restait plus qu'à choisir la destination.

Loïc penchait pour la Croatie, parce qu'un collègue lui en avait dit beaucoup de bien.

Du monde, mais des paysages magnifiques. De son côté, Laurence aurait préféré aller en Espagne, vers Barcelone. Depuis toute petite, elle voulait voir la Sagrada Familía.

Au fond, peu importait. Partir, avec du soleil, du ciel bleu, et le Sud, c'était déjà merveilleux. Rien que ces mots, Croatie, Espagne, Grèce, des mots qui n'étaient pas pour eux, et que leurs parents n'avaient presque jamais prononcés, relevaient du dépaysement. Loïc bossait pour ça depuis des lustres : cette paix tranquille, leurs gosses qui grandissaient à l'abri des déconvenues de la vie, et puis, de temps à autre, un extra, une surprise dans ce genre-là, un hors-temps qui leur donnerait des souvenirs à caresser sur les vieux jours.

La deuxième semaine de juillet serait parfaite, pas encore les vacanciers du mois d'août, peut-être un peu moins chaud. Les enfants, ça leur ferait du bien aussi de voir autre chose. Les gosses, on les parquait au même endroit, devant leur écran, et après on s'étonnait qu'ils soient blasés, revenus de tout. À cet âge-là, ça avait besoin de voir du pays.

— En plus, Émilie n'a jamais pris l'avion.

Les yeux de la petite brillaient d'excitation.

C'était à ce moment précis que les choses avaient commencé à se gâter.

— En gros, votre truc, c'est juste vingt à trente ans d'empreinte carbone, là.

Loïc avait froncé les sourcils, l'air vaguement inquiet.

— Qu'est-ce que tu racontes ?

— Votre voyage en avion.

— Et alors ?

— Faut arrêter avec ça. Je veux dire, si on veut garder une planète habitable. Un truc sans importance, comme ça. Mais si votre projet, c'est un suicide collectif, c'est OK, là, vous pouvez y aller, on est bon.

— T'arrêtes avec tes sarcasmes à la con ?

— Pourquoi ? Parce que ça te gêne que j'aie raison ?

— Que t'aies raison de quoi ? De vouloir nous empêcher de partir dix jours là où on veut aller ?

— De vouloir vous empêcher de contribuer à ce gros merdier vers lequel on se dirige, oui.

Loïc avait levé les yeux au ciel, exaspéré.

— Écoute, Yohann, c'est pas toi ou moi les responsables, OK ? T'as pris l'avion une fois dans ta vie, maman et moi, à peine plus. Qu'on fasse le voyage ou qu'on le fasse pas, ça changera pas grand-chose au fait que les avions continueront à voler, avec ou sans toi.

Yohann avait haussé les épaules.

— Si tout le monde tient le même raisonnement, c'est sûr qu'on n'est pas près d'en sortir, hein…

— Tu peux pas passer à autre chose ? Juste pour une fois ? Non, parce que là, tu nous fais vraiment chier.

— Parce que tu crois que la planète, elle, elle peut passer à autre chose ? C'est quand même dingue, ce que tu dis : le capitalisme est en train de massacrer l'avenir de l'humanité, des types sans scrupule s'amusent à créer des famines pour que Kevin, quelque part à Chicago, puisse tranquillement continuer à mater du porno en *streaming* sur son iPhone 45, et c'est moi qui fais chier ?

Laurence était intervenue, en pure perte.

— Yohann, arrête.

— Tu vas pas commencer à nous faire la morale, peut-être ?

Mais Yohann était lancé, et sa voix avait enflé, au bord des larmes, trop aiguë pour sa colère.

— Ça fait quarante ans que des gens alertent de toutes les façons possibles et imaginables sur le climat, et presque aucune réaction, à part : « Continuons de prendre l'avion ! »

— Tu nous emmerdes, à la fin, d'accord ? J'ai dit qu'on partait, et on partira, point barre.

Yohann n'avait plus dit un mot de tout le repas.

Un après-midi du mois de juillet, la gendarmerie d'Augerac avait appelé pour que Laurence vienne récupérer Yohann au poste.

Elle était tombée des nues en apprenant son arrestation en compagnie de deux autres zadistes.

Il avait levé la tête quand il l'avait vue arriver, même pas gêné, avachi sur une chaise en plastique dans un bureau quelconque. Au contraire, il lui avait presque semblé lire une pointe de fierté amusée dans son regard.

Elle l'aurait giflé.

Elle s'était assise à côté de lui, devant le bureau, sans le regarder davantage. Le flic en face d'elle s'était présenté, puis il s'était mis à taper sur son clavier, sans doute pour remplir un formulaire.

La maternité, pour elle, s'était longtemps résumée à l'amour qui répare et console, même de la fatigue, même de la rancune. Avec Yohann comme avec Émilie, elle était au-delà de l'usure, les vêtements abandonnés dans l'entrée, les dents à laver, la chambre à ranger. Tout glissait, et malgré tout, ces deux-là continuaient à pousser. La vie était belle, elle y avait toujours cru.

Elle voulait absolument y croire encore.

— Vous savez pourquoi votre fils est là, madame ?

Yohann et deux autres zadistes avaient apparemment décidé, plusieurs jours plus tôt, de mener une expédition contre la boucherie Trudeau, dans le centre-ville.

Le type avait continué de dérouler les faits avec un ton de réprobation résigné, mécanique.

Les trois gamins ne s'y étaient pas trop mal pris.

La veille, ils avaient préparé le matos, les masques, les foulards, quelques bombes d'acrylique, le tout dans l'une des camionnettes de la ZAD. Ils avaient bien regardé le plan, choisi le meilleur itinéraire, repéré les heures de fermeture. Et puis ils étaient passés à l'action, en plein jour, cagoulés comme des émeutiers, entre midi et deux. Ils avaient balancé de la peinture rouge sur la devanture, pour figurer du sang, avant d'écrire « Stop au spécisme » en travers de la façade. Presque un travail de pro.

Le type lui avait montré des photos, sur son écran.

Laurence avait regardé, effarée, en pensant au respect que Loïc professait toujours pour le matériel, le mobilier, celui des autres encore plus que le sien.

Les flics avaient débarqué peu après, prévenus par les voisins, eux-mêmes alertés par le bruit.

Elle avait pensé que ce n'était pas possible. Son fils ne pouvait pas être devenu d'un seul coup, en si peu de temps, ce petit voyou, ce casseur, ce délinquant.

— Pourquoi t'as fait ça ?

— Tu as une explication ? Maintenant que ta mère est là ?

— Pas pour le plaisir, hein.

— Yohann !

Il s'était décidé à répondre, les sourcils froncés.

— Pour alerter. L'élevage industriel, les gaz à effet de serre, la maltraitance animale, ça vous dit quelque chose, peut-être ?

Le flic avait continué à taper sans les regarder. Apparemment, il en avait vu d'autres.

— Vous allez le mettre en prison ?

Le type avait souri d'un air fatigué.

— Votre fils est mineur, madame. Et même comme ça…

Il avait fait un geste dont elle n'avait pas compris le sens, sans prendre la peine de terminer sa phrase. L'entretien touchait à sa fin. Il y avait encore des papiers à signer. On leur avait donné une date pour une convocation au tribunal. La somme probable de l'amende, quelque chose comme mille cinq cents euros, avait terrifié Laurence. Le flic avait ajouté qu'il y aurait encore, un peu plus tard, un travail d'intérêt général.

À la sortie du commissariat, elle avait délibérément laissé Yohann quelques pas en arrière, le temps de calmer ses nerfs. Il l'avait suivie sans un mot jusqu'à la voiture. Quand il avait claqué la portière passager, elle avait encore laissé passer quelques minutes avant de mettre le contact. Elle se rappelait son odeur, ce matin-là, la sueur, et puis son visage blanchi, buté.

Elle se souvenait aussi d'avoir pensé « Plus jamais ». Plus jamais ça.

À son retour, Yohann s'était muré dans le silence pendant plusieurs jours, avant de recommencer à lui parler, avec plus de gentillesse qu'il ne l'avait fait depuis quelques mois. Il promettait de lui épargner toute inquiétude à l'avenir, si elle acceptait de ne rien dire à son père.

C'était une sorte de pacte.

Elle avait cédé, sans bien savoir comment elle réglerait l'amende.

De fait, elle s'estimait gagnante : que Loïc ne sache rien, c'était se protéger elle aussi.

Après, à la fin du mois d'août, tout s'était complètement verrouillé. Tellement de choses avaient changé, à cette époque-là, en si peu de temps. Sous la surface, le crâne, la peau, les yeux de Yohann, si limpides pourtant, une énigme prenait forme.

À la grande surprise de Laurence, il ne voyait presque plus Enzo. Yohann avait esquivé l'ensemble de ses questions à ce sujet. Non, ils ne s'étaient pas disputés, simplement, ils se voyaient moins. Elle avait fini par comprendre qu'Enzo, dont les centres d'intérêt avaient toujours été très volatils, s'était éloigné de la ZAD. Plus tard, sa mère lui avait dit qu'il était de plus en plus mal à l'aise au milieu des militants, et qu'il avait préféré prendre ses distances.

Yohann, au contraire, s'immergeait complètement dans l'univers de Morvaillan.

Il lui suffisait de le regarder un peu attentivement, deux, trois secondes d'affilée, quand il ne se croyait pas observé : elle sentait en lui une énergie contenue qui ne demandait qu'à jaillir, et qui lui faisait peur. À la moindre occasion, ses rapports avec son père dégénéraient. Régulièrement, ils s'accrochaient, y compris pour des prétextes qui n'avaient rien à voir avec la ZAD ou l'écologie.

Laurence se demandait encore par quel miracle elle avait réussi à cacher à Loïc l'épisode du commissariat.

En fait, c'était surtout l'avenir de Yohann qui le préoccupait. L'année de la terminale. Son fils aurait son bac, ce précieux sésame que lui n'avait pas. Il en concevait depuis si longtemps de la fierté qu'il n'imaginait même pas qu'un obstacle quelconque puisse transformer ce couronnement prévu en un chemin de croix. En fin de soirée, surtout, fatigué par sa journée, il se sentait tenu de faire la leçon à Yohann, en lui rappelant l'importance d'accomplir ce qu'on attendait de lui. La maison tout entière, alors, résonnait de cris, avant de retomber dans un silence hargneux qui durait jusqu'au petit matin.

Laurence attendait, sans savoir quoi.

Le dernier jour du mois, Loïc était parti pour la Bulgarie. Le soir même, Yohann lui avait annoncé qu'il ne rentrerait pas dormir.

Émilie avait demandé :

— Tu vas où ?

— Tu sais bien.

Laurence était là aussi, un peu en arrière dans le couloir. Elle avait vu le regard qu'ils avaient échangé, et ce qu'elle avait lu au fond des yeux de sa fille l'avait effrayée : une gravité qui n'était pas de son âge.

Elle n'avait pas pu s'empêcher de supplier Yohann.

— Arrête avec ça, s'il te plaît. Arrête.

— Arrête avec quoi ?

Il était parti sans qu'elle trouve rien à dire de plus pour le retenir. Au matin, quand il était revenu, elle avait surgi dans le couloir, depuis la cuisine. Manifestement il n'avait pas plus dormi qu'elle.

— C'était bien ?

— Bah oui.

— Comment bien ?

Il ne s'était même pas donné la peine de répondre.

Dans la cuisine, Émilie prenait son petit déjeuner. Elle avait fixé son frère en silence, et c'était lui, cette fois, qui avait détourné le regard. Des trois, c'était Laurence la plus gênée.

Deux jours plus tôt, sa mère avait accepté de lui prêter la somme nécessaire au paiement de l'amende. Elle s'était résolue à la lui demander, la mort dans l'âme, pour éviter de perturber encore un peu plus l'équilibre familial, qu'elle sentait sur le point de se rompre. Elle en avait informé Yohann. Il s'était contenté d'enregistrer l'information, sans montrer la moindre reconnaissance.

Elle lui en voulait de ne pas partager son soulagement. La colère, en elle, menaçait de l'emporter sur l'inquiétude.

Comme il fermait la porte derrière lui, elle s'était retenue de lui hurler dessus tout ce qu'elle avait sur le cœur.

Si elle avait su, ce matin-là, qu'il ne leur restait plus que quatre semaines. Quatre semaines avant le 13 novembre. Quatre semaines avant le coup de fil de trois heures du matin.

Quatre semaines avant le début d'une autre vie.

7

L'hiver, à la ZAD, emportait tout, ou presque.

On apprenait à se calfeutrer dans les cabanes pour plusieurs mois, en attendant les beaux jours. L'humidité faisait plus de mal encore que le froid. Certains baraquements devenaient inhabitables, ceux dont les murs étaient faits de lattes collées ensemble par de la boue séchée s'enfonçaient dans le sol à moitié inondé.

Pour pouvoir circuler le long des chemins les plus fréquentés, on avait installé des sortes de treillis de planches, parfois de simples branchages.

L'eau, pourtant, s'infiltrait partout, dans les caillebotis, entre les planchers, le long des murs, dans les chaumes, les chaussures, et jusque dans le linge de corps. Les mousses s'accumulaient entre les fentes mal jointes des appentis. Il en poussait jusque sur les vitres, celles des maisons, celles des caravanes aussi, qu'on ne parvenait plus à faire coulisser.

Le printemps revenu, il fallait les gratter à la spatule, au bâton, au doigt, à tout ce qu'on avait sous la main et que le gel n'avait pas brisé en morceaux.

Du jour au lendemain, des habitants disparaissaient, par groupes de deux ou trois parfois, la plupart du temps sans prévenir personne. Savoir quel autre lieu les aspirait était presque impossible. Certains gagnaient des squats en ville, pour trouver de la chaleur, d'autres échouaient sur des canapés d'amis d'amis. Ceux qui n'avaient pas rompu avec leur famille rentraient s'abriter dans des pavillons de classe moyenne en attendant des jours meilleurs. Les mieux lotis ou les plus avertis utilisaient les quelques sous qu'ils avaient mis de côté pour trouver une sous-location quelque part, histoire de rester indépendants. D'autres encore se faisaient embaucher comme magasiniers ou comme serveurs, pour revenir à la fin du printemps, lorsqu'ils avaient payé leur écot à la société.

Les vrais déserteurs étaient peu nombreux.

Parmi eux, il y avait ceux qui gagnaient d'autres terrains de lutte, plus conformes à ce qu'ils attendaient d'une expérience sur zone. Même les riverains favorables à la ZAD, leurs soutiens logistiques habituels, se faisaient plus rares. Il devenait plus difficile d'aller prendre une douche chez les uns et les autres, comme si le froid grandissant ajoutait à la méfiance. Les veillées collectives redonnaient seules un peu de baume au cœur ; on se réchauffait autour du foyer, en oubliant pour un instant les parkas trop légères et les chaussettes mouillées.

L'émetteur radio de la ZAD avait beau diffuser de temps à autre, depuis le studio de la ferme Gonord, des musiques entraînantes, le Pilote lui-même, réfugié aux Marouflets, se prenait à douter.

Et pour couronner le tout, les gendarmes qui menaient l'enquête sur le sort de Yohann les harcelaient sans leur laisser de répit. Hier encore, deux d'entre eux étaient venus fouiner du côté de la ferme Gonord.

— Vous croyez que c'est la fin ?

Il regarda les deux autres.

Louise-Michel était étendue sur un fauteuil grinçant, sous une couverture qui ne laissait dépasser que sa tête. Presque en face d'elle, assis en tailleur sur une caisse, Sylvain fumait la pipe, un sourire aux lèvres, indifférent aux courants d'air froid qui traversaient la pièce.

Le sort de Yohann avait fini par le rapprocher du Pilote d'une manière inattendue. Depuis la cérémonie d'hommage, sans qu'il se soit rien passé qui ressemble à une réconciliation, les relations d'antan avaient repris, un peu plus méfiantes, toutefois.

Dans les commencements, le Pilote et lui s'étaient souvent vus pour discuter de questions théoriques. En écoutant Sylvain, le Pilote s'était rappelé à quel point les idées qu'il avait faites siennes étaient des idées anciennes, solides, profondes, ancrées dans les cœurs. Elles dureraient plus longtemps que la ZAD, plus longtemps que lui, plus longtemps qu'eux tous, c'était pourquoi elles valaient la peine qu'on s'y dévoue. Sylvain avait trouvé dans le Pilote un interlocuteur plus loquace que la plupart des zadistes qu'il avait fréquentés jusqu'alors. Entre le jeune et le vieux militant, les différences de génération, de mœurs et d'habitude n'avaient pas empêché la convergence de vues.

Yohann, pourtant, avait réussi à les séparer.

Lorsqu'il avait commencé à fréquenter les lieux, il s'était d'abord attaché à Rox, puis au Pilote, comme on s'attache à un grand frère plus expérimenté qui vous montre la voie. À le voir, on riait : un vrai chien de garde.

Tout s'était dégradé lorsque Yohann avait fait la connaissance de Sylvain. Le Pilote avait dû s'incliner devant le pouvoir de fascination du vieux paysan. Longtemps, il s'était cru capable de parvenir à rallier n'importe qui à sa cause. En déjouant son pouvoir, Yohann lui avait démontré sa faiblesse. Louise-Michel seule avait deviné à quel point son orgueil avait été blessé, sans doute parce qu'elle aussi, à cette époque, s'était sentie trahie par Rox.

La question, pour Louise-Michel, restait de savoir combien de temps ce rapprochement qu'elle souhaitait depuis longtemps entre Sylvain et le Pilote allait durer.

Sur la table de la cabane, quelques bières traînaient, à côté de trois assiettes vides.

— La fin ? Pourquoi ?

Six mois déjà que l'État faisait du forcing en leur envoyant presque chaque semaine les représentants des collectivités territoriales. Le but affiché était le suivant : essayer de sortir du conflit par une solution à l'amiable. Il était question de mettre en place, comme dans le Larzac, une société civile destinée à gérer collectivement le territoire, mais les problèmes de droit traînaient en longueur. Imaginer une entité juridique capable de s'adapter à toutes les dimensions de la ZAD relevait de la gageure. On pouvait envisager, à moyen terme, la desserte de la ZAD par les services publics, à condition que les habitants acceptent les taxes locales. De même, les projets agricoles les plus solides pouvaient, espérait-on, être agréés rapidement.

Le point d'achoppement majeur restait la déclaration de chaque exploitation sous le régime de la propriété individuelle.

Le Pilote, depuis des mois, faisait partie des quelques irréductibles qui s'opposaient de toutes leurs forces à cette solution. Rentrer dans le rang de cette façon était inenvisageable.

En attendant, la tension n'en finissait plus de monter.

Les incursions des gendarmes mobiles seraient probablement de plus en plus fréquentes à partir du printemps, sans compter celles des riverains hostiles à la ZAD, qui montaient parfois des expéditions punitives contre lesquelles les rondes nocturnes des zadistes, quand elles avaient lieu, demeuraient inefficaces.

Sylvain, fidèle à ses convictions pacifistes, plaidait pour un apaisement progressif. Tout valait mieux, selon lui, que de nouveaux affrontements qui risquaient de relancer les opérations d'expulsion. En somme, l'arrangement avec l'État lui allait, faute de mieux.

Le Pilote marchait de long en large dans la petite pièce.

Louise-Michel, les yeux grands ouverts, le suivait avec attention. Elle pouvait dire au mot près quelles idées le tourmentaient.

Lui et quelques autres, dont elle était, ne céderaient jamais, mais les camarades avaient besoin d'être remobilisés dès la fin de l'hiver, pour ne pas sombrer. Verrait-on reparaître des troupes ? Réussirait-on à attirer des militants étrangers ? Aurait-on, au contraire, à subir plus rapidement que prévu de nouvelles attaques ?

En elle aussi, le vieux rêve d'une société plus juste vivait toujours. Elle sentait bien que leurs idées atteignaient de plus en plus de monde. Pourtant, une angoisse nouvelle se mêlait à ses convictions : la peur d'un avenir tout entier fait de violence et de destruction, dont l'accident de Yohann avait donné, lui semblait-il, un avant-goût.

Comme pour mieux se convaincre qu'ils avaient raison, le Pilote rappelait les débuts de la lutte, à petites phrases nettes et tranchantes. Les événements de 2015, Dufresnoy mobilisé, les trente mille personnes du cortège, la bataille qui avait suivi, cette victoire des nains contre les géants, c'était leur victoire à eux. Et voilà que cette terre si longtemps, si ardemment défendue, on voulait les empêcher d'en jouir, en les harcelant de façon minable !

Ils avaient conquis leur liberté de haute lutte, et le droit de vivre définitivement sans maîtres.

— La ZAD doit rester un refuge pour tous ceux qui se battent !

À présent, il égrenait les succès remportés : dans le Nord, à Lampières, le projet d'enfouissement des déchets nucléaires patinait ; juste à côté, le mégaparc de la chaîne Eurovacances venait d'être annulé ; l'A52 qui devait relier Touresse à Chivette n'était plus qu'un souvenir ; Stegens, le prétendu écoquartier prévu en banlieue d'Arrolles, était quasi mort-né du fait d'une mobilisation sans précédent.

Nul doute qu'ils auraient la victoire.

Derrière les frontières, d'autres menaient le même combat, les uns contre la fracturation hydraulique, les autres contre l'exploitation minière à outrance, les pesticides épandus, les forêts rasées, les rivières asséchées, les montagnes aplaties, les animaux massacrés. Tous, ils avaient ce courage de faire face aux désastres engendrés par la vie moderne et le changement climatique.

Et c'étaient, venus des quatre coins du monde, le même cri de lutte et la même espérance. Un jour cesserait la course des hommes au profit et à la distinction ; alors on comprendrait qu'avoir plus n'avait pas de sens, et que seul méritait d'être recherché ce qui n'abaissait ni ne privilégiait personne.

Sylvain hochait la tête tranquillement.

Jamais il ne s'était vraiment laissé prendre au lyrisme du Pilote.

La lutte avait eu ses grandes heures, c'était entendu. Simplement ces heures-là étaient révolues. La précarité de leur situation était telle qu'il valait mieux se résigner pour sauver ce qui pouvait encore l'être.

— Tu vois, moi je crois que tout peut s'écrouler soudainement. Dix ou vingt personnes décident de mettre les voiles, comme ça, sur un coup de tête, parce que quelqu'un a lancé un cri de ralliement, et c'est la fin. Rappelez-vous Sablevent, la fin de l'occupation des dunes, ou Trontheim, avec le contournement de l'agglo. Les blindés chargent, les tractopelles, la panique, plus personne le jour J, et c'est fichu.

Et il égrenait ses arguments, pratique, raisonnable, persuadé au fond que l'acharnement les conduirait à la ruine. Il fallait chercher le compromis. En faisant mine d'accepter les conditions demandées par l'État, on s'arrangerait toujours pour vivre comme on le souhaitait. C'était ainsi, par la pratique d'un autre style de vie plutôt que par la destruction systématique, qu'ils démontreraient le bien-fondé de leurs idées.

Il y avait encore quelque chose dont il était persuadé : l'apaisement des conflits, à la ZAD, ne pouvait venir que de l'extérieur. Les chapelles internes étaient d'un poids trop sensiblement équivalent pour que l'une parvienne à prendre le dessus ; elles s'affrontaient en se grignotant les unes les autres, et le terrain gagné d'un côté était aussitôt perdu de l'autre.

À terme, elles finiraient par se détruire.

Immobile sous la couverture, Louise-Michel demeurait attentive. Sa tête seule paraissait vivante, comme celle d'une statue animée promise, l'instant d'après, à la pétrification par le froid.

Si la vérité sortait de cette bouche, c'en était fait de Morvaillan.

Le Pilote ne pouvait s'y résoudre.

Il serra les poings.

Il fallait tenir, coûte que coûte.

— Tu vas aller le voir ?

Le Pilote se retourna brusquement.

Quinze jours, maintenant, que Louise-Michel, aux plus mauvais moments, lui posait cette question. S'il ne l'avait pas bien connue, il aurait juré qu'elle le faisait exprès, juste pour le désarçonner.

Mais ça n'était vraiment pas son style.

Rendre visite à Yohann.

Bien sûr, au début, il y avait pensé. Et puis, maintenant, il ne savait plus.

Est-ce que ça valait la peine ? Qu'est-ce qu'il allait faire, tout seul, dans cette chambre, si le gosse n'était même pas conscient de sa présence ? C'était plutôt gênant qu'autre chose, et s'il tombait sur la famille…

On verrait quand il serait réveillé.

— J'irai, moi.

Le Pilote détourna les yeux, bien qu'il n'y ait pas eu trace de défi dans la voix de Louise-Michel.

L'existence, pour Laurence et Loïc, avait désormais le rythme morne du désespoir résigné.

Les nouvelles habitudes étaient prises, comme celle des coups de fil de la police pour préciser tel ou tel point. L'ouverture d'une information judiciaire contre X pour violences volontaires ayant entraîné une mutilation ou une infirmité permanente avait débouché sur la délégation de l'enquête à la section de recherches de la gendarmerie nationale d'Augerac. Loïc et Laurence étaient défendus par maître Lazare, un avocat commis d'office. Ils savaient par lui qu'on avait interrogé certains des camarades de lycée de leur fils, dont Enzo. Lorsque les gendarmes avaient demandé à expertiser l'ordinateur portable de Yohann, il leur avait conseillé d'obtempérer sans protester ; ils pourraient récupérer l'appareil plus tard, s'ils le souhaitaient.

L'habitude, aussi, des rendez-vous avec les médecins, avec leur lot de souffrances, l'indélicatesse de certaines questions, et le sentiment récurrent qu'ils étaient des gens ordinaires, mal outillés pour la tragédie.

La fréquence des visites à l'hôpital, maintenant, ne variait plus guère qu'en fonction des imprévus au cabinet dentaire et des missions de Loïc.

En semaine, Laurence se rendait auprès de son fils un jour sur deux. Le samedi, Loïc l'accompagnait avec Émilie.

La première fois qu'elle avait revu son frère, dans la chambre, la petite n'avait rien manifesté. Elle était restée debout, à bonne distance, droite et immobile, malgré l'insistance de Loïc qui voulait absolument qu'elle l'embrasse sur la joue. Ensuite, en sortant, elle s'était mise à trembler de tout son corps, si fort que Laurence avait pris peur et appelé les infirmières. On leur avait déconseillé de la ramener trop souvent à l'hôpital. Lorsqu'ils avaient réitéré l'expérience, elle avait paru moins tendue, peut-être parce que Laurence l'avait constamment entourée de ses bras, pour faire comme une barrière entre elle et la mort. La troisième fois, elle avait même accepté de prendre la main de Yohann.

Pour l'heure, elle n'allait pas plus loin.

Vers la fin du mois de décembre, Loïc avait commencé à se sentir très mal, des faiblesses dans l'ensemble du corps, des vertiges. Le médecin avait prescrit quelques dosages, tous normaux. On lui avait diagnostiqué un épisode dépressif et Dominique lui avait donné son arrêt de travail sans discuter. Début janvier, il avait touché le fond, incapable de sortir de son lit pendant dix jours de suite. Laurence, affolée, avait fait appel à sa mère pour garder la petite et parvenir à faire face.

Finalement, il avait repris le dessus au bout de quinze jours sans trop de médocs, en s'accrochant à une idée fixe : Laurence et Émilie avaient besoin de lui.

Il ne flancherait plus.

Laurence, au fil des semaines, s'organisait de mieux en mieux, rodée à la douleur, plus résistante qu'elle ne l'aurait cru. L'impensable nécessitait des moyens infinis.

Alors, elle puisait à la source, sans relâche.

Lorsqu'elle quittait le cabinet dentaire, elle ouvrait la portière de sa voiture avec le sentiment de partir au combat.

Les mêmes scènes se répétaient d'une semaine sur l'autre. À force, elle avait fini par retenir la rotation des secrétaires à l'accueil du service de chirurgie. Elle savait les manies des uns et des autres, saluait les infirmières dont le prénom lui était devenu familier. Elle reconnaissait les odeurs, la lumière, les bruits comme elle reconnaissait l'atmosphère de sa propre maison. Le fait de croiser des malades en partance pour le bloc, dans les couloirs, ne la troublait plus.

Dans la chambre, la même secousse l'attendait, la même envie de s'effondrer, qu'aucune habitude ne lui permettait d'apprivoiser.

Le visage ne changeait pas, paisible et rigide, pas plus que le corps, immobile et froid.

Elle pestait : le coussin n'avait pas été remis, ni le drap tiré.

Déposer son sac et son manteau sur le fauteuil du visiteur, retrousser ses manches, passer dans la salle de bains pour se laver les mains, disposer les objets nécessaires à la toilette.

Dévêtir le corps. Ôter les protections, les linges, les couches, poser les mains aux endroits les plus secrets, les plus fragiles. Certaines sensations remontaient, des souvenirs enfouis de maternité lointaine, lorsqu'elle langeait Yohann, bébé, pleine de confiance en l'avenir.

La délicatesse lui était revenue naturellement, telle une chose innée.

Elle ne pensait à rien d'autre, alors, qu'aux gestes qu'elle était en train d'accomplir. Prendre ses précautions, éviter toute forme de brutalité. Caresser, effleurer, faire l'effort nécessaire pour soulever une jambe, puis l'autre. Jamais elle ne se trompait, pleine d'une adresse tendre, les yeux embués de larmes, la respiration oppressée. Son amour brisé se réfugiait tout entier dans ses mains.

Une infirmière, une fois, lui avait demandé si elle voulait de l'aide. Elle avait refusé doucement.

Son fils, dans ces instants, n'était plus qu'à elle seule, dépendant, impuissant comme au jour de sa naissance. Rien n'était plus déchirant que ce contact avec cette chair froide, et cependant vivante, qui était aussi un peu la sienne.

Puis elle ôtait son sac et son manteau de la chaise avant de s'asseoir, sans rien dire. Une torpeur l'envahissait. C'est à ce moment, et à ce moment seulement, qu'elle s'autorisait à penser à l'autre Yohann, à celui qu'il avait été avant cette chambre, avant le lit, avant les perfusions.

Les images qui l'avaient assaillie au début avaient changé de nature.

Les premières semaines, elle l'avait vu tel qu'il était la veille de l'accident, grand, mince, plein d'une énergie rentrée malgré sa nonchalance, incapable d'autodérision, prompt à se passionner, prêt à repartir loin d'elle, bouillant d'impatience à l'idée de les fuir, elle et son monde, celui de Loïc, des camions et de l'enfance disparue.

Par un phénomène qu'elle n'expliquait pas, au fur et à mesure que les jours s'étaient ajoutés aux jours, cette image s'était délitée.

Le passé se vidait de sa substance, au profit d'un présent informe.

Elle s'angoissait, dans sa terreur de perdre son fils une seconde fois.

Certaines choses, déjà, s'effaçaient de sa mémoire : elle n'était plus très sûre de l'expression qu'il avait, le matin, lorsqu'il levait la main pour lui dire au revoir, avant de partir pour le lycée. Elle s'oubliait parfois jusqu'à rejouer certaines scènes de leur quotidien, rien que pour la certitude de pouvoir se les redire inchangées le surlendemain, à la même place, sur la même chaise.

D'autres données, peu à peu, venaient se superposer à ses souvenirs.

Ce qu'avaient dit Louise-Michel, Rox, le Pilote. La ferme Gonord. Le Terril. Le discours de Sylvain.

Ces gens, ces lieux aussi conservaient de petites parcelles de son fils. Ce continent inconnu, à quelques kilomètres de sa propre maison, continuait de lui résister. Elle était presque sûre que si elle parvenait à l'explorer, elle pourrait répondre à la question que Loïc ne cessait plus de lui poser, à chaque heure du jour et de la nuit.

— Pourquoi lui, bon Dieu, pourquoi lui ?

Tout aboutissait là, à cette béance que rien ne venait combler. Ils avaient beau passer et repasser dans leur tête le film de l'enfance et de l'adolescence de leur fils, ils ne savaient toujours pas quand ni pourquoi les choses avaient dérapé à ce point.

Laurence supposait qu'ils s'étaient éloignés de leur fils sans s'en rendre compte ; que s'ils avaient fait l'effort de chercher à le comprendre, ils auraient réussi à le mettre en garde contre certains risques. Loïc s'opposait à cette idée. D'après lui, il n'y avait rien à comprendre. Yohann avait été la victime des élucubrations de quelques illuminés radicaux que, pour le bien de tous, il aurait fallu coffrer de toute urgence.

Mais elle était presque sûre qu'il se trompait.

Yohann avait distingué autre chose en eux et elle était prête à lui faire confiance.

Elle le connaissait mieux qu'avant. Elle avait même la certitude que s'il se réveillait, là, maintenant, elle n'aurait plus à se heurter à lui. Un jour, elle avait essayé de l'expliquer à Loïc.

Il l'avait regardée comme si elle perdait la tête.

Depuis, elle se taisait.

Lui continuait à traiter les zadistes de tous les noms. Elle approuvait parfois sur le même ton, par désir de se convaincre elle-même qu'elle faisait fausse route. Penser à autre chose qu'au seul rétablissement de Yohann, c'était de la folie.

Louise-Michel s'était fait indiquer la chambre, à l'accueil, dans le hall d'entrée, avant de se perdre dans les couloirs. Une infirmière l'avait renseignée.

Elle n'avait pas eu à décliner son lien avec le malade, ce qui l'avait soulagée. Même, personne n'avait paru faire attention à elle.

La première fois, elle était restée dix minutes, ne sachant que faire de ses mains, regardant à terre. Elle avait juste risqué un coup d'œil sur le visage, qu'elle n'avait pas reconnu.

Il lui avait paru plus jeune que dans son souvenir.

Presque instantanément, elle avait senti s'effacer dans son esprit un pan du passé, comme si cette souffrance sourde et lancinante qu'il lui avait causée en se rapprochant de Rox, et la peur terrible qu'elle avait ressentie de la perdre elle, la seule, l'essentielle, celle pour laquelle elle aurait tout affronté, avait disparu, pour toujours.

Rien ne restait qu'une pitié immense, dont elle n'entrevoyait même pas le fond, et qui emportait tout.

Durant des années, elle avait lutté sans faiblir, indifférente aux critiques comme aux souffrances physiques, aiguillonnée par la difficulté, marchant droit au but qu'elle s'était fixé. La carrière universitaire abandonnée, les critiques venues de son propre camp, les luttes entreprises et perdues, rien ne l'avait rebutée. Tant de fois elle avait cru la victoire proche !

Depuis quelque temps pourtant, un doute la rongeait.

Regardant en arrière, elle aurait voulu pouvoir s'appuyer sur l'œuvre accomplie, et ne trouvait rien, rien de plus tangible ni de plus réel, en tout cas, que ce corps allongé là, les yeux fermés, la peau décolorée, relié à la vie par un réseau de tuyaux qui lui donnaient l'air d'une créature d'un autre monde.

Avoir rêvé des univers, pour aboutir à cette pauvre chose sans nom, tant d'espoir, tant d'amour et de vie irrémédiablement fracassés !

Elle ne savait pas trop bien quelle force l'avait poussée à retourner à l'hôpital, quinze jours plus tard, vers la mi-janvier.

Elle était restée plus longtemps cette fois-là, habituée déjà, osant une phrase, puis deux, dans le silence de la chambre, sous la lumière blafarde qui tombait des dalles du faux plafond. Elle avait essayé de s'imaginer ce que Laurence pouvait ressentir, sans y parvenir.

Le sentiment d'un immense gâchis l'avait submergée.

Plus tard, elle était rentrée à Morvaillan la boule au ventre, enragée contre les flics et tous ceux qui trouvaient normal d'assommer des gamins pour faire triompher l'injustice.

Finalement, elle avait décidé qu'elle reviendrait une fois encore, pour dire au revoir.

Rox, cette fois-ci, l'avait accompagnée, à sa demande. Le Pilote ne s'était pas manifesté.

À quatre heures, quand elles étaient entrées dans la chambre, il n'y avait personne mis à part une infirmière qui les avait dévisagées pendant deux secondes avant de leur laisser le champ libre. Elles ne comptaient pas rester très longtemps. Les deux premières fois, Louise-Michel avait pu sentir à quel point ce corps si blanc sous le drap pouvait mettre mal à l'aise. Yohann vivait si peu qu'il était difficile de ne pas le regarder sans songer à sa propre mort, et elle craignait un peu la réaction de Rox.

Au bout d'un certain temps, l'ayant sentie plus calme qu'elle ne l'avait espéré, elle avait murmuré quelques mots.

Rox, à son tour, s'était approchée de l'oreille de Yohann pour chuchoter. Par discrétion, Louise-Michel s'était reculée un peu, avant de s'asseoir sur la chaise en plastique vert rangée le long du mur.

Elles se relevaient toutes les deux d'un même mouvement lorsqu'elles le virent.

Loïc était debout, immobile dans l'encadrement de la porte, le visage révulsé. Laurence, derrière lui, s'était arrêtée elle aussi.

Louise-Michel, remise la première, prononça les premiers mots qui lui passèrent par la tête :

— Nous allions partir.

— Sortez. Sortez immédiatement de cette chambre, vous entendez ?

Loïc, oublieux de l'endroit où ils se trouvaient, éleva la voix, incapable de se dominer.

Rox fronça les sourcils.

— On est juste venues lui rendre visite.

Loïc ne se contenait plus. L'espèce d'hostilité indifférente à son égard qu'il venait de sentir chez cette fille, qu'il n'avait jamais vue et qui se permettait de venir murmurer à l'oreille de son fils, achevait tout à fait de l'enrager.

Et il les regardait toutes les deux, à présent, avec un visage rouge, emporté, plein d'une colère qu'il ne cherchait plus à cacher.

Louise-Michel avait empoigné le bras de Rox.

— Allez, viens, on s'en va.

Elles passèrent devant Laurence sans la regarder. Loïc, alors qu'elles disparaissaient au fond du couloir, eut un geste violent du bras. Tout de suite, il alla fermer la porte, encore secoué par ce qu'il venait de voir. L'insolence de ces gens-là n'avait donc pas de limites ! Il aurait voulu crier son indignation.

Il regarda Laurence, comme pour la prendre à témoin.

Mais elle était déjà près du lit, une main sur celle de Yohann, l'autre dans ses cheveux, qu'elle caressait doucement sans rien dire.

— Mon petit, mon tout-petit…

Et, tandis qu'il se calmait peu à peu, elle lui adressa un sourire triste.

8

Le camion, après la dernière manœuvre, était définitivement garé sous le hangar. Jamais Loïc n'avait voulu passer à l'automatique, malgré tout ce qu'avait pu lui dire le patron. Il aurait eu l'impression de perdre le plaisir de la conduite. Le Dominique, il pouvait bien dire ce qu'il voulait, c'était au moins ça qui n'avait pas changé. La flotte de la boîte s'était renouvelée, et lui s'était immanquablement retrouvé à conduire les plus vieux véhicules.

Ça lui allait.

Ce camion-là, le dernier qu'il conduirait, il l'aimait bien, peut-être plus que les précédents.

Il l'abandonnait, pour reprendre Yohann à la maison.

Le soustraire aux intrusions.

À peine Loïc avait-il eu cette idée qu'il avait compris que c'était la seule chose à faire.

D'abord, c'était naturel.

Le bon sens voulait que le fils revienne chez lui, après en avoir été si longtemps absent. Enfin, Loïc pouvait agir. Il refusait la résignation. Il insufflerait tant de vie à son fils qu'un jour, Yohann se relèverait. Ses mains se remettraient à bouger pour toucher son visage, sa poitrine, ses bras. Il redessinerait ses propres limites, et reprendrait conscience de sa différence d'avec le monde environnant.

Alors, il renaîtrait.

Loïc jeta un dernier regard à l'habitacle, avant de fermer la portière d'un coup sec.

Vingt ans plus tôt, il avait caressé l'idée d'avoir son propre engin, avant d'ouvrir sa boîte, en se constituant sa flotte, petit à petit. Trois camions auraient suffi d'abord, on aurait vu après. Ces machines-là, dociles ou rétives, demandaient qu'on s'en occupe avec un soin particulier, parce que la moindre défaillance technique pouvait coûter cher. Il avait toujours su s'y prendre, il se serait débrouillé, malgré les responsabilités. Il aurait eu des gars fiables, qui auraient fait le taf comme il le faisait lui, jamais dans l'à-peu-près. Avec un peu de chance, il aurait refilé le virus à Yohann, l'amour de la belle mécanique et le goût de la route qui s'étire devant vous sans fin. Alors, le gosse aurait pu reprendre la boîte, la développer avec ses capacités à lui, tous ces trucs qu'il aurait appris à l'école, et que lui, Loïc, ignorait.

Mais il aurait fallu faire moins de route, plus de bureau, de la paperasse, des comptes, des coups de fil, des mails, toutes sortes de démarches dont il avait eu peur. En plus, Laurence était réticente – dans quoi allait-il s'embarquer, seul, sans argent ou presque, quand le patron le traitait bien et qu'il était sûr de toucher son salaire à la fin du mois ?

Il avait eu tort, peut-être. S'il s'était lancé, s'il était resté près des gamins, il les aurait surveillés de plus près, surtout le grand.

Pas sûr, en revanche, qu'il leur ait parlé davantage.

Ils auraient fait davantage de choses ensemble, peut-être, la pêche, le jardin, quelques sorties. Au lieu de cela, d'apéro en apéro, de sieste en sieste, ils n'avaient jamais fait que se croiser. Un simulacre de vie de famille, dont il s'était accommodé plutôt bien que mal ; il s'accusait même, maintenant, de s'y être complu. Le temps ne se rattrapait pas.

Deux jours après avoir pris sa décision, Loïc avait téléphoné à Dominique. Il abandonnait la route, pour toujours, pour rester près de son fils.

— Alors, comme ça, c'est dit ? Tu r'nonces ?

— Oui.

Un oui, franc, direct, sans détour. Dominique comprenait, d'ailleurs, il aurait fait pareil dans la même situation.

Plus de vie normale possible après ça.

— Pas le choix, hein.

Des années, pourtant, qu'il refusait à toute force la promotion que voulait à toute force lui donner le patron. Intégrer l'équipe administrative de la boîte offrait des avantages : il aurait peu ou prou l'équivalent de ce qu'il gagnait depuis qu'il faisait du transport international, mais les horaires, eux, n'avaient rien à voir. D'ordinaire, la plupart des camionneurs chevronnés acceptaient ce genre d'offre : quitter la route qu'ils avaient pratiquée pendant une vingtaine d'années pour retrouver une vie plus régulière et voir leur famille plus souvent ; moins de kilomètres, moins de risques, davantage de temps pour soi ; le calcul, à première vue, était vite fait.

S'il avait voulu… Laurence avait bien essayé de le convaincre d'accepter, mais lui s'était accroché à cette existence-là, celle qu'il s'était forgée et qu'il associait à une forme de liberté. À dix-neuf ans, après un CAP boulangerie et deux années dans une usine qui fournissait la grande distribution, il avait jeté l'éponge, épuisé par les cadences infernales et le salaire indigent. Un peu par défi, il avait choisi de passer les permis poids lourd et super lourd. Ç'avait été une révélation : il avait retrouvé les bonnes sensations d'autrefois, quand il touchait de la mécanique avec les frangins.

Laurence n'avait pas caché ses réticences – ils venaient tout juste de se rencontrer, à l'époque –, elle aurait voulu mieux et surtout moins crevant pour lui.

Il n'avait pas cédé.

Bien sûr, depuis l'arrivée des camionneurs de l'Est, qui acceptaient des salaires de misère et que les patrons exploitaient en contournant la réglementation européenne, le métier n'était plus ce qu'il était. Il connaissait de plus en plus de jeunes gars, pas des mauvais bougres, qui jetaient l'éponge au bout d'un an de métier, dégoûtés. Son entreprise avait du mal à recruter, et sur la quinzaine de camions que comptait la flotte, quatre restaient régulièrement au garage, faute de conducteur. Dominique se battait pour que les plates-formes Internet dédiées à la recherche d'emploi ne suppriment pas ses annonces.

Et c'était l'une de ses plaintes les plus fréquentes, devant l'absurdité de la situation, tant de gens en mal de travail, et si peu de volontaires.

— Ah, on croirait pas, hein, comme ça !

— Ben tiens.

La profession, dans l'ensemble, ne rajeunissait pas. Les Français, dans le transport international, se faisaient rares.

Lui résistait, plus aguerri, rompu aux nuits trop courtes, aux haltes sur les aires d'autoroute pour les repas et la toilette, aimant ça au fond, ces retrouvailles avec les copains, toujours aux mêmes étapes, cette impression de n'être jamais assigné à résidence, et ce sentiment de puissance qu'il éprouvait au volant de son camion.

Et c'était paradoxalement par crainte du changement qu'il chérissait ce mouvement perpétuel, ces neuf heures de conduite par jour, cinq jours par semaine, sa routine, celle qui lui permettait, à force, de connaître le moindre segment de bitume par cœur, et les paysages qui allaient avec.

Rien qu'en posant le doigt sur la carte, il aurait pu dire tout ce qu'on leur avait fait, aux paysages, ces vingt dernières années : extension des villes nouvelles, étalement des lotissements bon marché, explosion des ronds-points ornés de sculptures grotesques et hors de prix, multiplication des contournantes autour des agglos, avec leurs ponts et leurs remblais de plus en plus hauts qui vous bouchaient l'horizon.

Enfermé dans sa cabine avec son regard sur les choses, toujours le même, il passait, constatait, déplorait, se marrait, continuait à rouler parce que c'était son taf et qu'il l'aimait. L'habitacle, six mètres carrés, c'était sa deuxième maison, inconfortable sans doute, mais rassurante et bien à lui. Personne d'autre n'y pénétrait, pas même Laurence. Les pieds sur les pédales, attentif à tout incident qui pouvait surgir, il y oubliait presque tout.

Maintenant, bien sûr, tout était changé.

Jamais il n'avait sérieusement pensé à la mort autrement que comme à la sienne propre, qui pouvait survenir là, au détour d'une route, à cause d'un endormissement au volant ou d'un accident. Celle des siens, il l'avait redoutée, comme chacun, une éventualité qui faisait le prix de la vie, sans être vraiment envisageable : une évidence à laquelle il n'avait jamais cru.

Et parce qu'elle avait fait irruption, quelques mois plus tôt, sans vaincre complètement, tout était changé, plus encore qu'il ne l'avait cru au début, lorsqu'il avait voulu jeter son camion du haut d'un pont, pour mettre fin à la douleur, pour détruire quelque chose aussi, une route, un tablier en béton, un pilier.

Créer une mini-apocalypse, un incendie, massacrer un peu de cet univers absurde et se venger de lui : il y avait sérieusement pensé.

Depuis, il avait bien fallu continuer à faire semblant de vivre.

Un poste à la gestion des flux s'était libéré trois mois plus tôt, il commençait quand il voulait. En plus, avec le télétravail, il aurait la possibilité de rester chez lui plusieurs jours par semaine s'il le désirait. Ça n'était même pas une faveur, avait dit Dominique comme pour s'excuser : ça le soulagerait de n'avoir plus tout ça sur le dos, de la logistique, des choses un peu lourdes, un peu répétitives.

Un malaise l'avait saisi, la dernière fois qu'il était entré dans les bureaux, derrière le hangar. Sa vie durant, il avait refusé de s'y attarder plus de quelques minutes. Et voilà qu'il laissait derrière lui son passé, l'ancienne texture de son existence. Laurence seule, peut-être, pouvait sonder la profondeur du sacrifice.

La prison, la sienne, commençait là, derrière le téléphone et les écrans, sans commune mesure avec l'autre – qu'était sa réclusion nouvelle, comparée à celle de son fils ?

Les médecins, lorsqu'ils les avaient prévenus, début janvier, d'une amélioration de l'état de Yohann, s'étaient montrés très circonspects.

Le fait qu'ils aient obtenu un léger mouvement de la main gauche – au bout d'un mois et demi de coma, en réponse à un stimulus douloureux – indiquait sans nul doute un mieux, mais le garçon restait plongé dans un état « pauci-relationnel ». Les gestes dont Yohann serait capable risquaient de demeurer pour longtemps très pauvres. Rétablir avec lui un semblant de communication normale demanderait du temps, beaucoup de temps. En somme, une rééducation complète des fonctions vitales les plus simples – comme si Yohann avait été reprogrammé à l'état de nouveau-né.

On pouvait espérer, à très long terme, des progrès importants, si on s'appliquait méticuleusement à faire, jour après jour, tous les gestes nécessaires.

La première fois qu'ils avaient vu la main de leur fils bouger, Loïc et Laurence s'étaient mis à pleurer presque au même moment. Sa main à lui avait cherché sa main à elle, une pression avait répondu à la sienne, avec une spontanéité et une chaleur qui, l'espace d'un instant, l'avaient soulagé.

C'était la fin de quelque chose, avait-il voulu croire, de cet éloignement que le long sommeil de leur fils avait rendu inévitable. Toute incompréhension cesserait, maintenant qu'ils avaient un but commun : redonner naissance à Yohann. Laurence, la première fois, avait fait le gros du travail, en portant leur fils avant de le mettre au monde. Cette fois-ci, il se le jurait, son rôle serait au moins aussi important. Lui aussi accoucherait d'un être neuf, revenu à la vie à force de soins et d'amour.

La certitude, lumineuse et claire, l'avait transpercé comme une flèche : Yohann allait revivre.

L'hôpital, dès ce moment, avait cessé de lui faire peur.

Pendant la tournée de livraisons qu'il avait dû assurer en Europe centrale pour le compte d'un cartonnier, la semaine suivante, il n'avait pas cessé de bombarder Laurence de messages. La main sur le drap avait-elle bougé ? Quelle était l'amplitude du mouvement ? Laurence lui renvoyait toujours des réponses trop courtes à son goût. Le moindre geste, la moindre nuance était importante, lui avait-il expliqué à plusieurs reprises. Loïc, à distance, s'emportait.

Au retour, il avait dû se rendre à l'évidence : rien n'avait changé depuis son départ.

— Tu as vu que la main a bougé, non ?

— Peut-être. Je ne sais pas. Oui.

— J'te dis que oui. Faut savoir regarder.

— Oui, faut savoir regarder.

Loïc avait raison, sans doute.

Mais Laurence ne savait plus regarder, ni écouter. Elle aurait voulu voir, désespérément, ce frémissement de vie que lui était certain de percevoir, à chaque fois, dans la chambre. À l'espoir démesuré des premiers jours succédait une mélancolie terrible, paralysante, un poids qui l'étouffait et contre lequel elle ne pouvait pas lutter. Peu à peu s'insinuait en elle la conviction qu'aucune amélioration n'aurait plus jamais lieu, et qu'elle devait, pour toujours, s'habituer à ce corps inerte, qu'un souffle ténu animait seul.

La vérité, par éclairs, se faisait jour.

Le peu d'équilibre qu'elle avait réussi à retrouver depuis l'accident tenait à ce qu'elle avait cru, jusqu'alors, le pire inévitable.

— On y retournera demain, et là, tu verras, je te promets, tu verras qu'il bouge. Je te montrerai. Je montrerai aux médecins, ils verront, eux aussi.

Ils y retournaient le lendemain. Loïc se penchait sur le drap, fébrile, guetteur attentif, prêt à bondir.

— Ce coup-ci, t'as vu, hein ?

Laurence regardait aussi attentivement que possible.

Le corps reposait, à peine enfoncé dans le matelas. La tête, renversée sur l'oreiller, était tournée vers le coin de la pièce. Combien pouvait-il peser, à présent ? Le goutte-à-goutte translucide, sur la gauche, donnait l'impression qu'une nourriture immatérielle suffisait à le maintenir en vie.

Elle avait murmuré quelques mots indistincts, les mains sur les tempes, dans un geste d'accablement dont elle n'était plus maîtresse. Loïc voyait ce qui n'était pas. Impossible de se débarrasser de l'horrible conviction : jamais leur fils n'aurait d'autre vie que celle qu'il était en train de vivre, allongé, prisonnier de ce lit d'hôpital.

C'était ce que les médecins tentaient de leur dire, depuis des jours, sans parvenir à le leur faire comprendre.

Elle n'avait pas le cœur de détromper son mari.

— Regarde !

Elle avait levé les yeux, n'avait rien vu.

La solution, pourtant, venait de s'imposer à Loïc dans son évidence : ils allaient reprendre Yohann avec eux, à la maison, dès maintenant, sans attendre sa guérison.

Dans la voiture, sur le chemin du retour, il le lui avait annoncé.

Tout serait plus facile ainsi, sans aucun doute. Plus d'allers-retours à l'hôpital, une atmosphère douce et calme, les anciennes habitudes, le meilleur environnement possible pour hâter une guérison prochaine.

Il citait les exemples qu'il avait pu trouver au cours de nuits passées sur Internet à se renseigner sur les phénomènes de coma profond. Certains patients se réveillaient beaucoup plus rapidement que prévu, d'autres, d'une façon très brutale, un beau matin, alors que rien ne le laissait espérer ; d'autres encore avaient besoin d'une dizaine d'années de rééducation, mais finissaient par retrouver toutes leurs facultés.

Quelques cas étranges montraient même que des malades se réveillaient avec de nouvelles aptitudes.

Laurence, contrairement à ses prévisions, l'avait regardé avec stupeur d'abord, affolement ensuite.

Ils ne pouvaient pas faire ça, c'était de la folie pure.

— Pourquoi ? Où serait-il mieux que chez lui ?

— Tu te rends pas compte !

Pour la première fois de sa vie, elle osait lui tenir tête frontalement.

Ce n'était une bonne idée ni pour lui ni pour eux. Ils n'avaient ni la formation ni le temps nécessaires pour s'occuper de Yohann. Leur fils, inévitablement, quoi qu'il puisse encore ressentir, souffrirait de leurs manquements, bien plus peut-être que s'ils étaient le fait d'un personnel plus qualifié et surtout plus indifférent.

Loïc, inlassablement, était revenu à la charge.

Pendant quelques jours elle s'était retenue d'ajouter autre chose, puis elle s'était décidée à tout dire. Le dévouement, certes, ne leur ferait jamais défaut, mais l'énergie ? Est-ce qu'il imaginait quelle serait leur vie ? La sienne, surtout, quand il serait de nouveau sur les routes, absent cinq jours par semaine ?

— Et Émilie ?

— Quoi, Émilie ?

Le corps de son frère en permanence dans la maison, l'impossibilité de se déplacer même pour une courte durée, le sentiment d'oppression qu'engendrerait immédiatement pour elle leur propre fatigue, constamment présente, pouvait-on lui imposer ça ?

— Ça, c'est ton fils.

À partir de là, elle n'avait plus rien eu à répondre.

Était-elle dénaturée à ce point, pour ne pas ressentir du tout le désir de le ramener à elle, à eux ? Elle se l'était demandé.

Pas dans cet état, pas comme ça, s'était-elle entendue répondre, sans oser le dire à haute voix. Il n'était pas question de courage, non, mais simplement de savoir-faire, ou de pratique.

Les médecins lui donnaient raison contre Loïc.

Aucune loi ne les empêchait, évidemment, de reprendre leur fils, si tel était leur souhait. Eux se devaient de les mettre en garde contre l'ampleur de la tâche qui les attendait, une tâche infinie, presque impossible à remplir – de parents, ils deviendraient des aidants absolus, sans une seule minute de répit. En milieu libéral, peu d'aides à domicile acceptaient les patients dans cet état, dont ils n'avaient généralement pas l'habitude.

De son côté, le psychologue de l'hôpital était formel : une fois passée l'inévitable phase d'espoir en des progrès rapides, la désillusion risquait d'être brutale. S'occuper quotidiennement d'un patient en état végétatif demandait une résistance hors du commun. Ils s'épuiseraient rapidement. Le reste suivrait : le découragement, l'énervement, le désespoir, la violence peut-être, et l'instauration d'un environnement instable, plus que tout défavorable à la guérison de Yohann.

Leur famille même était en jeu.

Loïc, avec une grande fermeté, avait balayé les arguments d'un revers de main. Yohann, sûrement, était comme tous les malades : il avait hâte de quitter l'hôpital pour se retrouver chez lui, parmi les siens, dans son univers. Il fallait ce qu'il y avait de mieux pour lui. Le reste ? Des prévisions d'oiseaux de mauvais augure, d'êtres sans patience ni caractère. La route serait longue, soit. Et alors ? Il y avait toujours un bout du tunnel. Cette fois-ci, il le promettait, il serait à la hauteur.

Enfin, tous avaient cédé devant son obstination.

Dans les premiers jours de février, des livreurs étaient venus installer le lit médicalisé.

Ça avait été une grande affaire de savoir où le mettre. Les chambres des enfants étaient à l'étage. Il fut question, au départ, d'y monter le lit, mais les examens médicaux réguliers voulaient qu'on puisse continuer à déplacer le corps avec le plus de facilité possible, sans danger pour Yohann. Loïc, la mort dans l'âme, avait fini par renoncer à l'une des idées auxquelles il tenait le plus : réinstaller Yohann dans son ancienne chambre.

Il avait fallu déménager le petit bureau, la seule pièce du rez-de-chaussée susceptible d'accueillir le lit. Elle donnait directement sur le salon ; la vue sur la bande de gazon qui séparait la façade de la haie de devant n'y était pas formidable, mais, au moins, les fenêtres n'ouvraient pas sur les champs, derrière la maison. Loïc, en s'avisant de ce changement, finit par le trouver judicieux : s'il lui arrivait, un soir, d'oublier de fermer les volets, Yohann n'aurait pas la possibilité d'apercevoir le phare de la ZAD.

Laurence n'avait rien dit non plus. Elle préférait que les chambres d'Émilie et de Yohann ne se touchent pas ; il lui semblait que la petite aurait moins peur ainsi.

Elle se mit à décorer la pièce avec tout le soin qu'elle avait mis, des années auparavant, à embellir la chambre de ses enfants à venir. La grande armoire, sur le côté, la gêna beaucoup. Une idée de Loïc pour cacher à la vue le matériel nécessaire, les boîtes de gants, de désinfectants, les poches de nourriture artificielle, les stocks d'antidouleurs, une quincaillerie vitale dont, par nécessité, ils étaient devenus familiers.

La date indiquée par l'hôpital pour le transport du patient était arrivée rapidement. Toute la matinée, Loïc avait guetté l'ambulance sans pouvoir rester en place, sursautant au moindre bruit. Enfin, il avait entendu le moteur qu'on arrêtait devant la clôture.

— Ils sont là. Émilie ! Émilie ! Descends ! Où est-ce qu'elle est allée se fourrer encore ?

Laurence, au bout d'une minute, était sortie de sa chambre, où depuis le matin, elle était restée allongée, incapable de penser à rien. Ce retour, elle l'avait rêvé si différent !

— Dans sa chambre.

— Elle ne descend pas ?

— Laisse-la. Elle viendra tout à l'heure.

Loïc avait froncé les sourcils, impatienté.

Les infirmiers avaient dû s'y reprendre à trois fois avant de réussir à faire passer le brancard par la porte d'entrée, à cause des trois marches du perron. Loïc, ensuite, les avait guidés, le souffle court, le dos crispé, tandis que Laurence se tenait sur le seuil de la cuisine, toute blanche, sans pouvoir bouger.

Les quelques indications qu'on leur avait données suffirent à faire face aux premiers jours.

Les gestes à accomplir étaient les mêmes qu'à l'hôpital, à ceci près qu'il fallait les renouveler plus souvent. Ils mirent en place un roulement, en fonction des horaires de travail de Laurence. Pour le reste, les soins spéciaux, Loïc s'était renseigné avec acharnement.

Des nuits entières y étaient passées. Il n'ignorait presque plus rien sur le sujet.

Il savait par exemple que le malade, reclus dans son lit, n'avait plus conscience du temps qu'en fonction des différents états de la lumière. Le passage incessant des infirmières et des aides-soignantes, à l'hôpital, pour mesurer ses constantes, avait brouillé le peu de repères temporels dont il disposait. Un environnement plus calme, où on prenait soin d'éteindre et d'allumer la lumière au bon moment, d'ouvrir et de fermer les volets pour segmenter bien clairement les temps de repos et les temps de veille, permettrait de redonner à Yohann la structure nécessaire à une bonne compréhension du réel.

Il fallait mettre en place une journée type, pour que Yohann puisse reprendre goût à la vie, enseignait-il à Laurence. Les spécialistes recommandaient toutes sortes de stimulations pour la rééducation du patient, comme la diffusion régulière dans la chambre de parfums de l'extérieur, arbres, fleurs ou fruits, mais aussi d'odeurs familières, celles de la cuisine familiale ou des vêtements. La rééducation du goût pouvait se faire par des semblants de prises de repas pour pallier l'effet gavage de la sonde gastrique.

Le reste relevait de la rééducation intellectuelle : lire à voix haute le journal ou des livres, passer de la musique. Loïc se mettait, par amour, à s'intéresser à des mondes nouveaux. Rien ne l'effrayait. Il se sentait, pour son fils, une force à soulever des montagnes.

Laurence consentit à tout.

Au début, ils avaient exigé d'Émilie qu'elle vienne chaque matin dire bonjour à son frère.

Elle s'était exécutée avec tant de raideur, et sans que cela paraisse avoir le moindre effet sur Yohann, qu'ils s'étaient résolus, avec l'approbation du psychologue, à ne plus la contraindre. L'attitude d'Émilie, d'ailleurs, ne signifiait nullement une insensibilité quelconque, simplement une peur de l'inconnu, bien naturelle à cet âge.

Un matin qu'elle savait sa mère absente et son père occupé devant l'ordinateur, Émilie rentra d'elle-même dans la chambre.

Elle avait voulu voir, sans qu'on la force à rien.

D'abord, la demi-pénombre de la pièce, que Loïc prenait soin de maintenir pour distinguer les heures de repos des heures de « réveil », la désorienta. Yohann gisait là, le même qu'à l'hôpital, quand ses parents l'amenaient, et qu'elle ne savait pas quoi dire à celui qui n'était plus son frère, en tout cas, plus celui d'avant.

Une paralysie la prit.

Une drôle d'odeur flottait, qu'elle ne reconnaissait pas, de médicament, de clou de girofle, par-dessus celle, douceâtre, de l'urine contenue dans la sonde. Les parties métalliques du lit et du fauteuil, neufs tous deux, sentaient le fer oxydé à cause du passage répétitif des mains de son père et de sa mère.

Soudain, elle vacilla.

Yohann venait d'ouvrir les yeux.

Elle se retint pour ne pas hurler de terreur.

— Maman ! Papa !

Les mots suivants restèrent coincés dans sa gorge. D'un seul coup, elle retrouva l'usage de ses jambes.

Alors elle sortit de la chambre en courant pour se réfugier à l'étage.

9

L'heure revenait, toujours la même.

La longue patience qu'exigeaient de lui ses trajets sur la route avait préparé Loïc à cette obstination de termite. Creuser inlassablement la même galerie, pour trouver la lumière au bout du tunnel.

Sans qu'il ait besoin de consulter sa montre, Loïc se levait, se lavait soigneusement les mains, allumait la petite lampe sur la table de chevet de préférence au plafonnier dont il avait peur qu'il n'éblouisse Yohann.

Depuis que son fils ouvrait les yeux, il avait repris confiance : même si aucun autre geste n'était venu confirmer ses progrès, c'était un mieux inappréciable. Quelque chose, désormais, passait entre eux.

Puis il allait s'asseoir sur la chaise placée tout contre le lit, saisissait une main, guettait les frémissements du visage, l'ouverture de l'œil, plein d'une lueur d'effroi.

Commençait alors un long dialogue silencieux.

Yohann l'attendait.

Dans la face morte, les paupières se soulevaient et les yeux, d'un coup, se mettaient à vivre. Le père, alors, l'observait avec intensité, jusqu'à ce que le regard du fils se détourne, lassé de l'interminable salut, pour errer dans la chambre, fixant d'abord un point puis un autre, le coin droit du plafond, la porte de l'armoire, le sommet de la lampe.

Loïc avait eu pour projet d'accrocher au mur de nouvelles images, des posters ou des reproductions de tableaux, pour lui offrir quelque chose de neuf, mais Laurence l'en avait facilement dissuadé : son ancien univers, pour Yohann, était sans doute plus rassurant. Que savait-on, après tout, de ce qu'il percevait ? Une image familière pouvait peut-être susciter un souvenir, une étincelle.

Il avait acquiescé à regret.

La renaissance de Yohann, telle qu'il l'avait espérée, prévue, programmée, devait se dérouler selon des étapes bien déterminées, dont la moindre n'était pas la rupture avec ce qui l'avait conduit, un soir, à s'engager dans un chemin de terre détrempé pour n'en plus revenir. Cette musique, ces images, ces bouquins, ces vestiges de l'ancienne chambre, lui faisaient peur comme des idoles déchues. Peut-être conservaient-ils malgré tout un reste de leur pouvoir ?

Il avait fini par les accepter avec l'idée qu'il saurait bien en détourner Yohann le moment venu.

Laver son fils, changer la sonde urinaire et les poches de nourriture liquide, disposer les électrodes des appareils d'électrostimulation sur l'ensemble de son corps, c'étaient des gestes qu'il maîtrisait. Parfois, il découvrait une anomalie, une petite griffure, ou un bleu, qu'il enduisait patiemment de crème avant de le masser. Il redoutait plus que tout la survenue d'escarres, dont il avait vu sa mère souffrir un peu avant sa mort. Aussi accordait-il un soin particulier aux genoux, aux talons et aux chevilles, qu'il déplaçait avec une infinie douceur, en prenant garde de les séparer par des coussins spéciaux qu'il était allé acheter dès les premiers jours.

— Tu peux bouger, tu sais. Tu peux le faire. Si tu en as envie.

À force de persévérance, quelque chose aurait lieu, une sorte de déclic, et Yohann, brusquement, se lèverait, pour répondre à sa prière. Il effacerait les souvenirs anciens, la déchirure qui existait entre eux depuis des années, et qui n'avait pas eu le temps de cicatriser.

Rien ne se produisait.

Loïc murmurait quelques mots sans suite, adressés, sans doute, à celui qu'il n'osait pas nommer Dieu et dont il avait fini, ces derniers temps, par redécouvrir l'existence. Jamais encore il n'avait prié de sa vie.

Alors il se penchait vers le lit, regardait plus attentivement le visage immobile, palpait doucement la main gauche, puis l'avant-bras, inspectant le corps avec soin. Puisque l'âme vivait toujours, il n'y avait là qu'une machine qui refusait de fonctionner, et dont on pouvait espérer, à force de patience, réparer le mécanisme. La peur des premiers temps avait disparu.

Yohann était tout entier à sa merci, recouvert de son amour et de sa peine.

Au bout d'un moment, il décidait que le temps était venu de lever son fils et de l'installer dans le fauteuil médical, où des sangles lui permettaient tant bien que mal de tenir droit, la nuque rejetée en arrière sur l'appuie-tête, la bouche à demi ouverte, respirant avec peine, le regard errant. Il avait lu que bouger le corps évitait l'ankylose totale des membres et la nécrose de la peau des articulations.

Laurence, la première fois qu'elle l'avait vu ainsi ligoté, avait manqué de s'évanouir : c'était son fils, ce pantin souffrant et désarticulé ! Le lit, en masquant l'inaptitude du malade à se tenir assis, permettait une équivalence illusoire et navrante entre la station couchée et le repos prolongé. Dans le fauteuil, l'évidence de cette mort inachevée sautait aux yeux.

C'était une opération délicate que le transport du corps d'un endroit à l'autre de la chambre, néanmoins facilitée par les roulettes du fauteuil, qu'il fallait bien prendre garde de débloquer avant de faire quoi que ce soit.

Loïc, une fois le transfert achevé, s'asseyait, saisissait la main de Yohann, et commençait à lui parler.

Il avait lutté, au début, contre la tentation de s'adresser à lui comme à un petit de deux ans ; puis il s'y était abandonné, sans songer que peut-être, son fils, depuis sa prison, s'irritait d'être traité comme l'enfant qu'il n'était plus.

D'autres fois, il allumait la télé qu'il avait installée dans la chambre. Le son, la lumière, la musique, les voix, c'était une stimulation comme une autre. Très vite, cependant, elle le fatiguait ; cette irruption du monde extérieur dans un espace qui n'était qu'à eux deux lui paraissait une profanation, et le sourire des journalistes, une insulte à son malheur, la preuve que le monde, au-dehors, dans son indifférence scandaleuse, continuait d'exister.

Toujours, il en revenait à cet univers déglingué entrevu quelques semaines plus tôt, ces carcasses de bagnole calcinées jusqu'aux os, ces tessons de bouteille, ces restes de feu mal éteints, aperçus autour de la ferme Gonord. Il savait peu de chose des zadistes, et ce peu de chose lui suffisait. Des jeunes en rupture de ban, vivant des minima sociaux, réfractaires à l'effort comme à la persévérance, prompts à détruire et à brûler plutôt qu'à obéir.

Tout ce qu'il détestait.

Mais ce qui le révoltait par-dessus tout, c'était ce vol de la terre, cette occupation du bien d'autrui. Il n'aimait pas les patrons ni les propriétaires, mais il haïssait les voleurs, et ces gens-là étaient des voleurs.

Le peu qui lui appartenait, Loïc avait dû lutter pour l'obtenir.

Il n'avait compté ni ses heures ni ses efforts, il avait même parfois pris des risques pour décrocher une prime qu'il savait nécessaire à sa famille, à ses gosses surtout, sa passion unique. Et ceux-là qui criaient que tout était à tout le monde s'appropriaient ce qui n'était pas à eux, et prétendaient vivre en autarcie en continuant à toucher des subventions ! Ils lui rappelaient un peu cet officiel, un gars en campagne pour les régionales qui s'était brusquement intéressé à Speedfret au moment des élections, pour leur assener du « développement durable » et de la « reconversion écologique ». Le gars avait dit à Dominique qu'il devait renouveler sa flotte pour passer au gaz naturel. Le chiffre d'affaires était en baisse constante depuis des années, des chauffeurs avec quinze ans de boîte risquaient de perdre leur boulot, mais apparemment, ça ne lui faisait ni chaud ni froid.

Et ça se disait de gauche.

Ces types-là, à la ZAD, c'était pareil : ils savaient tout mieux que tout le monde, sans bosser ni rien.

Les Ménard avaient raison. Ils parlaient trop souvent de cette histoire d'héritage qui leur retournait les sangs, mais ils étaient dans leur droit. Laurence avait beau dire, il comprenait leur ressentiment, et plus encore maintenant que ces salopards lui avaient pris ce qu'il avait de plus précieux.

Il se l'était promis : son garçon aurait les chances que lui n'avait pas eues. Pas question non plus qu'il refasse les mêmes erreurs. D'ailleurs, il était doué, les instits, dès les petites classes, l'avaient remarqué. Loïc n'avait jamais osé se rendre aux réunions de parents, de peur d'y paraître déplacé, mais il se souvenait d'avoir attendu anxieusement les rapports de Laurence, ces soirs-là. Et ses dessins ! Il en avait encore quelques-uns, accrochés dans la cabine du camion, qu'il montrait aux copains, parfois, lorsqu'il offrait le café. Il en était fier, de ce garçon qui promettait d'être si différent de celui qu'il avait été, lui, réfractaire à l'école, fasciné par les machines, les gros engins de chantier d'abord, les camions ensuite, ceux qui roulaient le long de la nationale où habitaient ses parents.

Il n'avait pas honte de son métier, ça non, mais il voulait pour Yohann quelque chose de mieux, et surtout qu'il soit reconnu à sa juste valeur. En avait-il entendu, des plaisanteries ou des insultes sur les chauffeurs routiers ! Plus jeune, il voyait rouge, il s'emportait jusqu'à se battre ; ça lui était passé, mais l'impression demeurait, en lui, d'appartenir à une race de réprouvés. Elle s'était accrue depuis qu'on accusait le transport d'être une source de pollution majeure.

Même Dominique, maintenant, parlait de refaire le site de la boîte pour mettre en avant leurs efforts en matière d'impact environnemental.

Deux, trois ans plus tôt encore, à chacun de ses retours, Yohann paraissait heureux de le revoir.

Il n'était plus aussi expansif qu'autrefois, quand il était petit et qu'il courait à l'aveugle se jeter dans ses jambes ; mais ils partageaient toujours les matchs du samedi, le sandwich au poulet à la mayonnaise et le Schweppes qu'il lui payait ensuite, un ou deux films, parfois, des rediffs des années 1980. Ils aimaient bien *Le Grand Bleu*, avec les dauphins et tout. La fin leur faisait venir les larmes aux yeux presque à chaque fois. Et puis les disques sur la platine, un des seuls appareils un peu luxueux de la maison que Loïc se soit jamais offert pour son plaisir, histoire de réécouter son passé. Lorsqu'il était de bonne humeur, il mettait Joan Baez, un peu de Bob Dylan, ses vinyles préférés, religieusement conservés dans le bahut du salon, à la place protégée, sous le service hérité de sa mère.

C'étaient de bonnes soirées.

Lorsque Yohann avait renoncé à manger de la viande, Loïc s'était senti agressé, trahi, même. Petit, son fils avait longtemps déclaré que les lasagnes paternelles étaient son plat préféré. Plus tard, il y avait eu entre eux ces regards de tristesse et de colère, de haine peut-être, qu'il aurait voulu effacer.

Loïc revenait à la réalité. Il se levait lourdement, se penchait sur le corps pour le ramener dans le lit. Il fallait d'abord prendre garde à la suspension de la sonde urinaire, et puis à bien tout remettre en place une fois l'opération finie, la poche d'eau et la sonde gastrique.

C'était sa tâche à lui. Personne ne la lui enlèverait.

Péniblement, il réussissait à passer le bras droit dans le bas du dos, puis le bras gauche sous les cuisses, avant de se relever d'un mouvement sec du buste. L'avant-bras reposant sur le dossier du fauteuil, il donnait l'impulsion, d'un dernier coup de reins. Yohann, à présent, était tout contre lui, bras et jambes pendants, inertes comme des morceaux de chiffon, maigres et blancs sous le pyjama de coton. Loïc faisait les quelques pas qui le séparaient du lit. À travers le tissu, les os saillants des hanches de son fils lui rentraient dans les côtes. Parvenu juste au-dessus du matelas, il sentait ses bras se raidir.

Le garder contre lui, le serrer contre son cœur battant, lui insuffler un peu de sa force : il prolongeait l'instant autant qu'il était possible, avant de déposer le corps, délicatement, comme un objet infiniment précieux, sur le drap immaculé.

La nuque, détendue, reposait sur les oreillers, soutenant la face figée, dans laquelle rien ne remuait. Les yeux de Yohann se refermaient.

Laurence frappait à la porte, très doucement.

Il ne l'entendait pas entrer. Elle s'approchait, et ne voyait rien.

— Émilie ?... Émilie chérie, c'est fini ?

Émilie acquiesça calmement, d'un simple hochement de tête. Sa mère, assise sur le lit derrière elle à plier quelques vêtements secs, lui avait déjà posé la question trois fois.

Depuis que Yohann était revenu, depuis que son corps était là, sous leurs pieds, au rez-de-chaussée, à quelques mètres d'elles, Laurence paraissait avoir perdu la notion du temps.

— Fini.

— Bien. Tu descends pour le repas ? Dis à papa que j'arrive.

Descendre. Prendre le couloir. Écouter, derrière la cloison, comme toujours, si elle n'entendait rien.

La chambre était là. Émilie n'y entrait plus qu'avec Loïc ou Laurence, quand il lui était impossible de faire autrement sans fâcher son père ou sa mère.

Elle frissonnait de peur à chaque fois qu'elle y pensait. Elle savait qu'elle aurait dû ressentir autre chose, de la peine, par exemple, ou un chagrin profond, terrible, comme celui de ses parents, un chagrin qui les transformait si fort qu'elle ne les reconnaissait plus.

Elle avait lu quelques livres avec des histoires comme ça, où de très jeunes enfants se dévouaient jusqu'au sacrifice pour leurs parents ou leurs amis, en faisant preuve d'un courage extraordinaire. Elle aurait aimé leur ressembler.

Elle s'en voulait de ne pas y parvenir.

Au début, elle avait cru qu'elle souffrait beaucoup. L'accident de Yohann, la nuit à l'hôpital, le frère endormi. Maintenant c'était pire : il était de retour sans l'être. Ses parents ne pensaient plus qu'à lui, partout, tout le temps. Ils prononçaient des mots qu'elle ne comprenait pas. Parfois, elle en cherchait quelques-uns dans le dictionnaire, sans être plus avancée. Elle-même s'efforçait de leur être agréable en tout, en s'effaçant le plus qu'elle pouvait.

À bouger le moins possible, elle s'imaginait qu'elle en viendrait peut-être à ressembler à son frère, l'immobile, et qu'alors ses parents se tourneraient vers elle avec la même inquiétude suffocante qu'elle percevait en eux chaque fois qu'elle les voyait franchir le seuil de la chambre du rez-de-chaussée. Ces derniers temps, elle avait presque l'impression d'avoir disparu.

La seule chose qu'elle parvenait encore à faire, c'était, le soir, dans son lit, se réfugier dans ses souvenirs. Une fois que Laurence avait fermé la porte, elle ne pouvait plus s'endormir tout de suite, comme avant, en serrant l'ours déchiqueté de sa petite enfance. Elle retrouvait les images de Yohann encore en vie, les secrets qu'ils avaient partagés à deux, les cachettes dans le jardin, le miroir brisé par elle, leurs fous rires idiots, dans la salle de bains, un jour qu'elle y avait lancé une bille, et Yohann qui s'était dénoncé à sa place.

Jusqu'à une heure tardive de la nuit, elle entendait, au-dessous d'elle, les allées et venues de Loïc ; il lui semblait qu'elle avait l'ouïe si fine qu'elle pouvait distinguer le moment où il ouvrait une dernière fois la porte de la chambre de Yohann et la laissait entrebâillée.

Si jamais son frère, par miracle, se réveillait d'un seul coup, pendant la nuit, et se mettait à parler, il fallait que quelqu'un, dans la maison, puisse l'entendre.

S'il se levait…

Et elle imaginait qu'il en irait ainsi, un jour : le corps de Yohann se redresserait soudain lentement, très maigre, transparent comme ceux des fantômes. Il se lèverait sans bruit, tout doucement, et commencerait à monter l'escalier, sans faire craquer les marches. Elle seule l'entendrait. Elle voudrait crier, sans parvenir à le faire. Alors elle se tairait, pétrifiée de terreur.

La suite était plus floue.

Elle sentait qu'il s'approchait de plus en plus, jusqu'à pousser la porte de sa chambre. Parfois, un souffle d'air la faisait bouger, elle savait qu'il était là, près d'elle, qu'il cherchait à lui parler.

Elle n'entendait rien.

Est-ce que tout redeviendrait comme avant ?

Est-ce qu'elle pourrait respirer de nouveau, sans ce poids sur la poitrine qui l'oppressait depuis des semaines et dont elle n'avait parlé à personne, même pas à Laurence ?

En attendant, elle se raidissait dans son lit, inquiète jusqu'à la nausée, épiant le moindre bruit. Elle croyait parfois qu'elle s'endormait. Lorsqu'elle se réveillait, seule au beau milieu de la nuit, elle se sentait souvent si coupable qu'elle se mettait à pleurer.

— On ne saura rien, de toute façon, jamais. Rien. Faudrait qu'on soit des gens importants, pour qu'ils se remuent.

Ils étaient dans le camp de ceux qui ne comptaient pas – ou si peu.

Une forme de conscience de classe se réveillait chez Loïc, plus virulente qu'elle ne l'avait jamais été, même au temps des grandes grèves des années 1990, quand les routiers, à plusieurs reprises, avaient bloqué les routes du pays entier pour protester contre le report de l'âge de la retraite et la hausse des cotisations sociales. À l'époque, le sentiment d'être méprisé par le pouvoir vous assurait le soutien de vos pairs ; à présent, il alimentait la solitude affreuse dans laquelle leur famille se débattait.

Et Loïc, avec le plaisir douloureux qu'on met à creuser ses plaies, multipliait les hypothèses, jusqu'aux plus improbables.

Une vengeance plutôt qu'un accident, c'était possible après tout, qu'est-ce qu'elle en pensait ? Et si la fameuse grenade n'était pas venue d'en face, mais des zadistes eux-mêmes ?

Laurence n'osait plus évoquer la piste de la bavure policière, qu'il rejetait complètement. Les flics eux aussi avaient payé leur tribut. Sur les dix gendarmes blessés, deux étaient restés plusieurs semaines à l'hôpital pour blessures graves, croyait-il savoir.

Presque à chaque fois, il finissait dans le jardin, une bêche à la main, à creuser partout, un peu au hasard, pour achever de se raidir les muscles en tuant la force qu'il sentait toujours en lui, cette bête qui ne voulait pas mourir et qui lui dévorait minutieusement le cœur, centimètre par centimètre.

Jean-Pierre Ménard était là, souvent, derrière la haie, à gratter une allée.

Ils se mettaient à causer.

Ménard rappelait le vol dont ils étaient victimes, Lucette et lui, depuis l'installation de ces gens-là, des gens de la ville, qui ne savaient rien faire de leurs dix doigts. Sauver la planète, qu'ils voulaient. Cette blague. Un beau scandale, oui. L'État ne faisait rien, les politiques locaux étaient sans courage. D'ailleurs, l'agitation continuait. La veille encore, la radio avait annoncé plusieurs arrestations en marge d'un « forum des luttes anticapitalistes » organisé à l'auberge de jeunesse d'Augerac. Quelques incidents avaient émaillé la soirée, au point que la police avait dû intervenir pour préserver la tranquillité du voisinage.

Ces gens-là ne respectaient rien.

Loïc, alors, rentrait chez lui, le cœur oppressé, nourri de vagues idées politiques, plein d'une fatigue immense qui le faisait s'endormir comme une masse.

Laurence gardait les yeux ouverts.

10

La boulangerie de la ZAD était installée dans une bâtisse en pierre, une vaste longère dans un creux, adossée à une sorte de monticule sur lequel passait le chemin – presque un habitat troglodytique, avec une seule façade, deux portes et cinq fenêtres mansardées en briques rouges, entourées de rosiers grimpants à demi gelés.

Un vieux vélo de course couvert de terre gisait près de l'entrée, tandis qu'une brouette pleine de légumes paraissait attendre une improbable opération de livraison.

L'ensemble était plus coquet que la ferme Gonord.

Laurence, pourtant, restait mal à l'aise.

À Morvaillan, l'ordre habituel des choses disparaissait, contesté par le paysage lui-même, chaotique et désorganisé, où se devinait l'âpreté de la lutte, toute une sauvagerie dont elle n'avait pas idée.

Elle était donc de retour, alors qu'elle s'était bien juré, quelques semaines auparavant, qu'elle n'y remettrait plus les pieds. La lecture puis la relecture du cahier reçu le jour de la cérémonie l'avaient beaucoup émue, mais il y avait plus encore : une force étrange l'y poussait.

Depuis que le corps de son fils était de retour à la maison, elle avait acquis la conviction bizarre que son esprit resté libre flottait quelque part au-dessus des lieux qu'il avait parcourus, et qu'elle aussi voulait apprendre à aimer.

S'il avait pu ouvrir les yeux et lui parler, il lui aurait décrit cet endroit, aux Marouflets. Ils auraient ri alors, émus de ressentir les mêmes choses.

La porte de droite une fois franchie, elle se retrouva dans une sorte de cagibi obscur, assez bas de plafond, qui ouvrait lui-même sur une pièce aux murs blanchis à la chaux, presque tout entière occupée par les objets nécessaires à la fabrication du pain.

La farine était partout, dans l'air comme sur les surfaces, aérienne et collante.

Laurence vacilla un peu, gênée par l'atmosphère suffocante.

Un homme s'activait, pétrissant des boules de pâte sur une large table en bois, à la lumière de l'unique ampoule suspendue au plafond par un crochet de fortune. Sur le visage tanné, une mince pellicule de poussière blanche faisait comme un voile, presque un linceul.

Elle était venue voir Sylvain Mercier de préférence à tous les autres, parce qu'elle avait senti Yohann revivre dans son discours.

Des meubles hétéroclites s'alignaient le long des murs, essentiellement des buffets et des étagères de récupération, recouverts de seaux de tailles et de couleurs variées. Des cageots, une pendule adossée à la muraille mais surtout le four à pain, un gros cube en fonte grisâtre que Sylvain, les mains protégées par d'épais gants de cuir, chargeait par la gueule, une vaste ouverture rectangulaire où glissaient en grinçant trois grilles de cuisson. Un gros tube couleur inox s'enfonçait dans le mur de briques, juste en dessous du faîtage de toit.

Laurence fit un pas.

— Excusez-moi.

Il se tourna vers elle lentement, sans montrer le moindre étonnement.

— C'est toi ?

Laurence sourit, un peu gênée. Le tutoiement la surprenait, sans la heurter.

Six ou sept pains ronds refroidissaient sur une plaque de tôle ondulée. Il attrapa le plus proche de lui et le lui tendit.

— Tu veux goûter ?

Elle acquiesça timidement.

Sylvain prit le pain à deux mains et le rompit d'un seul coup, en un geste dont il avait manifestement l'habitude. La croûte était épaisse et brune, un peu trop cuite mais croustillante, tandis que la mie, blanche, moelleuse et tendre, était bien aérée, juste comme Laurence l'aimait.

Sylvain la regardait mâcher en souriant.

— C'est très bon.

— Il y en a d'autres. Attends.

Deux minutes plus tard, Sylvain revenait avec une baguette effilée, saupoudrée de graines de sésame.

— Celle-là, tu l'emportes chez toi.

Laurence regardait autour d'elle, un peu rassurée. L'odeur du four à pain, à présent, régnait dans la pièce. Un petit tabouret, dans le coin, retint son attention.

— Ah. Tu as deviné. Il est beaucoup venu ici, tu sais.

Laurence tressaillit. C'était comme si elle avait vu Yohann, assis sur ce tabouret, ses grandes jambes repliées sous lui.

— Tu vois, rien n'a changé. Il aimait bien cet endroit-là précisément.

— Parce qu'il était avec vous.

À peine avait-elle achevé ces mots qu'elle rougit.

Autour d'elle, tout avait changé.

Le moindre détail, maintenant, l'intéressait. Sylvain expliqua. À terme, son ambition était de parvenir à cuire le pain de la ZAD dans un four en terre. Il était question, depuis quelques mois, d'en construire un, à l'extérieur de la boulangerie actuelle, sous un appentis, mais d'autres chantiers plus urgents avaient retardé le projet. Avec ceux qui venaient régulièrement l'aider, il parvenait déjà à produire plusieurs tonnes de pain par an.

— Chacun vient et paie ce qu'il peut payer, une petite pièce, une grosse pièce, un billet... Peu importe, en fait. Si quelqu'un n'a pas trop de sous un jour, il repart quand même avec de quoi se nourrir et il paie la fois d'après.

C'était une partie de son rêve qui prenait vie, là, dans ce corps de ferme, cette idée d'une justice universelle qui vengerait ceux qui n'avaient rien.

Au-dehors, un bourdonnement monstrueux s'approchait à grande vitesse. Sylvain se précipita en pestant.

— Encore un hélico.

Laurence, qui l'avait suivi, leva le nez en l'air en se bouchant les oreilles.

L'appareil, à présent, était juste au-dessus d'eux, en vol stationnaire. Le souffle des hélices projetait au sol toute la végétation alentour. Deux minutes plus tard, l'engin s'éleva dans les airs et le vacarme cessa.

— Ils viennent souvent ?

Sylvain haussa les épaules.

— De plus en plus, à cause de la multiplication des actions. Ils espèrent nous décourager en nous harcelant.

Ils surgissaient de nulle part, imprévisibles, s'amusaient à leur faire peur, en descendant le plus près possible du sol. Ça détruisait certaines installations potagères, parfois, à cause du souffle des pales. Les cabanes sans fondation en pâtissaient aussi. Rox prétendait qu'à force, un des pilotes était tombé amoureux d'elle, et qu'il cherchait à la retrouver par tous les moyens possibles en la pistant à travers champs. Elle était sûre de le reconnaître, alors elle levait sa fourche en l'air, à chaque fois qu'elle le voyait, pour lui faire signe, à cet enfoiré.

Un rire joyeux détendit soudain les traits de Sylvain.

— Ils se lasseront avant nous. Avant les oiseaux, aussi. Écoute.

Les fauvettes, dans les haies, s'étaient remises à chanter sitôt l'engin parti, comme si de rien n'était. Pour un peu, on aurait pu croire qu'elles en avaient pris l'habitude.

Déjà Laurence oubliait l'engin de malheur, le casque brillant des types aperçus à travers le cockpit, reprise par la présence de Sylvain, à côté d'elle, attentif et souriant.

— Tu veux voir le Faitout ? C'est notre marché.

Laurence le suivit dans la partie de la longère qui jouxtait la boulangerie.

Elle découvrit deux pièces en enfilade, complétées par une sorte d'arrière-boutique qui servait de zone de stockage pour les produits non périssables. Les rayonnages en bois permettaient d'aligner les cagettes remplies de légumes et de produits essentiels, lots inentamés de nourriture ayant dépassé la date de péremption, presque uniquement des produits de récup'.

— Tout ça vient des poubelles des supermarchés. Un beau gâchis.

Laurence était mal à l'aise. Elle se souvenait d'une fois où, en sortant du supermarché, elle avait retrouvé Yohann en train de fouiller les poubelles, alors qu'il était censé l'attendre dans la voiture. Elle s'était mise en colère, ce jour-là, presque aussi fort que Loïc.

— Du vol à l'étalage aussi.

Laurence fronça les sourcils.

— Choquée ?

Il la regardait en souriant.

— Beaucoup de gosses se prennent pour Robin des Bois, ici, tu sais. Voler dans les rayons de la grande distribution, ça leur donne le sentiment de s'attaquer directement aux profits du grand capital, sans nuire à grand monde.

Une demi-heure était passée depuis que Laurence était là, et elle n'avait toujours pas prononcé le nom de son fils. Elle ne savait plus comment s'y prendre pour ne pas paraître réclamer un dû.

— Il est déjà cinq heures…

Il fallait qu'elle se sauve, ses enfants, son mari l'attendaient.

Sylvain n'essaya pas de la retenir.

Tous deux savaient qu'elle reviendrait.

D'étranges pensées venaient à Loïc : le remords de sa dureté, par exemple.

Il ne voyait plus ce qui avait motivé les mots qu'ils avaient prononcés, les gestes qu'il avait faits, mais seulement la peine qu'ils avaient causée.

Le désir de revenir en arrière pour tout effacer devenait parfois si atrocement douloureux qu'il devait se tenir le crâne à deux mains de peur qu'il n'explose. Au fond, tout était la faute de ces fous dangereux retranchés derrière les haies. Sans eux, jamais les choses n'auraient dégénéré ainsi. Que Laurence éprouve le besoin de les fréquenter dépassait son entendement. La semaine passée, quand il avait découvert, à une allusion qui lui avait échappé, qu'elle y était retournée, il n'en était pas revenu.

Il avait éprouvé le besoin d'en parler à Jean-Pierre Ménard, presque malgré lui.

— Vous vous rendez bien compte que *ces gens-là* – Loïc appuyait très fort sur le « là », avec tout le mépris dont il était capable – refusent absolument tout ce que nous incarnons, lui fit-il remarquer le dimanche suivant, par-dessus la haie, le râteau à la main.

— Ils ne sont pas les seuls, notez.

— Ils profitent du discours ambiant, la fin du monde, le réchauffement climatique, pour enrôler de pauvres gosses… Qu'ils embrigadent des gens comme eux, d'accord, mais des gosses !

Il s'étranglait.

La moindre allusion à l'environnement, maintenant, le faisait sortir de ses gonds. Les politiques, depuis quelque temps, se mettaient à répéter en chœur les discours écolos. Les cyclones, les incendies, les températures élevées, tous ces trucs qui avaient toujours existé et qui seraient désormais causés par leur prétendu réchauffement climatique, et puis ce mot qu'ils avaient tous à la bouche : *décroissance*. Autant revenir au Moyen Âge. Mais c'était peut-être ce que ces gens-là voulaient, un putain de retour en arrière, la charrue, les bœufs, la boue et le reste.

Ce qui l'exaspérait plus que tout était l'idée selon laquelle l'urgence écologique demandait qu'on arrête de faire des enfants. Plus de gosses ! Qu'est-ce que c'était donc que ces dingues, qui voulaient se soumettre à la nature en empêchant les hommes de faire la chose la plus naturelle du monde ?

Il en venait même, par rancune, à s'intéresser au projet abandonné.

Ce viaduc, en définitive, était-ce une si mauvaise idée ? Les habitants de Dufresnoy l'avaient d'emblée rejeté, par méfiance, et parce que les activistes leur bourraient le crâne. Ce faisant, ils avaient tué toute possibilité de créer de nouveaux emplois et de désengorger la ville.

Jamais l'État n'aurait dû céder.

Lui, avant l'accident, se déclarait facilement contre cette sorte de progrès-là, las des paysages massacrés qui défilaient sous ses yeux quand il était dans son camion.

Mais ça ne tenait pas debout, leur truc. Pas deux minutes. Des bêtises. Fallait être jeune pour y croire, ou n'avoir rien à perdre.

Pas de famille.

Jean-Pierre Ménard l'approuvait.

C'était ce qu'il disait à Laurence, quand il rentrait et qu'il sentait qu'elle avait la force de l'écouter.

Lui s'était battu pour eux, pour ses gosses. Il se battrait encore, s'il le fallait. Il avait un métier, un vrai.

Mais ces gens-là, bon sang, à quoi tenaient-ils d'autre qu'à leurs idées ? Ils avaient des gosses à nourrir, vêtir, protéger ?

Et il en revenait toujours là, à cette question de la survie des siens, une forme de transmission très simple, évidente, les pères travaillant pour le bien-être des fils, et ainsi de suite. Lui ne comprenait que cet avenir-là, le prolongement de quelque chose de lui-même dans ses enfants qui étaient là pour lui survivre. En dehors de ça, rien n'avait de sens.

De guerre lasse, Laurence, quand elle acceptait encore de l'écouter, finissait par répondre :

— Ils veulent protéger la nature. Pour les générations futures.

Il s'exaspérait.

Protéger la nature ! Sa colère, alors, ne connaissait plus de bornes. Un tas de mensonges ! Qu'ils commencent donc par protéger les vivants !

C'était peut-être ça qui le gênait le plus, dans le fond, sans qu'il parvienne à le formuler très nettement : ces gens-là luttaient pour des raisons abstraites, trop vastes, sans consistance.

Naguère on avait combattu pour les ouvriers, pour les colonisés, pour les opprimés de la terre.

Les hommes, à présent, étaient à peine un sujet de révolte ; on ne songeait plus ni à leur conserver un boulot décent, ni à leurs droits, ni à leur bien-être, mais à celui de tous les éléments de la planète, fussent-ils pierre ou plante.

Quelle pierre, quelle plante, quel animal, même en voie de disparition, justifiait ce qui était arrivé à Yohann ?

Il n'y avait pas de réponse sensée à cette question.

Il n'y en avait aucune.

— Aucune !

Laurence se retournait dans le lit, ne bougeait plus. Il n'osait plus poursuivre. Dans le noir, tous deux gardaient les yeux ouverts.

— Viens !

Sylvain, à présent, l'entraînait à l'extérieur. Au-dehors, Laurence sourit, un peu lasse, sous la caresse du soleil. Elle avait dû inventer un nouveau mensonge pour s'échapper pendant quelques heures, et elle restait mal à l'aise.

— Marchons.

Il ne lui laissait pas le choix.

— Tu es fatiguée ; mais ça ne fait rien. On apprend à s'adapter à tout ici, à la pluie, au froid, aux heures trop lentes. Endurcir son corps, ça fait partie du jeu.

— Du jeu ?

— Disons plutôt des conditions de survie.

Ils convinrent qu'ils ne feraient qu'un petit tour, juste au-delà du champ de salades, à la lisière de la forêt, pour aller voir les trois cabanes de la zone. Sylvain, pourtant, marchait à toute allure, en habitué des lieux, ou désireux de lui en montrer le plus possible.

Devant eux se dressaient maintenant trois cabanes assez rapprochées les unes des autres, solives apparentes sous les toits de tôle, fenêtres dépareillées posées de travers, murs entrelardés de planches. Laurence se dit qu'elles tenaient le milieu entre des baraquements et des cabines de marin ; elles ne manquaient pas d'une certaine poésie.

Déjà ils s'approchaient du bois, une forêt de chênes qu'elle avait souvent admirée depuis la route. Le tapis de feuilles sous les grands arbres était magnifique, mais le sol devenait plus accidenté et leur progression ralentit.

— Par ici.

On avait manifestement taillé dans les broussailles pour contourner une souche pourrissante. Sylvain décrivait les environs. Par là on trouvait Fontenoy. Un peu plus loin sur la droite, en regardant bien par cette trouée, on pouvait voir Parthenay. Et puis, dans trois minutes, ce serait le dolmen. La preuve, dit-il, d'une occupation très ancienne de ces lieux par des hommes qui avaient su, bien avant eux, en percevoir la beauté. De temps à autre, il entrecoupait ses explications d'une ou deux phrases prononcées en souriant à mi-voix. Des vers, sembla-t-il à Laurence, quoiqu'elle ne parvînt pas à les identifier.

Soudain, Sylvain s'arrêta.

— Voilà. Voilà ce que je voulais te montrer. Ce que je montre à tous ceux qui s'intéressent à nous.

Sylvain s'était allongé au sol, à plat ventre sur une sorte de talus sous lequel se découvrait, en contrebas, derrière un fossé d'où sortaient des racines, une cuvette herbeuse, tapissée de minuscules fleurs jaunes et bleues.

— Le dolmen est juste derrière. Il y a une source, là-dessous. Maintenant il faut se taire.

La voix de Sylvain n'était plus qu'un murmure.

Le silence qui suivit parut à Laurence durer une éternité. Elle avait chaud d'avoir marché trop vite et se sentait très fatiguée. L'endroit était beau, pourtant. Il suffisait de regarder, et de se laisser aller en écoutant la nature. Quelque chose l'en empêchait, peut-être la présence de ce grand corps qu'elle sentait respirer entre les herbes, à ses côtés.

Elle jeta curieusement un regard de biais.

Quel âge pouvait-il bien avoir ? Cinquante-cinq, soixante ans ? La vie en plein air marquait la peau. Dix ans de plus qu'elle, tout au plus, sans doute, mais c'était difficile à dire, à cause des cheveux gris, coupés très ras, et du visage plein, ridé sans excès, surtout autour des yeux.

— Qu'est-ce que tu regardes ?

Laurence rougit avant de s'approcher un peu de l'endroit qu'il lui désignait.

Elle regarda de nouveau au fond du trou, les yeux obstinément fixés sur la cuvette. Quelque chose, en dessous d'eux, venait de bouger dans le feuillage.

— Silence !

Un écureuil au pelage sombre avait fait son apparition. Jamais Laurence n'en avait vu un d'aussi près.

Elle s'appliqua au silence, et retint sa respiration. Elle sentit qu'une sorte de paix descendait sur elle ; la présence de l'animal était si fragile, un don du ciel. Des souvenirs d'enfance lui revenaient, la sienne, celle de ses enfants. Elle aurait voulu qu'Émilie soit là, avec elle.

Et Yohann.

La nature avait ce pouvoir, se dit-elle, de tout faire renaître.

La chambre de Yohann seule demeurait un îlot de paix.

Ils en sortaient provisoirement unis, plongés dans une tristesse morne et silencieuse. Leurs mains, alors, se serraient convulsivement, comme pour essayer de ressaisir le passé perdu. Il y avait des heures où leurs deux peines conjuguées se muaient en un épuisement pénible et doux. La force même qu'il fallait pour s'opposer l'un à l'autre leur faisait défaut.

Loïc, serré contre Laurence, murmurait des phrases maladroites, banales, décousues, un peu ridicules, sous lesquelles elle sentait revivre cette tendresse cachée qui lui était si chère, et dont elle percevait qu'elle s'éloignait peu à peu, irrévocablement.

Un soir, Émilie couchée, Laurence et Loïc tombèrent par hasard sur un vieux reportage d'investigation consacré à la ZAD.

Les événements de la semaine précédente justifiaient la rediffusion : la salle d'audience du tribunal d'Augerac avait dû être évacuée d'urgence au moment même où comparaissaient neuf personnes accusées d'avoir participé au caillassage d'une boutique de *fast fashion*. Parmi elles, une interne en médecine, un licencié de physique et un artisan boulanger s'étaient montrés les plus virulents. Tous avaient moins de vingt-cinq ans. La présence d'une trentaine de militants d'extrême gauche dans la salle, scandant des slogans hostiles à la police, avait perturbé l'audience au point qu'on avait dû l'interrompre. Depuis, on avait découvert que deux d'entre eux habitaient plus ou moins la ZAD de Morvaillan.

De rage, Loïc en avait jeté la télécommande.

— Je vais me coucher. Tu viens ?

— Je te rejoins.

Elle monta le son pour mieux entendre.

Les images défilèrent. D'autres affiches, d'autres slogans.

À la ZAD, rien n'était fixe, hormis quelques murs de pierres sèches. Elle reconnut quand même la ferme Gonord, qui, elle, n'avait pas tellement changé. Et puis toujours la même insondable tristesse, ces paysages délavés, trempés de pluie, marécages huileux d'où émergeaient quelques bosquets chétifs.

Des hommes, pourtant, se terraient là, farouches et butés.

Ceux des zadistes qui avaient accepté de prendre la parole face caméra, le visage flouté, donnaient les raisons de leur engagement. Certains évoquaient la nécessité de fuir le monde de la surconsommation, et même de le détruire. Beaucoup parlaient du sentiment d'urgence qu'ils avaient ressenti en découvrant le fonctionnement de la société dans laquelle on voulait les faire vivre. Leurs bribes de discours, à terme, finissaient par se recouper : d'eux tous émanait une douceur étrange, en contradiction totale avec la violence des images d'émeutes qui parasitaient les interviews. Les mots « partage », « énergie » ou « joie » revenaient très souvent.

Une phrase entendue au vol, dite par la voix off, frappa plus particulièrement Laurence : pour créer le monde de demain, il fallait déjà empêcher les gens de massacrer ce qui existait, parce que sinon, il n'y aurait plus rien pour créer quoi que ce soit.

L'un des zadistes invitait même le spectateur à les rejoindre.

— Viens voir les bocages, toutes ces énergies qui ne peuvent pas être détruites ou remplacées par du béton. Les villes sont pleines de béton, on est tous gris dans le béton… Nous, ici, on aime bien cultiver nos potagers, manger des légumes, caresser une vache… Viens juste te balader et voir.

Ces mots-là, « se balader et voir », Yohann, un soir, les avait prononcés devant elle, non pour l'inviter, mais pour tenter de lui faire comprendre ce qu'il faisait là-bas.

Une réponse qu'elle n'avait pas aimée, pleine de désinvolture et de sous-entendus. Maintenant, à distance, et avec tout ce dont elle avait pris conscience depuis, il lui semblait qu'elle comprenait mieux.

La plupart des zadistes qui défilaient sur l'écran lui étaient inconnus. Elle se rappelait ce que lui avait dit Sylvain, la dernière fois : le turn-over, à la ZAD, était très important, du fait même du fonctionnement libre des lieux. Chacun pouvait prendre ses cliques et ses claques dès qu'il en avait assez ou qu'il jugeait qu'il serait plus utile ailleurs, personne ne le retenait. Lui-même était une exception.

À l'écran, un ancien paysan avait la parole :

— J'avais pas trop l'habitude de ça, au début, c'était vraiment pas la même vie que nous, puis petit à petit on s'y est mis, et on s'est aperçus que c'était pas les méchants qu'on croyait quand on connaît pas.

Soudain, Laurence se pencha un peu en avant, fébrile.

Le visage était à demi masqué par une longue écharpe brune enroulée autour du cou, mais c'était bien le même homme, en un peu plus jeune, la peau un peu plus rose, les cheveux un peu plus fournis.

Le Pilote.

Son surnom n'était pas donné, remplacé par un « Claude » inscrit dans la bande qui défilait en bas de l'écran.

La voix était calme, basse, un peu voilée. Il mangeait certaines syllabes.

— Nous voulons devenir un point de ralliement, un point de convergence contre tous ceux qui veulent mettre au pas nos existences au nom du fric, du contrôle social ou des frontières. Nous voulons faire de Morvaillan un lieu désirable, en dehors des règles et des contraintes de la société marchande. On est là, on s'interpose face à la machine, en espérant que derrière cette machine, il y ait encore quelqu'un qui puisse l'arrêter.

Il se tut pendant quelques secondes.

— Parce que sinon, ça sera la fin du monde.

La caméra prolongea son discours par un plan large sur le bocage, tandis que la voix off insistait : les zadistes n'étaient pas près de vider les lieux.

Elle entendit des chaussons qui traînaient dans le couloir. C'était Loïc qui redescendait, inquiet de ne pas la voir monter.

— Il est tard. Tu travailles demain.

Comme il restait sur le seuil de la porte, attendant sa réaction, elle continua obstinément de fixer l'écran.

Quelque chose la retenait, une fascination qu'elle n'expliquait pas ; son fils, peut-être, allait apparaître. C'était absurde, bien sûr, puisque Yohann n'avait commencé à fréquenter la ZAD que beaucoup plus tard, mais certaines de ces silhouettes, minces et souples sous leurs oripeaux, lui ressemblaient trop pour qu'il s'agisse d'un hasard.

Il murmura, très bas :

— Tu me dégoûtes.

Elle n'entendit pas.

11

Les fuites régulières de Laurence vers l'horizon, au-delà des haies, finirent par prendre un caractère quasi systématique.

Elle savait maintenant l'histoire de Sylvain et de sa famille, qu'il ne séparait pas de celle de Morvaillan. Ses grands-parents avaient repris la terre de leurs propres parents, dont lui-même avait hérité à la mort précoce de son père, alors qu'il n'avait pas vingt-cinq ans. Jamais il n'avait rêvé d'une autre vie que celle-ci, enracinée, avec toujours le même horizon, dont il connaissait les moindres nuances. On lui aurait passé sur le corps plutôt que de le faire vivre en ville, à Augerac même. Pourtant, lorsque ses deux fils et sa fille avaient refusé avec la dernière énergie de reprendre la ferme, il avait compris que quelque chose craquait. Puis sa femme était morte d'un cancer du sein, et il avait cru que son cœur se brisait. Il se remettait peu à peu, lorsque la ZAD lui était tombée dessus, tout ce combat qui avait, disait-il, redonné un sens à une vie dont il ne savait plus que faire.

Les gens, ici, s'efforçaient de construire quelque chose d'autre : un système à petite échelle, résilient, autonome et juste, qui permettait d'affronter l'avenir avec confiance, et la fin de la civilisation industrielle.

Sylvain ouvrait grands les bras pour que Laurence regarde autour d'elle.

La guerre que l'homme livrait à la nature devait cesser.

Toutes les formes de vie n'avaient-elles pas droit au même respect ? Dans un bourgeon qui se développait, il y avait cette chose folle, incroyable, des cellules minuscules qui allaient donner naissance à des feuilles et à des fleurs de formes si diverses que l'homme n'aurait jamais assez d'yeux pour les contempler ni pour les admirer. En soulevant le moindre brin d'herbe, on découvrait l'infini. Le combat d'une araignée contre une chenille pouvait le tenir en haleine pendant une bonne demi-heure.

Pour tout le monde, un arbre se réduisait à ses racines, à son tronc et à ses feuilles ; à l'écouter, pourtant, l'oreille plaquée contre l'écorce, on découvrait bien autre chose, une puissance de vie présente, un cœur battant qui donnait d'abord des fleurs, puis des fruits, un corps immobile et cependant plein d'énergie, fixe et fécond à la fois.

— Regarde les oiseaux. Ce sont des créatures joyeuses, émerveillées par le monde qui les entoure. C'est cette joie qui nous relie à eux : ils nous donnent l'exemple, en nous montrant ce que nous devrions ressentir face à ce que nous offre la nature.

Savait-elle que seuls les mâles chantaient, et que chaque note émise correspondait à une parade amoureuse ? Savait-elle que certains couples d'oiseaux sont monogames, et fidèles jusqu'à la mort ? Savait-elle que d'autres encore donnaient les pleins pouvoirs à la femelle, qui faisait son choix parmi la pléthore de mâles qui se présentaient à elle ?

Mais les oiseaux disparaissaient, inexorablement. Leur population, dans les villes, et ailleurs aussi, à la campagne, dans la forêt, ne cessait de s'effondrer. Leur chant disparu, c'était le silence du deuil qui s'installait, témoin de la folie des hommes.

— Savoir écouter, simplement. Très peu de gens savent écouter. Je veux dire écouter vraiment, pas faire silence deux ou trois minutes, mais renoncer complètement à la possibilité de la parole.

Elle croyait comprendre, peu à peu, ce qu'il voulait dire.

Écouter, c'était ce qu'elle faisait dans la chambre de Yohann, lorsqu'elle était seule avec lui. Ce qu'elle entendait alors, sous le bruit des appareils de monitoring, c'était le souffle d'une respiration, légère, ténue, tout juste perceptible. La vie, réduite à presque rien, acquérait une valeur merveilleuse.

Le souffle de Yohann, ses yeux qui s'ouvraient, le chant des oiseaux, le vent dans les feuilles, le grésillement du feu sur la pierre : c'était la même musique.

Tout disparaissait derrière cette évidence : dans ce corps abîmé, un cœur battait toujours, le cœur du monde.

Désormais, chaque roucoulement, chaque pépiement, chaque trille, chaque buisson froissé lui était tout à la fois une preuve de vie et un avertissement.

Ces petits êtres fragiles, précieux, risquaient de disparaître au même titre que Yohann. Eux comme lui vivaient en sursis, menacés par la violence qui rampait vers eux depuis que le monde civilisé s'était donné pour mission de les asservir.

Et il en allait de même pour le reste, les champs, les arbres, les herbes hautes, et jusqu'aux nuages dans le ciel.

Laurence, à présent, s'étonnait presque de son ancienne surdité.

La méfiance, pourtant, rôdait, presque intacte.

Dès qu'elle approchait un tant soit peu des autres zadistes, elle sentait quelque chose se fermer en eux. Le Pilote l'évitait ouvertement, sans cacher l'agacement qu'elle lui causait en traînant dans les parages. Louise-Michel disait n'avoir guère connu Yohann que de loin, et lui avait déjà raconté tout ce qu'elle pouvait. Laurence percevait chez elle, du reste, une réticence qu'elle ne s'expliquait pas. Sylvain tâchait de la rassurer. Le malheur absolu, à la ZAD comme à l'extérieur, effrayait les gens. Mais le temps, sans nul doute, ferait son œuvre. Les zadistes avaient besoin d'être apprivoisés. Elle, avec sa douceur, n'était pas la plus mal placée pour gagner leur confiance. Simplement, il fallait revenir, et attendre, en tâchant de s'inscrire le plus possible dans le paysage, jusqu'à se fondre en lui.

Elle cherchait en eux tous une consolation qu'elle ne trouvait pas.

Alors renaissait l'impression d'étrangeté des débuts, et la peur avec elle. Le chant des oiseaux et la beauté du ciel disparaissaient de nouveau, cachés par les barricades et les tenues de camouflage, toujours plus nombreuses, qu'elle croisait au détour des chemins. Ces fois-là, elle rentrait déçue et attristée de n'avoir pas su comment s'y prendre.

Jamais elle n'avait ressenti avec autant d'angoisse son impuissance. Son rêve de ressaisir quelque chose de lui à travers eux devenait chaque jour plus brûlant et plus amer.

Il lui prenait des envies folles de se jeter dans un fossé et d'y crever là, la face tournée vers le ciel, les membres recouverts de boue, le cœur peu à peu refroidi par l'écoulement du ruisseau.

Lorsqu'elle regardait les champs défiler sous ses yeux, depuis la fenêtre de la voiture, elle voyait la nature ingrate et menteuse qui renaissait sans l'attendre. Le pépiement des fauvettes, les herbes emmêlées, humides de rosée sous ses pas, et jusqu'au bruit de succion de ses bottes dans le chemin mouillé de flaques, tout lui disait ce renouveau dont elle n'était pas.

À plusieurs reprises, enhardie, elle était retournée à la ferme Gonord avec l'intention de mettre les pieds dans le plat. À chaque fois, elle s'était dégonflée, glacée par l'accueil indifférent ou froid qu'on lui faisait. Elle avait beau prendre son air le plus humble, elle sentait bien qu'on continuait de la regarder avec suspicion. Son obstination suscitait la méfiance. Le silence que tous conservaient devant elle la blessait au cœur. Une fois même, elle était tombée sur le Pilote qui l'avait reçue avec une brusquerie telle qu'elle en avait pleuré, le soir, sous les draps, en cachette de Loïc.

Elle ne cessait pas ses visites, pourtant, toujours hantée par son rêve.

Pendant les deux mois qui suivirent, on la vit sillonner la ZAD sans trêve, recroquevillée dans sa parka comme dans une armure, souffrant avec courage, résistant au froid et à la pluie. Elle finissait par devenir la passante éternelle de Morvaillan, ombre silencieuse et menue, presque semblable, à présent, à ces silhouettes noires et bossues qu'elle avait aperçues le premier jour et qui l'avaient tant effrayée.

En sortant de la chambre de son fils pour se rendre à la ZAD, elle emportait son image, qui ne la quittait pas. Yohann, très grand, très mince, la peau à peine blanchie, la suivait au long des routes, jusqu'aux barrages de police. Un instant, elle avait l'impression que l'ombre rétrécissait brusquement pour réapparaître, triomphante, à ses côtés une fois franchie la frontière de Morvaillan.

Puis arrivait la ferme Gonord, ce centre névralgique d'où elle décidait, à l'instinct, du chemin de terre qu'elle allait emprunter.

Le plus souvent, elle l'écoutait, patiente, attentive à bien saisir toutes les indications qu'il lui donnait. Il devait avoir passé par là, autrefois, sans elle, avec une telle allégresse ! Des larmes lui venaient. Alors, à ses côtés, il grandissait encore, et lui tendait les bras en un geste consolant. D'un seul regard, il la ramenait aux choses, aux champs, à la lisière de la forêt. Il ralentissait quand elle ralentissait, gênée par les assauts du vent ; lorsqu'elle accélérait, galvanisée par l'espoir de le rejoindre, il volait à ses côtés, léger, immatériel et souriant de cet air pudique et malin qu'elle lui connaissait, enfant, à la moindre farce.

Ils refaisaient la route ensemble, pas à pas.

Il la prenait par la main, et lui montrait ce qu'il avait aimé : elle regardait chaque brin d'herbe, chaque caillou, chaque feuille, espérant saisir partout, jusque dans le souffle du vent, la trace qu'il avait laissée.

Parfois, pourtant, il demeurait silencieux.

Elle s'affolait alors, le sachant retourné là-bas, dans la maison, auprès de son père, prisonnier de son corps endormi.

Mais c'étaient toujours de fausses alertes, et bien vite elle le retrouvait, souriant et blême, dans le rayon que déposait le soleil à la surface de l'étang, juste derrière les Marouflets.

Alors, elle entrait, voyait Sylvain, et lui souriait. Elle s'oubliait pour un instant dans la chaleur du four. Il était si doux, si gentil, si tranquille, qu'elle éprouvait en sa présence une sensation de détente qui durait peu, mais qui la soulageait de ses douleurs.

En partant, elle emportait au cœur le désir de revenir, encore et encore.

La détestation des zadistes prenait désormais chez Loïc une telle place qu'il n'était même plus capable d'en parler.

Le seul fait de penser à Laurence, repartie quelque part du côté de Morvaillan, suffisait à le faire sortir de ses gonds, sans qu'il soit capable de se contrôler. Lorsqu'elle se mettait à proférer des généralités étranges sur un ton exalté, il finissait par croire que la douleur avait altéré ses facultés.

Un soir, n'y tenant plus, il lui dit ce qu'il avait sur le cœur, avec une rage contenue.

— T'es encore retournée là-bas.

Il avait parlé doucement, sur le ton du simple constat, si bien qu'elle se méprit sur ce qu'il allait dire.

Elle ne songeait pas à nier, d'ailleurs, et elle acquiesça, un peu inquiète.

— T'as découvert quelque chose ?

— Découvert quoi ?

— Puisque t'es tout le temps fourrée là-bas, maintenant, c'est qu'il doit y avoir quelque chose, non ? Un truc qui a échappé aux flics ?

À présent, il éructait, plein d'amertume.

Elle le regarda avec de grands yeux effarés, frappée au cœur par cette attaque à laquelle elle ne s'attendait pas.

— Non…

— Alors pourquoi t'y retournes, bon Dieu ? T'en as pas assez vu ?

Elle ne pouvait lui dire ce qu'elle savait : que Yohann était là-bas, qu'elle l'avait vu, qu'il l'accompagnait à chacun des pas qu'elle faisait.

Elle murmura :

— Je veux comprendre…

Il la regarda, furieux du calme qu'elle conservait. Il devinait en elle l'accomplissement de tout un sourd travail de sape qui l'éloignait de lui toujours un peu plus.

— Je ne peux pas t'empêcher, tu sais… Si tu veux te risquer toi, après avoir perdu ton fils, c'est ton affaire… Mais il te reste une fille, au cas où tu l'aurais oublié.

Elle voulut protester, mais il continua, hors de lui. Elle les négligeait, pour on ne savait quels cinglés !

Elle balbutia quelque chose sur les enjeux politiques de Morvaillan.

Alors, il éclata :

— Quelle politique ? Tu veux que je te l'explique, leur politique ? Une minorité de gauchos qui saccagent tout et vivent en parasites, pour ne pas avoir à travailler... C'est par faiblesse qu'on les laisse faire, pas pour autre chose. Si les flics pouvaient, ils feraient le ménage en moins de deux mais ils ont pas le droit... Tu peux pas dire le contraire. Alors qu'est-ce que tu veux, toi ? Qu'on vive comme ces gens-là, dans la merde du matin au soir ?

Laurence essayait d'expliquer les revendications des zadistes. Mais ce qui lui semblait si clair là-bas, auprès de Sylvain, perdait de sa cohérence dès qu'elle se mettait à parler. Elle s'embarrassait dans les statistiques, oubliait une source, et finissait par bégayer.

Ce qu'il y avait de certain, c'était que les entreprises et l'État étaient de mèche pour détruire la nature, au mépris de la crise climatique et des catastrophes à venir.

— Alors, c'est tout ? C'est tout ce que tu as à dire ?

Il se moquait bien de leurs prévisions démentes.

Croyait-elle qu'en changeant d'existence, elle ferait revenir Yohann à la vie ? Et si c'était vrai, est-ce qu'il n'aurait pas été le premier à faire tous les sacrifices possibles et imaginables, pour le retrouver comme avant ? Seulement, ça ne marchait pas comme ça. Que d'autres aillent s'emmerder à réfléchir à ces questions, en fin de compte, ce n'était pas leur affaire.

— C'est ce qu'il aurait voulu...

— Ce qu'il aurait voulu ! Ce qu'il aurait voulu ! Comment tu peux savoir ce qu'il aurait voulu ? T'aurais le monopole pour le comprendre ? Ne me fais pas rire !

Et il lui jeta à la face son scepticisme et sa rancune, avec tant de hargne qu'elle courba l'échine.

— Écoute, ça n'a pas de sens, de toute façon. Ces gens-là n'ont pas besoin de toi pour faire ce qu'ils font. Yohann a besoin de toi, Émilie aussi.

Il attendit quelques secondes avant d'ajouter :

— Moi, j'ai besoin de toi.

Elle le regarda, bouleversée. La maison, autour d'elle, leur maison, avait la solidité rassurante d'un rempart capable de les protéger des assauts du monde extérieur. Il suffisait qu'elle s'y calfeutre. Son fils était leur tâche, comme disait Loïc, avec cette simplicité tranquille qu'elle lui enviait désormais. Malgré sa fatigue, lui ne se laissait pas détourner de son but, sa pensée n'errait pas comme la sienne dans des contrées inconnues.

Elle devait, suivant son exemple, parvenir à faire taire ses doutes.

Alors, elle raidit sa volonté.

Un midi que Loïc était absent, elle avait commencé à nourrir Yohann, en veillant bien à lui relever la tête et à ne pas introduire trop vite la nourriture dans sa bouche. L'opération, toujours délicate, prenait un temps infini.

Elle accomplissait les gestes habituels, religieusement, avec la peur de mal faire. Et Yohann la regardait, fixement, les yeux élargis, la tête clouée sur le coussin, les lèvres mortes, qu'elle desserrait avec le plus de délicatesse possible.

Pour trouer le silence, elle dit quelques mots, par réflexe, avant de s'interrompre.

Comme elle approchait une nouvelle cuillerée, la respiration de Yohann devint brusquement sifflante.

Sa poitrine, d'un coup, s'était mise à se soulever par soubresauts. Un drôle de bruit sortit de sa gorge, telle une sorte de toux, tandis qu'il la regardait d'un air de profonde détresse.

Laurence comprit qu'il était en train de s'étouffer.

Aussitôt, sans réfléchir, elle empoigna le corps à plein bras, et par-derrière, appuyée contre la tête de lit, elle lui donna dans le dos plusieurs poussées vigoureuses.

Au bout de quelques secondes d'angoisse mortelle, elle sut qu'elle avait réussi. La respiration de Yohann redevenue calme, elle le rallongea sur le lit avec toute la douceur possible. La poitrine se soulevait encore, plus doucement ; et de la bouche de son fils coulait un filet de bave qu'elle essuya du mieux qu'elle put, exténuée, le cœur battant.

Brusquement, sans plus se retenir, elle se mit à pleurer à gros sanglots.

Deux jours plus tard, elle était de retour à Morvaillan.

Enfin, vers la fin du mois de mars, elle allait s'en retourner bredouille des Marouflets pour la énième fois, lorsqu'elle aperçut Rox qui venait vers elle en lui faisant signe. Elle crut d'abord à une erreur et jeta un coup d'œil derrière elle, mais Sylvain était déjà rentré à l'intérieur.

C'était bien elle que Rox saluait.

Elle attendit.

— Louise-Michel m'a dit que vous étiez là, elle vous a vue passer tout à l'heure. J'ai quelque chose pour vous.

Parvenue près d'elle, Rox s'agenouilla pour fouiller dans son sac.

Laurence restait debout, indécise, les bras ballants.

— J'ai retrouvé ça, hier, en rangeant deux, trois trucs, à la ferme Gonord.

Bientôt, les doigts de Laurence rencontrèrent quelque chose de dur, une couverture à spirale un peu abîmée. Presque aussitôt, elle se mit à trembler.

Ce carnet.

Elle l'avait reconnu presque immédiatement. C'est le carnet que Yohann, les derniers mois, ne lâchait plus, et qu'elle croyait perdu depuis longtemps, faute de l'avoir retrouvé dans les affaires que Loïc et elle avaient déménagées au rez-de-chaussée.

Elle feuilleta quelques pages.

Des hachures, de l'encre, des dessins au stylo-bille noir. Immédiatement, elle sut. Ces personnages, ces paysages lui étaient maintenant aussi familiers qu'ils le lui avaient été, quelques mois plus tôt. Elle aurait pu s'arrêter sur chaque croquis, mais les lignes dansaient devant ses yeux.

Rox devinait ce qui se passait en elle.

— On aurait dû vous redonner ça depuis longtemps, c'est moche de l'avoir gardé, mais on savait même pas qu'on l'avait…

Elle était plus gênée qu'il n'y paraissait.

Le visage de Laurence affichait une émotion si profonde et si touchante que Rox se reprocha la froideur de leurs anciennes rencontres. Jamais elle n'aurait dû se laisser influencer par le Pilote et sa foutue méfiance envers tous ceux qui n'étaient pas des militants déclarés. Un gros remords lui venait, de n'avoir pas été plus fidèle à la mémoire de ce garçon toujours couché dans ce lit, tel qu'elle l'avait vu après l'accident, blanc sur les draps blancs de l'hôpital.

Laurence, d'un coup, sentit que Rox, pour la première fois, baissait la garde.

Pendant deux minutes au moins, elles continuèrent à regarder les dessins de Yohann, puis elle commença à poser des questions, timides d'abord, plus nombreuses ensuite, sur ce que représentait chaque planche, sur la date à laquelle tel croquis avait été fait.

Rox répondit sans réticence.

La plupart des illustrations remontaient à l'été dernier, lorsque Yohann avait commencé à passer son temps chez eux, et qu'il avait vraiment découvert comment tout ça fonctionnait.

Cette conversation suffit à ranimer les espoirs de Laurence.

Au cours des semaines suivantes, elle redoubla de vigilance, saisissant une allusion au vol, un mot qu'elle replaçait dans la conversation du lendemain, comme pour prouver qu'elle faisait attention à ce qu'on lui disait.

Rox, à force, finissait par la trouver attachante. Tous, ils s'étaient méfiés sans raison. Elle n'était pas dérangeante, au fond, cette femme si pitoyable, si désireuse de comprendre.

Désormais, elle la défendait dans ses conversations avec les autres, quand quelqu'un l'attaquait ou se mêlait de la trouver ridicule, avec son obstination d'âme en peine. D'abord, elle ne faisait rien de mal ; ensuite, elle cherchait à comprendre son fils. Est-ce que leurs parents à eux ou leurs familles pouvaient en dire autant ? On aurait bien pu lui faire meilleur accueil, maintenant qu'il était prouvé qu'elle ne cherchait contre eux ni arguments ni preuves susceptibles de leur nuire.

Les esprits, peu à peu, se détendaient, attendris par la douceur et la bravoure de cette femme que rien ne pouvait détourner du devoir qu'elle s'était imposé.

Et Laurence put constater, en quelques semaines, à quel point, lentement mais sûrement, on changeait d'attitude à son égard.

Elle-même se sentait désormais plus à l'aise, moins gênée qu'avant par les défroques insolites de quelques-uns d'entre eux, l'agressivité lunaire de certaines poses défensives, et par cette nonchalance un peu provocante qui l'avait si fort indisposée au début. Elle ne tressaillait plus à l'approche d'une tignasse rouge derrière les taillis ; même, elle souriait avec indulgence à l'accumulation de chèches à la couleur douteuse autour des cous noirs de crasse. De façon presque inconsciente, elle se mit à nouer son écharpe comme elle l'avait vu faire à Rox, et plus tôt à Yohann.

Les « bonjour » qui l'accueillaient désormais lui réchauffaient le cœur. Les gendarmes avaient pris l'habitude de sa voiture, et la laissaient passer aux barrages sans plus la mettre en garde, après les vérifications d'usage.

C'en était fait : elle basculait sans peine d'un monde à l'autre. La ZAD, à cette heure, avait cessé d'être pour elle un univers mystérieux.

Elle percevait désormais les grandes lignes de son fonctionnement interne. Les mots « sécurité » et « prudence » semblaient n'avoir là-bas aucun sens. Rien de ce qui lui paraissait solide et désirable, un couple, un foyer, des enfants, n'avait pour eux la moindre importance. Il y avait encore la laideur, ces constructions brinquebalantes en palettes, l'inconfort, surtout, auquel elle ne s'habituait pas. Un jour, à la ferme Gonord, elle avait dû se faire violence pour boire dans la tasse qu'on lui avait servie, où on voyait encore des traces de lèvres et de doigts sur les bords.

Mais il y avait aussi cette chaleur humaine, et la sensation que tous étaient prêts à venir au secours les uns des autres s'il le fallait. Sous la peau tendue des visages, elle distinguait, malgré les cicatrices et les rires où manquaient quelques dents, les vestiges des années de lutte qu'elle avait longtemps pris pour des signes de marginalité revendiqués.

De pauvres gosses un peu paumés, un peu grandiloquents, venus se tenir chaud ensemble, parce que la société les rejetait : était-ce assez pour les condamner ?

Laurence évitait désormais d'aller voir Yohann en présence de Loïc.

Elle préférait y retourner le soir, après le dîner.

L'espace de quelques demi-secondes, à la lumière sourde de la lampe de chevet, elle pouvait presque le croire endormi. Alors, elle parvenait à maîtriser son angoisse, oublier pour un instant l'appareillage médical, le lit, le fauteuil, l'armoire de fer, tous ces instruments de torture qui s'opposaient au plein essor de la vie.

À cette heure-là seulement, elle cessait d'avoir envie de hurler.

Très vite, elle se mettait à lui parler, déversant goutte à goutte dans son oreille les secrets qu'elle avait recueillis.

Depuis que les yeux de Yohann s'étaient rallumés, elle l'imaginait attentif, épiant ses révélations. Elle décrivait les visages, les gestes, et jusqu'aux vêtements des habitants de Morvaillan, et lorsqu'elle se souvenait de certains détails particuliers, elle essayait de dépeindre le plus justement possible l'impression qu'ils lui faisaient.

Le plus souvent, pourtant, c'étaient leurs discours qu'elle voulait lui transmettre. Les mots de Sylvain lui revenaient plus facilement que les autres. Cet amour de la nature vivante nourrissait son langage d'expressions nouvelles, jamais employées auparavant. Sa voix se faisait berceuse, les mots s'ajoutaient aux mots, la syntaxe s'étiolait, toute une poésie naissait, dont elle ignorait l'origine et parfois jusqu'au sens.

Parfois, elle s'interrompait pour murmurer, dans un sourire :

— T'avais raison, tu sais.

Pour lui, elle refaisait à haute voix le chemin qu'elle avait parcouru depuis le mois de novembre, depuis la peur sans nom, jusqu'à cette sorte de paix intérieure qu'elle sentait toute proche et qui lui échappait encore : en vivant la vie qu'il avait vécue, elle retrouvait l'espérance.

Un nom, une anecdote, parfois, paraissaient susciter chez Yohann une sorte de frémissement léger, presque un frisson ; à d'autres moments, sa bouche se mettait à saliver plus que de raison.

Laurence, alors, en essuyant le menton de Yohann, ne pouvait retenir ses pleurs.

Il l'écoutait donc ! Ce corps réduit à la pure simplicité des fonctions vitales vivait de l'essentiel : des idées qu'elle était seule à même, à présent, de faire vivre en lui.

Chaque jour s'achevait par un serment identique : pour lui, elle continuerait d'aller là-bas, tant qu'elle s'en sentirait la force. Ce n'était pas une fuite, juste un retour, un retour vers lui, qu'elle avait si longtemps refusé de comprendre.

L'attitude de sa femme, à présent, effrayait Loïc plus encore qu'elle ne l'irritait.

Jamais jusqu'alors il n'avait senti chez elle une telle résistance, à propos de rien. Et c'était comme une peur qui grandissait devant la puissance d'attraction de Morvaillan, contre laquelle il avait cru pouvoir lutter, et dont il mesurait maintenant la force.

Un immense découragement s'emparait de lui ; il arrivait désormais qu'il ne réagisse même plus en la voyant revenir de la ZAD, fourbue, une lueur inconnue dans les pupilles, les gestes fébriles. Persuadé qu'il allait voir les larmes dans ses yeux, il s'efforçait de croiser son regard, en vain. De guerre lasse, il retournait s'enfermer dans la chambre de Yohann.

Elle, forte de son idée fixe, triomphait par obstination.

Quand Émilie apparaissait pour le dîner, Laurence lui demandait, par habitude, de mettre la table. Elle mangeait en silence, sans bruit, sans jamais rien renverser. Elle ne comptait plus pour rien, ou pour si peu. Elle grandissait, pourtant, jour après jour, sans que sa mère s'occupe d'elle. Un soir, Laurence avait même oublié de monter l'embrasser dans son lit.

Loïc se retrouvait à jouer avec elle à d'anciens jeux de société dénichés au fond d'une armoire, pour l'occuper. Entre deux coups de dés, ils se regardaient à la dérobée ; étaient-ils vraiment ce père et cette fille désespérés, en train de faire semblant de s'amuser ? Il avait connu quelques heures douces, à regarder Émilie, oublieux de tout le reste ; puis la réalité lui était revenue en pleine figure, à la voir si triste et silencieuse, presque muette : elle vivait encore, mais de quelle vie ? Toute sa jeunesse détruite, massacrée, et sa mère qui l'abandonnait ! Elle était sans cesse dans son monde, elle répondait tout juste à leurs questions, elle se désintéressait de tout !

Et c'était la vérité. À mesure qu'Émilie sentait sa mère s'éloigner, elle se montrait de plus en plus tendue, imprévisible, presque hostile, malgré la réserve inquiétante dont elle faisait preuve la plupart du temps. Elle se mettait à crier de manière inattendue lorsqu'elle était contrariée, ou bien elle éclatait en sanglots et suffoquait en l'espace de quelques secondes, sans cause apparente.

Son père ne savait plus comment la prendre.

La plupart du temps, pourtant, elle était taciturne, absente, au point qu'il devait vérifier qu'elle se trouvait bien dans la pièce où il l'appelait. Elle finissait par être là sans y être, à l'image du frère qu'elle avait perdu. Tout un monde imaginaire se déployait devant ses yeux avec une facilité déconcertante.

Une réalité insupportable la chassait d'elle-même vers des régions que ses parents ignoraient, nourrie par son imagination de petite fille éprouvée. Elle rêvait. Nulle part il n'était question de princesses dormantes ou de châteaux pailletés ; mais on voyait beaucoup d'immenses étendues herbeuses et vallonnées, balayées par les vents, où couraient daims et chevaux sauvages. Une chouette noire, parfois, survolait des nuages bleus et gris, à la recherche d'un rayon merveilleux tombé du haut du ciel. Émilie, aux heures de plus grande détresse, aimait à planer sur ses ailes.

D'autres animaux fantastiques rôdaient parfois à la surface de la terre, des formes étranges, difficiles à définir, noires et rampantes. De drôles d'insectes parcouraient les forêts, tandis qu'un serpent, toujours le même, s'enroulait autour d'un rocher. Alors, Émilie s'enfuyait, légère et invincible. La même course infinie recommençait à travers l'air et le temps.

En attendant, elle fixait sans le voir un des angles du salon, tandis que Loïc, anxieux et impuissant, n'osait pas la déranger.

12

Laurence en était désormais persuadée : l'âme envolée de Yohann était là, parmi ceux qui avaient su le prendre et l'aimer tel qu'il était, parmi ceux qui avaient chanté, dansé, fumé, bu avec lui dans la chaleur étouffante de juillet.

Mais ce qui la touchait le plus était de découvrir que son fils s'était confié à certains d'entre eux. Rox, par exemple, se rappelait que Yohann trouvait compliqué de partager son enthousiasme sans trop en faire. Louise-Michel, de son côté, lui avait raconté qu'il ne perdait pas une occasion de mentionner sa sœur. Chacun évoquait ce mélange de douceur et d'entrain qui l'avait fait aimer, le sérieux avec lequel il avait embrassé leur cause.

Il y avait encore toutes les choses que les zadistes ne disaient pas, mais que Laurence devinait : que le Pilote avait eu de l'affection pour son fils, malgré la froideur dont il faisait toujours preuve à son égard ; que Sylvain avait essayé de le guider ; que Louise-Michel admirait vraiment ses croquis ; que Rox, enfin, lui avait voué une réelle tendresse.

Dans le même mouvement, elle apprenait à les connaître. Quelques-uns, devenus moins méfiants, s'étaient livrés sur leur parcours.

Certains venaient d'Augerac, d'autres, de plus loin, de Paris, parfois, où ils avaient lâché leurs études, une deuxième année de socio, une prépa ou un BTS, pour venir ici vivre ce qu'ils avaient à vivre, et tenter de *donner du sens à ce qu'ils faisaient*. D'autres avaient des parcours plus chaotiques, père dépressif, mère alcoolique, enfance battue, ballottée de familles d'accueil en foyers pour jeunes adultes. D'autres encore, un peu plus âgés, avaient connu un début de vie professionnelle avant de jeter l'éponge.

En somme un assemblage hétéroclite, mélange de gens de tout bord, néopaysans, corps trop minces et barbes hirsutes, anciens étudiants en psycho ou en lettres, artistes en rupture de ban, punks à chiens, amoureux mystiques de la nature. Plus rares, les vieux marginaux épris de liberté. Les convictions les plus extrêmes côtoyaient les trajectoires les plus diverses, des plus erratiques aux plus traditionnelles, jusqu'à la bifurcation radicale qui les avait conduits à Morvaillan.

Tous rêvaient du retour aux bonnes soupes, aux légumes cultivés avec amour, aux repas partagés, à la fatigue née de l'effort des muscles, à la camaraderie, peut-être à l'amour. Vivre ensemble, ce serait quelque chose de simple et de beau, sans l'espèce de lutte pied à pied de chacun contre chacun pour bien délimiter son territoire, cette absence de générosité qui était la loi du monde moderne et qui les dégoûtait.

Des phrases, lancées au vol, commençaient à la hanter.

— Travailler, pour quoi faire ? La vie au taf', le crédit pour l'appart', les horaires de fou pour des vacances de merde parce que t'as jamais assez de thune pour aller où tu veux ?

Le présent avait sa logique, et cette logique était folle. Eux aspiraient à quelque chose de complètement différent.

— Tu vois, quand je suis au fond du trou, et que j'en ai plus rien à battre de rien, j'ai trouvé un truc qui me fait aller mieux direct. Je mets un mouchoir sur mes problèmes, et je m'intéresse à ceux des autres. Et ben là, tout de suite, ça va mieux. T'oublies tout ton petit merdier perso à une vitesse que tu peux pas t'imaginer. Ici, tu te poses, tu regardes l'herbe, les arbres, tu te sens en paix avec toi-même. Et puis surtout, tu fais ce que tu peux. Tu te bats !

— Contre quoi ?

— L'apocalypse. Tu la repousses. Tu retardes un peu le moment où la calotte glaciaire aura fini de fondre, où la mer sera montée suffisamment pour détruire des millions de vies. Du coup, tu retardes aussi les autres catastrophes, les guerres qui vont sortir de tout ça.

De retour chez elle, Laurence se répétait ces paroles.

Elle finissait par comprendre : si les zadistes restaient à Morvaillan, alors qu'il n'y avait plus officiellement aucune raison de se battre, c'était pour mettre fin à tout ça, refuser les boulots débiles qu'on proposait aux jeunes, ces trucs inutiles qui les obligeaient à rester H 24 dans un bureau à tripoter des fichiers Excel, ou pire, à virer d'autres gens comme eux, juste pour le fric.

Une façon d'habiter le monde en dehors des contraintes productives habituelles, sans confort, mais avec tout le reste : les discussions à n'en plus finir autour d'un feu de camp, la tisane aux aubépines, le maté parfois, avec au-dessus d'eux ce ciel qui n'en finissait pas, et les nuages qui fuyaient loin des lumières de la ville.

En somme, l'essentiel.

Émilie venait d'entrer dans le salon, toute bouleversée par l'heure tardive du retour de Laurence, qui semblait encore plus marquée qu'à l'ordinaire. Elle apportait ses cahiers que ses parents devaient signer pour le lendemain.

Loïc et Laurence se faisaient face sans rien dire.

Elle les regarda avec la même intensité inquiète qu'elle avait quand elle ne se sentait pas observée. Elle supportait leur hostilité latente, mais leurs cris, lorsqu'ils éclataient, la plongeaient dans un état de quasi-prostration.

— Tu sais l'heure qu'il est ?

— Je sais.

Depuis plusieurs jours, Laurence se forçait à répondre calmement. Le son de sa voix agissait sur Loïc d'une façon telle qu'elle parvenait parfois à désamorcer la crise. L'idée qu'elle progressait dans sa quête la soutenait.

— Mais tu sais pas qu'il a ouvert les yeux pendant plus d'une heure aujourd'hui ? Tu sais pas, hein ?

Émilie se réfugia derrière le bras d'un fauteuil. La nuit, au-dehors, était complètement tombée. L'heure du dîner était passée depuis longtemps, et elle avait faim.

— C'est magnifique.

Laurence s'attendrissait, toute proche de croire que Yohann l'avait attendue, avide d'avoir des nouvelles de ses amis, et peut-être de ses nouvelles à elle.

— Comment tu pourrais savoir ? T'es plus jamais là.

Parler de Yohann : c'était tout ce qui leur restait, un pont fragile. La colère de Loïc, pourtant, ne retombait pas.

— Émilie nous regarde.

Loïc répondit, exaspéré :

— Et alors ?

Ils continuaient à se dévisager avec une irritation croissante, inaccessibles à leur fille, dont l'angoisse augmentait. Elle émit une sorte de petit hoquet étranglé. Loïc sentit un frisson lui parcourir l'échine. Il se retourna.

Émilie avait le front penché, le regard au sol. Tout son corps était animé d'un tremblement irrépressible, comme si elle était sur le point de pleurer.

Loïc s'approcha.

— Émilie ?

La petite leva les yeux. Ils étaient brillants de fièvre.

Laurence regardait la porte de la chambre de Yohann, et constata qu'elle bougeait à cause d'un courant d'air. Elle fut prise d'inquiétude et demanda :

— Tu n'as pas fermé la fenêtre de la chambre ?

D'un coup Émilie fut secouée de si gros sanglots que Loïc la prit dans ses bras. Laurence, effarée, se rapprocha brusquement.

— Mais qu'est-ce que tu as, ma chérie ? Qu'est-ce que tu as ?

— Tu as mal quelque part ?

Émilie secouait la tête, incapable de parler. Lorsqu'elle se fut un peu calmée, elle balbutia :

— J'ai... j'ai... j'ai faim.

Alors, honteux, les deux parents s'empressèrent.

Ce soir-là, Émilie mangea les légumes que Laurence avait sortis de son coffre à son retour. Loïc ne songea pas à demander d'où ils venaient.

Rox, un matin, entreprit d'expliquer à Laurence la signification de ses tatouages. Son épaule gauche était entièrement noircie ; à partir du coude, la teinture laissait place à un entrelacs de lignes disposées de façon à former un motif géométrique très complexe. Un petit lézard encerclé de pointes de lance concluait l'ensemble au niveau de l'avant-bras. Elle lui avait raconté le défi, au début : se faire faire un truc énorme, bien visible, qui reflète sa vraie personnalité. Ça lui était revenu très cher, mais elle ne regrettait pas.

Le Lézard la protégeait contre le mauvais œil et les sales tuiles de toutes sortes. Les pointes de lance, elles, symbolisaient son courage de combattante, celui qu'il lui avait fallu pour faire face à la vie.

Laurence avait demandé des précisions avec une telle douceur que Rox avait fini par se livrer comme jamais auparavant.

La première fois, elle avait dix-sept ans, ç'avait été avec un type chez qui elle avait travaillé pendant deux semaines durant les vacances d'été, un petit job, refaire la peinture d'une clôture. Le contact était très bien passé entre elle, le type et sa meuf, des jeunes, vingt-huit, trente ans max. Après le boulot, ils étaient restés en relation tous les trois, des textos, quelques verres, une soirée chez des potes communs. Puis les deux, le type et la meuf, s'étaient séparés.

Un jour, il l'avait rappelée.

Il n'était pas si bien foutu que ça, mais elle avait été flattée de l'attention qu'il lui accordait, alors elle avait accepté de le revoir, d'abord autour d'un café. Une fois, deux fois, trois fois, il ne s'était rien passé, ils avaient bien rigolé. Plus tard, il lui avait proposé de faire un truc ensemble pour son anniversaire. Au final, il était venu la chercher le jour même chez ses parents, qui ne s'étaient pas méfiés. Il leur avait dit qu'il l'emmenait à une fête avec d'autres potes, qu'elle devait prendre ses affaires parce qu'ils dormiraient sur place, un genre de ferme où sa bande et lui avaient leurs habitudes.

Elle était montée dans la voiture, plutôt émoustillée de découvrir un endroit nouveau, et puis une fête organisée par le type, même un peu vieux pour elle, c'était plutôt fun, en vrai.

Le malaise était venu après, un peu plus loin sur la route. Il avait pris la direction de la ville voisine, juste là où elle avait travaillé pour lui. Un quart d'heure plus tard, il s'était arrêté devant la maison, qu'elle avait reconnue. Elle avait posé deux, trois questions, un peu étonnée. Finalement, avait-il annoncé, la fête aurait lieu là. Il n'avait rien dit à ses parents, pour éviter les embêtements. Elle n'avait pas bien vu lesquels ; elle avait obtempéré.

Elle était descendue de voiture, avait pris son sac. Après, elle était entrée, il lui avait proposé de s'installer en attendant l'arrivée des autres, puis il lui avait servi à boire, d'abord un verre puis deux.

Il lui avait dit t'es belle, dommage t'es trop jeune pour moi et d'autres conneries du genre, qu'elle avait gobées. Puis elle avait continué à boire. Elle était bien, il était doux, elle avait chaud, une sensation pas désagréable, un peu bizarre quand même.

Après, tout s'était enchaîné très vite.

Elle était dans un drôle d'état, elle avait la nausée. Il l'avait fait monter dans la chambre, l'ancienne chambre du couple, elle s'était allongée sur le lit, il avait posé une bassine près d'elle en lui murmurant : « Ça va aller », puis il était sorti. Ensuite, elle avait dû s'assoupir. Quand elle avait émergé, dans un semi-coma, il faisait complètement nuit, et le type était là, nu, allongé à côté d'elle. Il avait commencé à la toucher, elle n'avait même pas eu la force de bouger le petit doigt, juste de grogner un peu. Il avait baissé sa culotte sans qu'elle fasse un geste. Elle avait hurlé à l'intérieur, paralysée.

Ensuite, elle avait dû se rendormir, épuisée.

Le lendemain, le gars l'avait raccompagnée chez elle, comme si de rien n'était. Elle s'était demandé si elle avait rêvé, mais les sensations de la nuit étaient gravées là, dans son cerveau, indélébiles. Elle se dégoûtait. Lui, après, n'avait plus donné signe de vie.

Elle-même n'avait plus écrit.

À l'époque, elle n'avait voulu en parler à personne.

Après, elle s'était tenue éloignée des hommes pendant deux ans, incapable de nouer une relation quelconque. Une fois en école de commerce, elle avait cru tout ça derrière elle, mais les fêtes alcoolisées sur le campus lui avaient vite fait comprendre que le danger était partout. Elle s'était préservée au maximum.

Puis Julien.

Ce qu'elle avait pu l'avoir dans la peau, celui-là.

Au retour de son tour du monde, pendant son année de césure, avec sa pote, elle était tombée sur lui, juste une connaissance. Le mec venait de se faire larguer, il souffrait terriblement. Il donnait l'impression d'avoir été cabossé par la vie au moins autant qu'elle, c'était ce qui lui avait plu. Au début, ils s'étaient beaucoup écrit. Instruite par l'expérience, elle avait mis du temps à faire confiance, avant de céder.

Pendant plusieurs mois, il avait comblé le vide en elle.

Jusqu'aux premières remarques, insidieuses. Sur sa maigreur, ses manies, sa timidité. Ensuite étaient venus ces coups de chaud et froid qui l'avaient détruite à petit feu. Tantôt il lui faisait comprendre qu'elle était la personne la plus importante à ses yeux, tantôt il la jetait sans égard. En vrai, ils n'avaient jamais été ensemble, même s'il lui arrivait de faire comme si. Un soir, il l'avait appelée spécialement pour lui apprendre qu'il venait de coucher de nouveau avec son ex. Au début, elle avait encaissé, croyant à une mauvaise passe.

Peu à peu, elle en était arrivée à tout accepter de lui, de peur qu'il ne parte.

Lorsqu'il avait fini par la quitter, elle était brisée, si perdue qu'elle avait décidé de tout plaquer, le stage qu'elle venait de décrocher, et puis sa vie elle-même, ce gigantesque merdier dont elle n'avait jamais rien tiré de bon. Elle s'était lancée dans une carrière éphémère d'intermittente du spectacle, avec quelques jobs de figurante, un second rôle dans une pièce jouée en off à Avignon, puis l'échec, les espoirs envolés, l'errance de canapés en plans foireux, jusqu'à sa rencontre déterminante avec Louise-Michel, qui avait décidé du sens qu'elle voulait donner à sa vie. La cause des femmes, la survie de la planète, les inégalités sociales : toutes les pièces du puzzle s'étaient assemblées d'un seul coup.

Laurence l'avait écoutée, horrifiée.

Ce que cette gamine avait dû traverser la révoltait. Bien sûr, elle disait parfois des choses étranges au sujet de la reconnexion avec la nature, comme lorsqu'elle affirmait qu'elle préférait aller chercher du bois dans la forêt pieds nus, parce que ça lui donnait un contact bien plus puissant avec la terre.

Mais d'une certaine façon, Laurence croyait comprendre.

Sa vie durant, elle-même avait choisi la prudence plutôt que le risque, le retrait plutôt que l'attaque, les murs plutôt que les portes, avec pour unique récompense la catastrophe arrivée à Yohann. Elle était consciente d'avoir présenté l'existence sous cet aspect à ses enfants : moins une série d'obstacles à franchir qu'une suite de dangers à éviter.

Louvoyer. Esquiver. Tout ce que sa mère lui avait appris. « Faut se méfier. » « Il y a toujours quelqu'un à qui ça profite. » « Sois pas naïve. » « Personne pourra le faire à ta place. » « Protège-toi. » « Évite les risques inutiles. » À elle la résistance devant les coups du sort, le calme et la sérénité dans la tempête ; aux autres la lâcheté, la faiblesse, et la force, sournoise et brute, dont il fallait se garder.

Plus tard, bien plus tard, elle avait compris quelle part l'histoire personnelle de sa mère avait eue là-dedans. Elle en avait conservé, malgré tout, ce goût de la prudence, et l'idée qu'il était bon de se tenir en marge de la vie pour s'épargner la souffrance.

Mais le risque existait, là, dehors, tout près, auquel il fallait savoir faire face.

Rox et les autres affrontaient la violence depuis toujours. À Morvaillan, chacun jouait le plus beau jeu qui soit : vivre à fond. Elle ne s'étonnait plus que Yohann ait cherché à s'y réfugier. Là-bas, paradoxalement, la peur disparaissait, cette angoisse du monde qu'inconsciemment Loïc et elle lui avaient transmise.

Encore et encore, elle regardait ses dessins, dans le carnet. Ce trait, cette utilisation du vide et du plein, cette association du texte et de l'image, une forme d'expressivité brute pour traduire la rage qui l'animait, elle avait maintenant l'impression de tout saisir.

— Tu dois piger ça, Laurence, parce que c'est la clef. Le capitalisme a tout déréglé. Il n'y aura bientôt plus que les jobs de merde, ceux où tu ne sais pas à quoi tu sers, ni quelle est ta place dans le monde.

Il fallait, disait Sylvain, retrouver le sens de l'échange et du don.

Laurence écoutait passionnément, approuvait, touchée au cœur, parfois, par ce réquisitoire qui lui permettait de mettre des mots, pour la première fois, sur certaines impressions récurrentes, mais floues.

Cette sensation qu'elle avait, très souvent, au cabinet dentaire, d'être transparente, un rouage d'entreprise, des bonjour-bonsoir répétés à l'infini, la Carte vitale, le cahier de rendez-vous, et puis ce sourire paternel du patron, toujours distant, le sentiment de n'être vraiment utile à quelqu'un que lorsqu'un patient, avant de payer, se confiait un peu plus, sur la grande qui n'arrivait pas à trouver de job, le petit impossible à gérer, ou sur les temps difficiles ; est-ce qu'on peut payer en plusieurs fois, ou bien plus tard ?

Des sensations fugitives, presque effacées depuis que l'accident de Yohann avait englouti le passé.

Quand Sylvain parlait, elles revenaient, s'accrochaient, prenaient un sens nouveau.

Jamais elle ne s'était intéressée à ces choses autrement qu'en passant. Parfois, au moment des élections, elle lisait des articles. Toujours, elle abondait dans le sens de Loïc, à qui, sur toutes ces questions, elle se fiait aveuglément. Sa voix comptait si peu !

Sylvain s'acharnait, à chacune de ses visites, à lui prouver le contraire. Chaque bonne volonté avait son importance ; une forme de solidarité pouvait naître, que rien n'arrêterait. Les tyrans ne prospéraient que sur la faiblesse des esclaves ; ceux-ci avaient pour eux le nombre, et leur espoir indestructible en un monde meilleur.

Se pouvait-il que Yohann, si jeune, ait compris cela bien avant elle ?

Du reste, elle sentait les choses plus qu'elle ne se les représentait. L'idée d'une injustice généralisée, répandue dans toutes les couches de la société, la touchait plus que les autres. Le capitalisme abîmait la planète en même temps que les gens. Elle finissait par bien s'en pénétrer.

Maintenant, dès qu'elle croisait quelqu'un à Morvaillan, elle ne pouvait plus s'empêcher de lancer la conversation. La plupart aimaient parler des idées qui les habitaient, certains avec une fièvre communicative dont Laurence subissait l'influence.

Le Pilote, surtout, s'exaltait.

Depuis que Louise-Michel lui avait assuré que Laurence s'intéressait bien davantage qu'au début à la dimension politique de leur combat, il ne se privait plus de lui adresser la parole. Il la faisait sourire, parfois, en agitant ses grands bras pour mieux démontrer la justesse d'une prise de position. Lui qui s'était montré si mal à l'aise pour lui parler de Yohann semblait, lorsqu'elle abordait les questions abstraites, s'éveiller à une vie nouvelle.

— Morvaillan, tu vois, c'est l'opé de la dernière chance. Après, tout va s'effondrer. C'est pour ça qu'on se bat. Parce que la maison brûle, et que personne s'en rend compte. Si nous ne renonçons pas immédiatement à nos modes de vie, alors d'ici quelques années, quelques mois, même, notre avenir ne sera plus entre nos mains. Et moi, tu vois, j'pouvais pas rester spectateur de tout ça.

L'avenir dépendrait, selon lui, de phénomènes climatiques incontrôlables, par la faute des hommes qui avaient déréglé la nature.

— Ça veut dire que nous, on mourra pas dans notre lit, et que ce que nous aimons est en danger. Que les enfants qui naissent maintenant ne connaîtront pas le même monde que nos parents. Et qu'il faut faire quelque chose.

Le Pilote haïssait particulièrement la duplicité de l'État, qui faisait mine de se saisir des problèmes environnementaux pour jeter de la poudre aux yeux ; il attaquait de front le grand patronat et ses opérations de *greenwashing*. Le rejet pur et simple de la société de consommation n'avait rien d'une utopie. Quand l'urgence était inscrite dans tous les chiffres, l'audace devait tenir lieu de projet. Rox et lui, maintenant, ne se gênaient plus pour évoquer devant elle une série d'actions coup de poing qu'ils rêvaient d'organiser dans les prochaines semaines.

Laurence écoutait, indécise, tiraillée entre les arguments raisonnables de Sylvain, la prudence de Louise-Michel et le jusqu'au-boutisme de ces deux-là, dont elle sentait que Yohann, réveillé, eût été plus proche.

Elle en était convaincue : il continuait à vivre en eux.

La brassée de mots qu'on lui jetait au visage, cette ardeur neuve et forte qu'elle sentait monter d'eux comme une sève, lui donnait l'impression qu'une nouvelle ère se préparait. Et elle finissait par être prise, elle aussi, par l'âpreté de la lutte, au point de sentir en elle des mouvements de révolte inconnus, toute une violence qu'elle n'aurait jamais soupçonnée.

À présent, quand on lui parlait d'une firme de cosmétiques qui faisait des expériences sur les animaux, ou d'un chef d'entreprise qui avait pris l'avion à plusieurs centaines de reprises en six mois, une rage la gagnait, inédite et rouge : ces gens-là tuaient son fils une seconde fois.

Enfin le grand nihilisme du Pilote, qui parlait de tout démolir pour reconstruire le monde sur d'autres bases, finissait par lui devenir intelligible : à elle dont on avait détruit l'avenir, l'idée qu'on allait briser celui des autres, des nantis et des aveugles, prenait l'allure d'une consolation.

Désormais, une partie d'elle-même reniait l'autre, celle qui continuait, à l'extérieur, d'agir comme elle l'avait toujours fait.

Et son tourment venait de ce que tous ceux-là, ces paumés, ces marginaux, ces éclopés, avaient raison contre le monde entier. Les uns dressés contre les autres, il fallait qu'il y ait des vainqueurs et des vaincus.

Louise-Michel, à sa demande, lui avait raconté la construction du Phare, la récupération du pylône THT, le convoi, l'aide des dockers, le béton coulé, les couches de peinture sur la structure en fer forgé.

Depuis, sa lumière, quand elle la regardait depuis sa maison, lui paraissait plus brillante encore.

13

Brusquement, le 15 avril, la nouvelle éclata : le gouvernement prévoyait de prolonger en faveur de certaines entreprises le système des permis de polluer contre compensation financière. À Morvaillan, un même cri de révolte était parti de toutes les poitrines.

En moins d'une heure, on se décida.

Un barrage, à la sortie d'Augerac, sur la bretelle qui reliait la nationale périphérique à l'autoroute vers Paris : ça aurait de la gueule, et ce n'était pas si difficile à organiser. Quelques voitures, une bonne dizaine de gars bien équipés et déterminés, rien à voir avec ces grandes manifs qui prenaient des plombes à organiser et dont l'impact restait faible, parce que les gens ne se sentaient pas vraiment concernés.

Pendant quelques jours, l'excitation fut à son comble.

Toute l'anxiété accumulée au cours des dernières semaines finissait par crever là, dans le besoin désespéré d'agir et de dénoncer.

Le Pilote se sentait revivre. Louise-Michel, de son côté, poussait à la prudence. Plus on préparerait les choses, plus on aurait de résultats, c'était la règle. En organisatrice avisée, elle avait commencé à faire l'inventaire du matos dont on disposait. Pas grand-chose, en vérité, mais on s'en contenterait. Ce qu'il fallait, c'était avant tout se déplacer de la bonne façon, choisir le bon endroit, le bon moment, avant d'appliquer les techniques habituelles, plaquage au sol, chaînes, colle, tout ce qui pouvait permettre d'occuper l'espace et de n'en plus bouger.

Le reste allait de soi : suivre les consignes de prudence habituelles, se couvrir le visage, se protéger les yeux avec des lunettes de plongée ou des masques à gaz quand on en avait, mettre des couleurs sombres ou neutres, des chaussures bien résistantes. À l'arrière, prévoir les premiers secours en cas de nécessité, si ça dégénérait.

Rien de bien nouveau.

Elle était lasse, néanmoins, plus qu'elle ne l'avait jamais été. Et si tout allait mal tourner ? Les mauvais pressentiments arrivaient en foule, impossibles à combattre. Protéger Rox : elle s'avouait ces derniers temps que rien d'autre ne comptait.

Sylvain, depuis les Marouflets, essayait sans succès de mettre le holà à ce qu'il voyait venir. Un affrontement, selon lui, ne pouvait qu'aggraver la menace qui pesait sur Morvaillan.

Cependant, la rage de se battre étreignait tous les cœurs, comme si l'avenir de la ZAD se jouait là, dans un ultime regain de violence. Une activité neuve se déployait ; et chacun fouillait en pensée les prochains jours, avec l'idée d'y découvrir ce nouvel élan qu'ils appelaient depuis si longtemps de leurs vœux.

Loïc pesta. Pour une fois qu'il consentait à rendre service à Dominique, il fallait que ça bouchonne.

Comme le patron se débattait toujours avec le manque de personnel, Loïc avait accepté de convoyer un camion à vide jusqu'à Paris, où l'attendait un chargement à destination du port d'Augerac. Une journée, seulement, un aller-retour, et si tout allait bien, il serait de retour le soir, avec un extra. Après des semaines de bureau, la sensation était bizarre, à la fois très étrange et très familière, comme s'il se retrouvait brutalement projeté très loin en arrière, dans une autre vie.

Laurence avait pris sa journée pour s'occuper des enfants.

Et voilà que ça coinçait d'emblée, toutes les voitures au cul les unes des autres, un de ces satanés accordéons qu'il détestait. Un quart d'heure déjà que ça durait, sans qu'on comprenne pourquoi. Il avait beau refaire en pensée cette portion-là du trajet, il ne voyait pas ce qui avait bien pu se passer, à part peut-être un accident, auquel cas il y en avait pour une heure, au bas mot. Il entendit retentir la sirène des gendarmes.

C'était donc ça. Il se résigna.

Tout de même, il y avait quelque chose de bizarre. Ni pompiers ni ambulance. Et puis les flics, encore, qui cherchaient à passer. Derrière le camion, les klaxons se faisaient plus insistants. Il tenta une manœuvre, mais presque rien n'était possible sans recul. Soudain, à deux cents mètres en avant à peu près, du bruit se fit entendre, comme des coups de feu tirés à quelques secondes d'intervalle, en plus étouffés, puis des sifflements. Il y eut des éclairs, quelques cris. De la fumée s'éleva, barrant l'horizon, noyant les bas-côtés, illuminée de reflets verts et rouges.

Pendant quelques minutes, le vacarme continua, sans origine déterminée.

Effrayé par la clarté des projectiles des pistolets lance-fusées, Loïc sortit précipitamment du camion ; au-dehors, la pagaille était indescriptible. Beaucoup d'automobilistes avaient comme lui quitté leur habitacle. Quelques-uns se mirent à marcher, en se faufilant entre les véhicules, pour se rendre compte. Loïc, après quelques secondes, décida de les suivre.

En avant des premières voitures, juste devant les pare-chocs, on distinguait, allongés à même le bitume, une dizaine de corps cagoulés, vêtus de noir, enchaînés les uns aux autres. Un peu en arrière, des militants déployaient en travers de la quatre-voies une large banderole sur laquelle était inscrit : « *Fight for climate* ».

Derrière, certaines pancartes portaient d'autres inscriptions plus explicitement dirigées contre la nouvelle loi.

Loïc, furieux, reconnut immédiatement l'emblème de Morvaillan.

Les fumigènes qui venaient d'être lancés nimbaient la scène d'une lueur irréelle. Et il observait avidement, les yeux fous, cherchant tout de même un visage sur lequel fixer sa haine.

— Qu'est-ce que vous foutez là ?

Un gros homme en chemise blanche, à sa droite, regardait le spectacle d'un air ahuri.

— On n'a pas le choix ! Nos vies se dérobent sous nos yeux !

— C'est pour la planète !

— Vos enfants nous remercieront !

De tous côtés, des cris de colère commençaient à se faire entendre. Même, depuis quelques minutes, les insultes fusaient.

— Qu'ils dégagent, bon Dieu, tous ces connards !

— L'inaction gouvernementale est un meurtre de masse envers notre génération !

— Bâtards !

— Les COP ne nous sauveront pas, la résistance civile est notre dernier espoir ! S'il vous plaît, réagissez !

— Enculés, bougez-vous de là !

Cependant, devant le calme des zadistes, dont pas un ne bougeait, on hésitait encore. De nouveaux automobilistes arrivaient.

— Où sont les flics, bordel ?

— Derrière, ils ne peuvent pas passer.

Les militants n'avaient pas choisi leur endroit au hasard, Loïc en était certain. La première sortie était distante d'au moins six ou sept kilomètres, et il était presque impossible de faire parvenir rapidement des véhicules sur place dès lors que l'axe principal était bloqué.

De rage, il serrait les poings ; une sueur froide dégoulinait le long de son dos que ne réchauffait plus le siège du camion.

Une odeur nouvelle montait, tandis que la fumée redoublait. Quelque chose brûlait, asphyxiant l'air qui leur parvenait par paquets, juste sous le vent. Sans doute, les militants, en arrière de la première ligne, venaient d'allumer un feu, des palettes ou de la paille.

D'un coup, il fit un pas en avant.

On n'allait pas rester là, peut-être, comme des pieux, à se faire emmerder par ces cochons. Une envie sans nom le gagna, celle de leur rouler dessus, à ces cons, pour leur apprendre la vie, pour se venger, enfin, de tout ce qu'ils lui avaient pris, son bonheur, son fils, et jusqu'à sa femme, maintenant, qu'il sentait déjà sur l'autre rive, lointaine à ne plus l'entendre lorsqu'il l'appelait.

Et il flairait avec une joie mauvaise la colère des gens autour de lui qui montait.

— Allez !

Un peu en avant de lui, un grand type maigre et nerveux, s'était jeté sur le premier militant à sa portée, en le tirant par les bras. Aussitôt, Loïc se précipita pour l'aider.

— Lâchez-le !

Les autres, attachés au premier, s'étaient mis à crier. Loïc s'arc-bouta. Le type était léger, et pourtant, il opposait une résistance terrible, s'alourdissant sur le sol le plus qu'il pouvait. La polaire relevée sur les bras laissait voir la cage thoracique aux côtes maigres, recouverte de poils.

Près de lui, un autre, homme ou femme, que Loïc distinguait mal, se pendait au bras du premier en hurlant. Pendant plusieurs secondes, la lutte se poursuivit. De l'autre côté de la banderole, on continuait de lancer des fumigènes. Comme Loïc refusait de lâcher prise, une vision nouvelle le suffoqua.

Au-delà des corps étendus sur la route, derrière la banderole, entre deux écharpes de fumée enveloppées de cris, il avait cru distinguer une silhouette familière.

Il se redressa, comme si on l'avait marqué au fer rouge.

Ce geste de la main, un geste de retrait, comme pour se protéger le visage, il l'aurait reconnu entre tous.

Laurence.

Impossible.

Il avait laissé Yohann et Émilie sous sa garde, le matin même. Elle n'avait pas pu…

Tout d'un coup, sans réfléchir, il hurla son prénom.

Des voix de plus en plus perçantes se faisaient entendre. La scène disparaissait, noyée dans l'ombre. Il eut la vague conscience qu'autour de lui, les flics venaient d'arriver, il ne savait pas comment. Le véritable affrontement commençait. Quelqu'un lui cria de reculer. Comme il ne bougeait pas, pétrifié, il sentit qu'on l'entraînait vers l'arrière.

Machinalement, et parce qu'il ne savait pas quoi faire d'autre, il regagna l'habitacle de son camion et attendit.

Il faisait déjà grand jour lorsqu'elle ouvrit les yeux. Personne à côté d'elle. Loïc n'avait pas l'air d'avoir dormi là. Le soleil envahit la pièce et sembla lui intimer l'ordre de se lever le plus rapidement possible.

En même temps que Laurence s'habillait, la mémoire des événements de la veille lui revint peu à peu. Le barrage. Rox, sa main serrée à lui faire mal, juste avant qu'elle ne tombe – en regardant ses doigts, elle constata qu'ils gardaient la marque des meurtrissures de la veille.

Elle fit tourner son alliance d'un geste machinal autour de son annulaire.

Le reste était plus flou. Elle se souvenait de s'être réveillée une première fois, étourdie, dans un lit qui n'était pas le sien, sans doute un lit d'hôpital, parce que tout, autour d'elle, était d'un blanc verdâtre. Après quoi, tout avait de nouveau disparu pour un long moment. Quelqu'un était venu la chercher, Loïc, sûrement, et l'avait fait monter à l'arrière d'une voiture, jusque chez eux.

Elle avait dû s'endormir comme une masse aussitôt arrivée.

Enfin, elle se décida à descendre. Son visage, se disait-elle, devait refléter son désarroi. Elle se sentait déphasée, incapable d'expliquer ce qui l'avait conduite, la veille, sur l'autoroute. Une minute, elle eut l'idée d'aller voir son fils au lieu de se rendre directement dans la cuisine, où elle devinait que Loïc l'attendait.

Peut-être la savoir auprès de Yohann l'amadouerait-il. Aussitôt, elle craignit d'avoir pensé à son fils uniquement comme à une excuse ou un refuge.

Devant la porte, elle attendit un instant, immobile, sans réussir à se décider. De l'intérieur, aucun bruit ne lui parvenait.

Elle entra.

Loïc et Émilie se faisaient face, silencieux tous les deux. La petite fille leva timidement les yeux vers sa mère en esquissant un sourire que Laurence fut incapable de lui rendre.

Presque aussitôt, comme si elle sentait qu'elle était de trop, la petite sortit. Un instinct l'avait avertie. On était dimanche, elle n'avait pas école, sa chambre était l'unique endroit de la maison où elle se sentait encore en sécurité, hors de la tempête continuelle qu'était devenue la vie familiale. Retrouver son monde imaginaire : c'était la seule issue. Pendant un instant, on entendit le bruit de ses pas le long de la cloison.

Loïc fit mine de poursuivre la lecture de l'article entamé. Machinalement, Laurence se dirigea vers l'un des placards.

— Tu vas mieux ?

Elle se retourna brusquement. Elle s'était attendue à tout sauf à ça. Elle fit un petit mouvement de la tête, incapable d'articuler le moindre mot. À part un mal de crâne persistant depuis qu'elle avait posé le pied par terre… mais elle se tut.

— Tu te rends compte ?

Loïc s'efforçait de maîtriser sa voix. Toute la nuit, enroulé dans une couverture sur le canapé, il avait passé en revue ce qu'il allait lui dire. Il s'était promis à lui-même de garder son calme, pour ne pas tout détruire. Mais il avait beau faire, il sentait l'exaspération monter.

Déjà, il s'était mis à gronder de douleur.

— Qu'est-ce que tu foutais encore là-bas ? T'as pensé à Émilie ? À ce qu'elle deviendrait s'il t'arrivait quelque chose ? T'as pensé à moi ?

Glacée, elle le regardait sans répondre.

Les mots sortaient tout seuls, une colère énorme, diffuse, des mois de ressentiment accumulé qui finissaient par déborder en flots.

— T'aurais dû être là, tout le temps ! Avec les enfants ! C'est ta place, bordel !

Elle aurait pu rétorquer qu'elle avait fait plus que sa part, au début, quand lui refusait d'aller à l'hôpital, et qu'il lui avait fallu faire les trajets seule pour lui éviter d'avoir à affronter ses angoisses.

Mais elle devait reconnaître qu'il avait raison, sur un sujet au moins : de plus en plus, le corps de son fils lui devenait indifférent, avide qu'elle était de renouer le lien avec son esprit.

Lui en tenait pour son idée : il fallait qu'on lui ait jeté un sort pour qu'elle soit devenue insensible à ce point-là.

— Pourquoi tu t'intéresses encore à ces pauvres types, là ? Pourquoi t'es pas capable de comprendre que c'est pas eux qui comptent, mais ton fils, ou Émilie ? Qu'est-ce que t'espères, franchement ? Que je sois toujours là pour venir te chercher à l'hosto ou chez les flics ?

Laurence tressaillit. Jamais, même au cours des mois précédents, si durs pourtant, il n'avait eu ce regard, si dépourvu de toute compassion, si plein de souffrance.

Elle répondit ardemment :

— C'est parce qu'ils ont raison…

Il eut un geste violent de la main. Est-ce qu'elle devenait complètement folle ? Une envie de l'empoigner le prenait, et de la secouer, jusqu'à ce qu'elle revienne sur terre, à ses côtés.

— Mais qu'est-ce que tu imagines, putain ? Que ce sont des héros, des combattants, ou je ne sais quelle connerie ? Il y a des gens, là, qui travaillent comme des bêtes, pour essayer de joindre les deux bouts, en respectant les règles, la politesse, les horaires, pas d'augmentation, et eux, ils foutent rien, cassent tout, et en plus ils attendent qu'on les respecte ?

Qui étaient-ils, pour lui dire ce qu'il devait penser ? Pendant que lui se crevait le cul au boulot en soignant son gosse, désespéré à l'idée qu'il finisse par mourir, eux se croyaient moralement supérieurs à lui, parce qu'ils dénonçaient le système ! Et elle aussi, peut-être…

— Arrête.

— Non, j'arrête pas. Tu crois qu'on a besoin de ça en plus ? Que tu bousilles tout, alors qu'on n'est pas déjà suffisamment dans la merde ?

— J'ai voulu voir ce que ça faisait.

— Ce que ça faisait quoi ?

— D'être là-bas, avec eux. Contre les flics qui vous balancent des trucs.

Il la regarda, interloqué, avant de reprendre, très lentement :

— C'est dangereux, tu comprends ça ?

Il était près d'elle, maintenant, et il la tenait par les épaules, si fort qu'il lui faisait mal. Il reprit, en détachant chaque syllabe l'une de l'autre. Elle n'évitait plus son regard.

— C'est dangereux…

Elle le savait bien, que c'était dangereux, elle le savait mieux que lui, peut-être. Et Yohann, encore plus. Ils avaient cette expérience en commun, elle et lui. Elle avait côtoyé la peur, cette même peur que leur fils, des mois plus tôt, dans ce champ détrempé, contre le talus humide et défoncé, avait dû ressentir, juste avant le coup fatal.

Loïc, abasourdi, courba le dos.

La vérité était là, devant lui, sous ses yeux : sa femme, à peine vêtue sous la robe de chambre, ses cheveux blonds, presque blancs, en désordre, lamentables.

Jamais encore il ne l'avait vue si agitée, si étrangère à elle-même et à ses habitudes. Laurence, quand il l'avait rencontrée, était une jeune fille inquiète, timide, constamment sur le qui-vive, qu'il aimait sentir se détendre, tout d'un coup, tel un petit animal blessé, lorsqu'il l'entourait de ses bras. Soudain et comme par magie, son existence entière, à lui Loïc, se trouvait justifiée. Leurs enfants, plus tard, étaient venus renforcer ce sentiment de légitimité que son enfance et sa jeunesse avaient été impuissantes à lui donner.

Un reste d'amour agonisant le forçait à l'écouter, par fidélité à leur passé. Ils avaient surmonté les obstacles, ses absences répétées, les difficultés liées à l'éducation des gamins, la dèche, des disputes futiles, la fatigue, tout, tout, et puis maintenant ça, qui était train de le rendre fou.

— Je ne veux pas te perdre, Laulau… Tu comprends ? Je ne peux pas te perdre, surtout pas après… après…

Incapable de continuer, il tremblait sans pouvoir s'arrêter.

— Je peux pas, Laulau, sans toi. Je peux pas affronter tout ça.

Au milieu de la cuisine silencieuse, ils se regardaient, distants de quelques centimètres, la garde baissée, le cœur en miettes.

À la ferme Gonord, Louise-Michel attendait depuis une heure déjà, en feignant de mettre un peu d'ordre dans les affaires qui traînaient ; et elle était prise d'une telle inquiétude qu'elle était forcée, de temps à autre, de s'asseoir pour reprendre son souffle.

De l'entrée où il venait d'apparaître, le Pilote lui cria qu'il arrivait.

Les derniers affrontements avec les flics, sur l'autoroute, lui avaient donné une énergie nouvelle. Bien sûr, une dizaine d'entre eux avaient été arrêtés, mais les retombées médiatiques dépassaient leurs espérances.

À mesure que lui parvenaient les différents échos de leur action dans les journaux, il croyait voir se dessiner des perspectives nouvelles. Les comptes rendus insistaient sur l'efficacité du mode opératoire adopté. Une vingtaine de personnes de tous âges et de tous horizons, calmes, déterminées, sans matériel particulier, avaient bloqué la circulation pour des raisons purement idéologiques, sans revendications syndicales ou salariales spécifiques.

D'aucuns auguraient déjà du début d'une nouvelle ère.

Louise-Michel, en le voyant entrer, pensa qu'elle allait devoir lui dire ce qu'elle ne lui avait jamais raconté, toutes ces hésitations, toute cette lassitude qui la rongeaient depuis l'accident de Yohann, qui pesaient sur elle avec de plus en plus de force. Sans doute elle n'entendait pas renier son engagement ; jamais encore pourtant elle ne s'était sentie si proche de l'abandon.

Le Pilote, assis, avait retiré ses bottes, pour mieux se mettre à l'aise.

— T'as du feu ?

Louise-Michel, machinalement, chercha son briquet. La petite flamme vacilla. Le Pilote rejeta la tête en arrière. Menton en l'air, les yeux fixés au plafond, il aspira fortement avec un froncement du nez.

Elle le regarda.

Comme toujours, il imposait son rythme. Le type était resté pur. Respecter ses engagements, aller jusqu'au bout. Il avait tenu bon. Pour quoi ? Trois cabanes au fond des bois, qui seraient rasées demain si les derniers récalcitrants refusaient de se plier aux conditions de l'accord qui venait d'être signé. Rien ne resterait de ce qu'ils avaient construit. Le con.

Elle en aurait pleuré.

— Alors ? Qu'est-ce que t'en penses ?

Il avait toujours tenu compte de son avis. C'était maintenant ou jamais.

À petites phrases précautionneuses, elle lui exposa son point de vue. En continuant de provoquer les autorités, on n'obtiendrait qu'un résultat : la pure et simple destruction de la ZAD et de tout ce pour quoi ils s'étaient battus jusqu'ici. Encore un ou deux coups comme ça, et les expulsions reprendraient sans tarder. Le pire était qu'ils achevaient de discréditer leur cause aux yeux du grand public en s'attaquant aux citoyens lambda plutôt qu'aux représentants des institutions.

Le Pilote s'assombrit.

Pour la première fois peut-être depuis le début de leur association, il sentait Louise-Michel dubitative.

Depuis quelque temps déjà, il la trouvait fuyante, moins encline à le seconder en toute chose.

— Tu penses vraiment ce que tu dis ? Alors que c'est un succès criant ?

Immédiatement, elle sut qu'elle n'obtiendrait rien de lui.

Et un malaise l'envahissait, sous ce regard brillant de conviction, concentré à l'extrême.

— Écoute, ils sont des dizaines à vouloir nous rejoindre, maintenant.

L'épisode du barrage avait décidé des militants de tout bord à gagner les parages de Morvaillan. À Margelles, un site d'occupation situé à soixante kilomètres au nord d'Augerac, sur le chantier de construction d'un futur aquaparc, on ne parlait plus que d'eux et de leur volonté d'en découdre. Les zadistes de là-bas avaient été les premiers à réagir, en offrant de monter avec ceux de Morvaillan des actions conjointes.

Louise-Michel écoutait sans bouger.

Le Pilote continuait, tout à sa fièvre nouvelle. Rénover la terre, l'association internationale qui drainait les militants à travers la planète, venait de se décider à les soutenir officiellement. Lui voulait voir, dans cette convergence de différents mouvements, le signe d'une apocalypse en germe ; et c'était ce qu'il appelait de ses vœux, cet embrasement généralisé qui mettrait finalement le capitalisme occidental face à ses responsabilités.

Comme Louise-Michel se décidait à acquiescer sans conviction, il la pressa davantage. Est-ce qu'elle n'était pas d'avis qu'il fallait accélérer, lancer des opérations inédites, enfin, pour battre le fer tant qu'il était chaud ?

Sans doute, il avait raison.

Mais tout venait trop tard, sans ordre ni préméditation ; il serait impossible de canaliser efficacement cette énergie nouvelle sans que personne soit arrêté ou blessé, ou pire encore.

Depuis que Laurence fréquentait la ZAD, l'image de son fils immobile, au fond de son lit, ne la quittait plus.

À chaque fois qu'elle y pensait, Louise-Michel sentait sa gorge se nouer. Jamais elle n'oublierait. Les pleurs de la mère, et puis, chez le père, ce regard de haine qu'il avait eu, dans la chambre d'hôpital, et qui revenait la hanter. Depuis lors, elle craignait le pire, surtout pour Rox, sans pouvoir s'en défendre, comme une malédiction indéfiniment retardée, mais qui finirait immanquablement par s'accomplir.

Elle en venait à se dire que rien ne valait ça, cette douleur.

Et cela virait au supplice, ce regard ardent du Pilote posé sur elle, qu'elle connaissait si bien, et qui menaçait, pour un rien, de tourner à l'orage. Elle fouillait au fond d'elle, désespérée de n'y plus trouver cet élan qui l'avait portée à la lutte, des années durant. Toute la violence dont elle était capable, sous ses grands airs de calme sérénité, avait fondu en elle jusqu'à disparaître presque entièrement.

— Alors ?

Enfin, elle acquiesça. Il fallait continuer à se battre, oui. Tout ce qu'il ferait serait bien.

Le Pilote allongeait les jambes, satisfait, lorsqu'il ajouta d'un coup, comme frappé par une idée subite :

— Même la mère est avec nous, maintenant. Tu l'as vue, l'autre jour ? En vrai, c'est complètement dingue.

Louise-Michel baissa la tête.

Loïc redoublait de soins auprès de Yohann, dont le corps, entre ses mains devenues expertes, commençait, de temps à autre, à frémir. Un matin, il sentit bouger la jambe droite. Il dut se retenir pour ne pas pleurer.

Il s'attendrissait de plus en plus, au point de croire, malgré tout, à des jours meilleurs.

Le choc devait avoir eu sur Laurence, se disait-il, les meilleurs effets. Comment avait-elle pu imaginer, ne serait-ce qu'un seul instant, à l'innocence possible de ces gens ? Lorsque les flics étaient venus l'interroger, elle avait fait profil bas. À la voir si calme et presque paisible, il se rassurait. Sa vigilance, toutefois, ne se relâchait pas.

Laurence ne s'offusquait pas de cette surveillance, qu'au demeurant elle remarquait à peine.

Plus profondément désespérée depuis l'épisode du barrage qu'elle ne l'avait jamais été, elle tardait à se remettre entièrement de la fatigue physique et morale qui, depuis lors, s'était abattue sur elle. Elle demeurait parfois debout plusieurs minutes d'affilée, interrompue au beau milieu d'un geste, la main suspendue, les yeux dans le vide, l'esprit confus, avec le sentiment que son existence était devenue tout à fait misérable.

Par instants, elle revoyait leur vie d'avant, sous forme de flashs de plus en plus courts, et de plus en plus lointains. Désormais, le passé se nimbait d'une irréalité telle qu'elle doutait même d'avoir vécu ce dont elle se souvenait. La grande menace en revanche était proche, et chaque jour plus palpable – Yohann, d'un moment à l'autre, pouvait définitivement sombrer dans l'abîme.

Elle-même savait qu'il suffisait d'un rien pour dérégler tout ce pauvre mécanisme d'os et de chair, comme il suffisait de peu de chose pour menacer l'équilibre global de la planète. La dégénérescence était partout, où qu'elle tourne le regard, dans ce corps allongé, déjà presque disparu, comme dans ces paysages que Sylvain lui avait montrés, menacés d'une disparition prochaine.

Lorsqu'elle jetait par hasard les yeux sur Émilie, ses craintes augmentaient encore ; sa fille aussi, un jour, aurait à trouver sa place dans ce monde en sursis.

Prendrait-elle conscience assez tôt de ce qui la menaçait ?

Les images des militants dispersés par les fumigènes, attrapés sans ménagement, plaqués au sol, les mains derrière le dos, les corps traînés sur le bitume, s'étaient profondément imprimées en elle. À la limite, peu lui importait désormais de savoir qui, en cette affaire, avait eu tort ou raison ; le pourquoi des événements s'effaçait devant l'immédiate compassion qu'elle éprouvait pour ceux qu'elle avait vus maltraités au nom de leur cause, et qui étaient pour elle comme des doubles de son fils massacré.

Avoir vécu la violence lui avait révélé quelque chose qu'elle ignorait et qu'elle ne pourrait plus jamais oublier : les plus faibles pouvaient s'unir et se soulever pour faire valoir leurs droits et ceux du monde avec eux.

Et il lui semblait que tout ce pour quoi elle avait vécu jusque-là, la recherche d'un minimum de confort et de sécurité pour elle et les siens, n'avait plus aucune importance. Elle ne voulait plus de ce monde où sa fille serait bombardée d'images pailletées, gosses ultra-maquillées, produits inutiles et empaquetés, mannequins squelettiques, machines sophistiquées et presque immédiatement obsolètes.

Loïc, depuis les derniers événements, cherchait à l'arracher à ce qui l'obsédait, plein d'une douceur nouvelle. Un matin, alors qu'il rentrait du supermarché avec des fleurs emballées dans du plastique, elle avait souri d'un sourire vague, sans même prendre la peine de lui dire que ces fleurs coupées, aux couleurs artificielles, n'avaient qu'un mince rapport avec les humbles fleurs de là-bas, les seules véritables. Lui s'était mépris à ce sourire, rassuré de la trouver si calme, sans une protestation.

Elle bouillonnait en dedans, désespérée de se sentir prisonnière d'une vie qui n'était plus la sienne.

Loïc, malgré ses appels répétés à maître Lazare, continuait d'ignorer à peu près tout du déroulement de l'enquête, dont le procureur d'Augerac avait finalement été dessaisi au profit du parquet de Rennes, comme c'était la règle en cas de mise en cause des militaires.

D'après l'avocat, le juge d'instruction chargé de l'affaire était impartial ; on pouvait espérer qu'il ne néglige pas une mission que son arrière-plan politique rendait particulièrement sensible. Il s'appuierait principalement sur l'examen déjà mené par la section de gendarmerie d'Augerac. En parallèle, l'enquête administrative diligentée par le ministre de l'Intérieur auprès de l'Inspection générale de la gendarmerie pour déterminer la responsabilité de chacun suivait elle aussi son cours.

Les derniers mois écoulés, à vrai dire, n'avaient guère contribué à faire avancer les choses.

Il était désormais établi que la zone d'où les gendarmes balançaient des grenades et celle où on avait retrouvé le corps de Yohann étaient distantes d'un peu plus de vingt-cinq mètres, ce qui rendait peu probable qu'on ait pu le viser de nuit. Les gendarmes avaient tous agi sur ordre. Quant aux mouvements des zadistes et à leurs déplacements ce soir-là, on n'avait rien pu établir de certain. Le projectile qui avait plongé Yohann dans le coma avait aussi bien pu être ramassé et lancé par l'un d'entre eux. La nature même de cet objet faisait encore débat.

Vers le début du mois de juin, en fin de matinée, le téléphone retentit.

Loïc reconnut immédiatement la voix sombre de maître Lazare. À ses questions angoissées, l'avocat répondit d'abord par quelques phrases neutres. Presque aussitôt, pourtant, Loïc comprit que quelque chose s'était produit.

Enfin, Lazare s'expliqua, en petites phrases gênées.

L'enquête, bien sûr, était loin d'être terminée, et ne le serait pas avant des mois, voire des années, tant l'affaire était complexe. Ils auraient toujours la possibilité, s'ils le souhaitaient, et si leurs forces leur permettaient d'aller jusque-là, de faire appel à une juridiction plus haute pour obtenir satisfaction, mais en l'état actuel des choses, il semblait qu'on s'acheminait vers un non-lieu.

Loïc vécut cette annonce comme une insulte faite à sa douleur.

À l'injustice de la situation s'ajoutait maintenant l'injustice de l'État, qui refusait de trancher et de désigner coupables ces zadistes qu'il haïssait de toute son âme. Son cœur ne pouvait s'y tromper : les vrais meurtriers étaient là, chez ces casseurs, ces voyous qui ne respectaient rien, pas même la vie humaine, sous prétexte de donner corps à leurs folies. Ce devait être l'un d'entre eux qui avait lancé la grenade, il ne pouvait en aller autrement.

Laurence n'avait pas réagi.

Des nouvelles fraîches lui parvenaient régulièrement de Morvaillan, par Louise-Michel, Rox ou Sylvain.

Depuis le barrage de l'autoroute, un regain d'activité militante semblait s'être emparé des zadistes. Les opérations de toute nature se multipliaient, prouvant ainsi la vitalité d'un groupe de militants dont on pensait la mobilisation en perte de vitesse. Les journaux parlaient de nouveaux arrivants plus déterminés que jamais à faire de Morvaillan leur base arrière.

Un matin, on retrouva sur la place des Terreaux d'Augerac la statue de Jeanne d'Arc affublée d'une banderole dénonçant l'hypocrisie des pouvoirs publics. Au cours de la même nuit, plus de trente panneaux publicitaires avaient été vandalisés. Deux jours plus tard, des militants attaquèrent de manière simultanée les locaux de la direction régionale de l'environnement, de l'aménagement et du logement et ceux d'une usine spécialisée dans la fabrication de fluor et de ses dérivés. Les dégâts se chiffrèrent en milliers d'euros. On parla également beaucoup, pendant quelques jours, de deux zadistes qui s'étaient suspendus à des trépieds pour empêcher l'entrée des camions sur le site des ardoisières de Mogisec.

Un événement d'une tout autre nature se produisit à la fin du mois.

Alors qu'il était sur le point de quitter son domicile pour se rendre à son bureau, un habitant d'Augerac, employé comme comptable depuis plusieurs années par un grand fonds d'investissement étranger, avait découvert la façade de sa maison recouverte de graffitis. On avait crevé les pneus de sa voiture et versé de l'essence sur les plates-bandes de son jardin. Dans la boîte aux lettres, une missive anonyme lui précisait qu'à moins que son employeur ne rompe ses liens avec l'industrie pharmaceutique, lui-même, sa femme et ses enfants allaient « souffrir ».

L'affaire, naturellement, excita les passions.

Loïc en avait tiré argument auprès de Laurence pour dénoncer les zadistes avec un regain de haine, sans rien obtenir. Certes, elle ne voulait absolument rien de tout ça, mais qu'importaient ces destructions, ou même quelques graffitis, à l'échelle de ce qui était en train de se jouer ? Les idées étaient inutiles en tant que telles : n'importe quelle action directe était bonne pour ouvrir les yeux de ceux qui, comme elle, les avaient trop longtemps gardés fermés.

Une espèce de panique s'empara de la région. Les propriétaires d'usine renforcèrent les dispositifs de protection des sites les plus susceptibles d'être visés. Les automobilistes élaboraient des itinéraires de substitution en cas de blocage des grands axes routiers.

Plusieurs édiles locaux s'élevèrent publiquement contre la poignée d'indociles dont les actions honteuses risquaient de paralyser l'économie locale. Un collectif autobaptisé « Citoyens en colère » menaça d'organiser une expédition punitive, sans attendre la collaboration des gendarmes. Il suffisait d'aller les chercher au fond de leur trou, dans la forêt de Morvaillan, là où tout le monde savait bien qu'ils étaient. Un jeune homme, rappelait-on dans la presse locale, avait payé d'un coma profond les prétendues convictions de ces forcenés.

Loïc n'avait pu se retenir de montrer l'article à Laurence, qui avait fondu en larmes.

La crainte et l'exaspération culminèrent quelques jours plus tard lorsque la presse fit connaître les conditions rocambolesques de l'occupation nocturne de l'abattoir de Fontenoy, vingt kilomètres au sud d'Augerac. Au cours d'une opération commando, vingt activistes avaient bloqué le « couloir de la mort » par lequel passaient les animaux avant d'être tués, puis avaient conduit la trentaine de veaux vivants que contenaient les locaux sur le site de la ZAD, où on leur avait donné des noms de résistants de la cause animale. Tous les articles illustrant le sujet utilisèrent la même photo : des bougies posées à même le sol, dessinant le matricule d'un des veaux sauvés de l'abattoir.

Quelques jours passèrent, durant lesquels les journaux télévisés nationaux prirent leurs quartiers du côté d'Augerac. La dernière manche de la partie, qu'on avait crue terminée au moment de l'enterrement du projet de viaduc, allait très certainement se jouer dans les heures suivantes, lorsque l'arrêté d'expulsion à l'encontre des zadistes de Morvaillan serait émis.

D'un moment à l'autre tomberait la décision de la préfecture, qui serait en réalité celle du gouvernement.

Tout donnait maintenant l'impression que le compte à rebours était lancé.

14

— Tu devrais pas rester là.

Laurence regarda Sylvain d'un air de reproche.

— Je rigole pas. On sait jamais ce qui va arriver. Ça peut vraiment péter à tout moment.

Louise-Michel approuvait gravement.

— Il a raison. Et les flics savent qui tu es.

Laurence frissonna au souvenir des événements du barrage routier. Néanmoins, elle ne doutait plus.

— Je reste, de toute façon.

C'était la troisième fois qu'elle avait du mal à passer les barrages de gendarmerie. Par chance, l'un des flics la connaissait pour l'avoir déjà croisée à plusieurs reprises au même endroit, un petit jeune qui avait eu vent de son histoire, et qu'elle avait su attendrir.

— Vous croyez qu'il reste combien de temps ?

— Difficile à dire. Une semaine ? Deux ? Ou bien trois jours ? Mais ils préparent quelque chose, c'est certain.

— Vous allez pouvoir tenir ?

Ni Louise-Michel ni Sylvain ne répondirent.

Elle s'angoissait. Un nouveau saccage abîmerait à jamais la mémoire de son fils. Une idée, depuis quelque temps, la hantait, sans qu'elle soit encore parvenue à en parler à personne.

— Et si je faisais quelque chose ? Si je parlais ? En mon nom ?

Elle les vit qui échangeaient un regard, intrigués.

Elle écrirait une sorte d'appel, ou une lettre qu'on rendrait publique, et qui montrerait qu'elle était de leur côté, malgré ce qui était arrivé à son fils. Il fallait qu'ils l'aident, mais elle se sentait de taille. Qu'est-ce qu'ils en pensaient ?

Sylvain croyait que c'était une bonne idée.

Louise-Michel acquiesça.

Ça ne pouvait pas faire de mal, elle pouvait toucher le grand public. Ils avaient besoin de soutien, plus que jamais.

La préfecture, certes, restait silencieuse. Les plus optimistes commençaient à reprendre espoir. Rox fanfaronnait : l'État, à coup sûr, avait peur de poser un nouveau doigt de pied à Morvaillan depuis leur victoire contre le viaduc.

Laurence, peu habituée à ces revirements de situation, croyait l'opinion déjà calmée. Sylvain l'avait ramenée à davantage de réalisme : le gouvernement mettait du temps à réagir pour mieux verrouiller sa riposte. Il était plus méfiant que jamais. Louise-Michel, elle aussi, restait sur le qui-vive.

Depuis deux jours, la météo faisait des siennes : des pluies diluviennes comme on n'en avait pas eu de l'hiver s'abattaient sur la zone. La ferme Gonord n'était plus accessible que par des planches en bois à moitié pourries, émergeant à demi de gigantesques flaques noires.

Et tout Morvaillan pataugeait dans la boue, une boue compacte et froide qui rendait les déplacements difficiles et minait le moral. Leur seule consolation était que sur un terrain pareil, ni les blindés ni les CRS n'auraient la partie facile.

À l'intérieur, on tentait tant bien que mal de s'organiser. De temps à autre, un camarade rendait visite depuis le Terril ou les Oiseaux célestes, donnant des nouvelles. Le Pilote ne bougeait plus de là, dans l'espoir qu'on parvienne malgré tout à se galvaniser.

Cependant, les signes de discorde se faisaient plus nombreux. Le Pilote, la veille, s'était accroché avec un ancien ébéniste chargé de l'entretien du petit troupeau de moutons des Oiseaux célestes, qui rêvait, depuis l'abandon du projet de viaduc, d'y installer sa bergerie. La menace d'expulsion l'avait rendu fou. Très vite, le ton était monté, et Louise-Michel avait dû les séparer.

Partout maintenant, presque dans chacune des cabanes de la ZAD, à la maigre clarté des lampes, avaient lieu des discussions à n'en plus finir sur la meilleure stratégie à adopter. Accepter le système des contrats ? Tout refuser en bloc ? Beaucoup hésitaient. Rox était pour la résistance absolue. Le Pilote acquiesçait. Louise-Michel ne disait rien.

Lorsqu'elle était de retour, Laurence retrouvait de plus en plus souvent son mari en compagnie d'Émilie. L'intérêt nouveau qu'elle lui portait avait fini par éveiller la méfiance de Loïc : celle-là, il ne se la laisserait pas prendre, au moins. Et c'était entre eux une lutte sourde, sans mots, où chacun d'eux serait mort plutôt que d'avouer à l'autre qu'ils se disputaient leur fille.

Un après-midi, comme Laurence entrait dans la cuisine, elle trouva la pièce vide et la porte-fenêtre ouverte. Elle passa la tête au-dehors et aperçut, au bord de la terrasse, Émilie accroupie près d'une bande de terre nue. Son père, à côté, donnait de grands coups de bêche dans la terre mouillée.

Ils ne l'avaient pas entendue arriver.

— Tiens. Arrache-moi ça, là.

— Ça ?

— Oui, c'est une saleté, ça étouffe tout.

Elle vit la petite qui se penchait en avant, les genoux à terre, le dos courbé sous l'effort. Une minute plus tard, elle tenait dans sa main une longue tige verte.

— Voilà, comme ça. Tiens, va la jeter.

Émilie s'était redressée.

— Où ça ?

— Tu sais bien, sur le tas, derrière.

La petite, docilement, contourna la maison. Le compost grossissait là depuis des années, entre quatre planches, seule concession que Loïc avait faite aux nouveaux usages.

Les mêmes gestes qu'à Morvaillan.

Laurence plissa les sourcils : si tout le monde avait pu se mettre d'accord, si seulement ! Elle allait signaler sa présence lorsqu'elle entendit sa fille qui demandait :

— Elle revient quand, maman ?

Laurence se figea.

— Je sais pas.

— Bientôt ?

— Je sais pas, j'te dis.

Loïc avait repris la bêche, et déchirait la terre, haletant. Pendant cinq minutes, on n'entendit que le bruit des coups donnés sur le sol. Il avait recommencé à pleuvoir. Laurence, toujours blottie dans l'embrasure de la fenêtre, vit qu'Émilie essuyait son visage.

Loïc s'arrêta brusquement. Comme il jetait l'outil loin de lui, elle l'entendit qui disait sourdement, avec une voix pleine de colère :

— Pleure pas. Pleure pas, j'te dis.

Mais le dos d'Émilie se soulevait si fort que Laurence faillit s'élancer. Loïc, avant qu'elle ait pu faire un geste, était tombé à genoux, tout près de sa fille.

— Pardon, ma chérie, pardon, disait-il. Dis que tu me pardonnes.

Émilie sanglotait, les bras le long du corps.

— Est-ce que maman va rentrer ?

— Mais oui, voyons, pourquoi tu dis ça ?

— J'ai peur qu'elle rentre plus.

— Non, non, ça jamais, non...

Loïc balbutiait des mots que Laurence n'entendait plus. La petite, à présent, l'entourait de ses bras, dans un mouvement convulsif.

Les yeux brûlants, Laurence recula à l'intérieur de la cuisine, le plus silencieusement qu'elle put.

Une seconde plus tard, Loïc était dans l'encadrement de la porte. Émilie, le visage encore bouleversé, s'accrochait à son bras.

— T'es là depuis quand ?

— Une minute à peine.

Une seconde, elle crut qu'il allait éclater en reproches. Mais il se contenta de tourner les talons et de retourner dans le jardin.

La petite, redevenue muette, demeurait dans l'encadrement de la fenêtre, les yeux rouges, exposée aux courants d'air.

— Tu enlèves tes bottes, ma chérie ?

Puis, comme Émilie semblait ne pas entendre, Laurence s'accroupit devant elle, en la prenant par la taille. Elle l'interrogea doucement :

— Ça ne va pas, ma puce ?

Émilie baissa la tête sans répondre.

— Tu ne veux pas me dire ?

Émilie fit non de la tête, les lèvres pincées.

Laurence sentit son cœur se serrer. La pluie s'était remise à tomber avec violence. Les coups de bêche, au-dehors, avaient repris.

Enfin, le mercredi matin, il avait cessé de pleuvoir.

L'après-midi, Laurence retourna aux Marouflets.

Sylvain, comme à son habitude, était seul. Elle le découvrit, pensif, assis sur une chaise en plastique posée le long du mur, en train de contempler le ciel de printemps lavé de ses nuages.

Un ciel de renouveau, voulait-elle croire.

L'air était presque tiède. Elle attendit quelques instants pour respecter son silence. L'odeur du four à pain parvenait jusqu'à eux depuis la fenêtre.

Il finit par se lever, avec le même sourire et les mêmes yeux tristes qui l'émouvaient si fort à chaque fois. Il était toujours ainsi avec elle, humble et précautionneux, rassurant pourtant, si exempt de doute qu'elle finissait par tout lui confier.

Lorsqu'elle lui dit qu'elle était venue pour qu'il l'aide à écrire la lettre, il répondit :

— Ah oui. La lettre.

Elle souriait toujours, un pincement au cœur. Se pouvait-il qu'il ait oublié ? Elle avait passé les trois derniers jours à peaufiner ses phrases, avec de grands efforts dont elle restait insatisfaite. Elle voulait tellement les aider !

Ils entrèrent. Sylvain poussa une porte sur la gauche, découvrant une pièce minuscule que Laurence ne connaissait pas, mi-bureau, mi-débarras. Des bottes traînaient dans un coin, ainsi qu'un tas de vieilleries cabossées.

— Attends.

Bientôt, il revint avec deux chaises en paille qu'il disposa l'une contre l'autre face à un petit secrétaire en bois dont il déplia le plateau.

— Tiens, assieds-toi, on va regarder tout ça.

Elle s'assit tant bien que mal contre la cloison, un peu gênée par l'exiguïté des lieux. Une minute plus tard, Sylvain prenait place à ses côtés.

— Tu as la feuille ?

Confuse, elle sortit de son sac une feuille pliée en quatre.

— Je ne sais pas si c'est lisible…

— Ça ira parfaitement.

Elle pouvait sentir la cuisse de Sylvain contre la sienne, et ce contact la troublait.

Il lisait lentement, à mi-voix, en détachant bien chaque mot. Il lui semblait, en l'écoutant, qu'elle ne reconnaissait pas bien ce qu'elle avait écrit. Certaines phrases, dans la bouche de Sylvain, devenaient violentes, accusatrices. Elle ne se souvenait pas d'avoir été aussi véhémente.

Au moment de lire celles consacrées à Yohann, elle le vit qui hésitait un peu.

— C'est très beau, ça.

Elle sentit comme une chaleur l'envahir.

— Vraiment très beau.

Il s'était tourné vers elle, à présent, et lui souriait de ce même sourire un peu triste qu'elle aimait. Elle dit, pour masquer sa gêne grandissante :

— Tu crois qu'il faut changer des choses ?

— Laisse-moi voir.

Elle était très émue, d'une émotion douce qu'elle pensait n'avoir jamais connue.

Sylvain suggéra quelques coupes, et le remplacement d'un mot ou deux.

Il pensait que le texte pourrait être publié tel quel sur le site de la ZAD dès le lendemain. À partir de là, il y avait de grandes chances qu'il soit relayé par les journaux locaux. Le tout serait de lui assurer le maximum d'audience en prévenant les associations qui les soutenaient.

Laurence écoutait sans comprendre. La douceur insistante, dans la voix de Sylvain, la surprenait. Elle sentait sa cuisse contre sa jambe, son regard sur elle, sa gêne à lui.

Elle n'avait plus de raisons de rester.

Comme elle se levait, il la retint par le bras pour lui éviter de trébucher. La pièce était si petite qu'ils se retrouvèrent en équilibre l'un contre l'autre.

Alors qu'il serrait son bras un peu plus longtemps que nécessaire, elle fit un geste pour le retirer. Elle étouffait.

Elle le sentit qui se penchait vers elle, le visage tout près du sien. Effrayée, elle recula brusquement. D'abord, elle perçut la cloison dans son dos, puis, une seconde plus tard, le battant de la porte qui cédait sous son poids.

Elle sortit précipitamment sans le regarder.

Elle était si agitée en rentrant chez elle qu'elle ne comprit pas sur le moment ce que lui dit Loïc.

Émilie avait pris froid, il l'avait mise au lit tout de suite, elle réclamait Laurence depuis une heure déjà.

Laurence monta quatre à quatre les marches, soulagée d'éviter les explications habituelles. Elle trouva sa fille qui dormait.

Alors elle s'assit sur une chaise, le cœur oppressé. Elle aurait voulu ne penser à rien d'autre qu'à la lettre qu'elle venait d'écrire, à son fils qui dormait en bas, incapable de se réveiller, à sa fille malade. Malgré elle, son esprit volait vers les Marouflets. Elle revoyait tout de manière indistincte, sans une seconde de culpabilité.

Son cœur était là-bas, désormais, rivé à sa chaîne.

Sa familiarité avec Sylvain, sans qu'elle s'en soit aperçue vraiment, avait établi entre elle et les zadistes des liens qu'elle ne pouvait plus rompre sans renier une partie d'elle-même. Et il lui semblait qu'en les aimant tous, elle aimait Yohann plus et mieux qu'elle ne l'avait jamais aimé.

C'était pour lui qu'elle craignait ce qui pouvait maintenant se produire à chaque instant : la destruction sans retour de Morvaillan.

Elle vit qu'Émilie bougeait un peu dans son sommeil.

Elle se leva de sa chaise pour remettre la couverture en place. Le visage de la petite était blanc, mais sa respiration, régulière.

Ce ne serait rien, un simple rhume.

Comme elle effleurait sa main qui reposait sur la couverture, elle la trouva froide.

Elle frissonna. Ses deux enfants dans un lit. Une seconde, elle se souvint qu'elle avait encore beaucoup à perdre.

Émilie ouvrit les yeux.

— Maman ?

— Comment tu te sens, ma chérie ? Ça va mieux ?

— Un peu.

Alors que Laurence faisait mine de se lever, Émilie murmura :

— Tu restes avec moi ?

Laurence se rassit.

— Oui.

— Pour toujours ?

Elle tressaillit.

— C'est quoi, cette question ? Bien sûr, pour toujours.

Émilie ferma les yeux. Le pli de contrariété sur son visage n'avait pas disparu.

Laurence réfléchissait encore. Loïc ne saurait rien. La diffusion de sa lettre ne dépasserait pas les milieux militants ; et même si les journaux la reprenaient, elle n'aurait probablement pas beaucoup d'écho.

Pour la première fois, elle aurait voulu qu'il sache. Elle ne désirait plus rien cacher à personne.

Pourvu qu'il soit encore temps.

Au fond de son lit, Émilie s'était mise à tousser.

15

La petite troupe prit la forme d'une colonne pour aborder la butte où poussaient les bouleaux. À l'horizon, les premiers rayons du soleil commençaient à percer, baignant la campagne d'une lueur dorée. Le Terril paraissait entièrement abandonné. Deux chiens pelés surgirent de derrière les bidons de recueil des eaux de pluie et se mirent à divaguer tranquillement. Personne encore sur la départementale qui courait vers le nord.

Se pouvait-il qu'ils soient arrivés à temps ?

Depuis hier au soir, les gendarmes se déployaient autour et à l'intérieur de la ZAD.

Plusieurs camions stationnaient à Dufresnoy, où beaucoup d'habitants avaient été réveillés par leur arrivée. Les hélicos de la base Narval, près d'Augerac, mettaient dans l'air un ronflement incessant. En 2015, une demi-journée à peine avait suffi pour tout balayer. Les images, alors, avaient eu quelque chose de comique : des engins de chantier détruisant, en un seul passage, des bâtisses de carton-pâte, sans fondations, semblables à des maisons d'enfants.

Mais les temps avaient changé.

Louise-Michel ne l'ignorait pas : il n'y aurait pas, cette fois, d'appel à la solidarité générale, pas plus qu'il n'y aurait de reconstruction, malgré l'été qui s'annonçait.

Le Pilote, accroupi, regarda au-dessus des buissons.

— Tenez-vous prêts.

Quatre heures trente à la montre. L'arrêté d'expulsion avait été publié la veille seulement. Et déjà l'heure de la retraite. Il en aurait pleuré.

L'attaque avait commencé à la nuit tombante, sous le prétexte de mettre définitivement fin à la vague de violence qui embrasait la région depuis plusieurs semaines.

À la suite du Pilote, un petit groupe de vingt personnes progressait lentement derrière les haies, le dos courbé. De l'ancienne bande, anéantie au fil des jours, seules demeuraient Rox et Louise-Michel. Sylvain était resté aux Marouflets, moins exposés ; lui n'avait de toute façon pas grand-chose à craindre, puisque la propriété lui appartenait. La procédure d'expulsion l'épargnerait à coup sûr.

Douze heures de lutte non-stop. Ils avaient l'aspect des gens que l'alcool et l'herbe aident à veiller, les yeux rougis, larmoyants, la peau blanche et rouge. Leurs vêtements souillés de terre leur collaient à la peau.

Ils avaient d'abord cherché à défendre la ferme Gonord, mais la faiblesse de leur position leur avait immédiatement sauté aux yeux. Toutes les routes carrossables de la ZAD y aboutissaient, et puis les lieux étaient trop vastes pour être efficacement protégés avec si peu de monde.

Entre-temps, un copain qui les avait rejoints les avait prévenus : les cabanes de la Brèche avaient été entièrement rasées, poulailler et potagers compris. Des extensions autour de l'ancienne grange, rien ne demeurait. Il ne restait plus qu'une solution pour éviter de se rendre sans combattre : gagner le Terril et sauvegarder le hameau, à n'importe quel prix, en comptant sur la conformation particulière du terrain. Les cabanes, sur cette falaise de terre au-dessus des champs, étaient plus faciles à protéger que celles des autres collectifs.

Tenir la position au moins jusqu'au soir : les images de leur résistance acharnée devaient apparaître, coûte que coûte, dans les journaux et sur les réseaux.

Sous leurs yeux, la campagne s'étalait, inoffensive.

Sans cette odeur de brûlé sous le vent, en provenance de la Brèche, mais qui pouvait tout aussi bien émaner d'un de leurs feux de joie, on se serait cru aux portes d'un été triomphant.

Le Pilote réfléchissait. Difficile de savoir combien la préfecture avait de blindés à sa disposition. Deux ? Trois ? S'ils étaient encore occupés du côté de la Brèche, ils avaient peut-être une chance. Jamais on n'enverrait les tractopelles sans CRS, c'était l'assurance d'avoir le matériel bousillé sans résultat. Restaient les escouades de gendarmes mobiles.

Face à eux, on pouvait tenir suffisamment longtemps, si on était motivé.

— Allez ! Go ! Go ! Go !

Ils dévalèrent la pente avant de remonter celle d'en face. Juste au moment où ils parvenaient au niveau des habitations, le bruit de moteur redouté se fit entendre.

— Merde, merde.

Ils avaient crié victoire trop tôt. Dans cinq ou six minutes à peine, les autres seraient là.

Le Pilote hurla :

— Vite, vite !

Les consignes étaient claires : réussir à s'enchaîner aux éléments les plus solides et les plus malcommodes à bouger. Impossible aux assaillants, dans ce cas, de balancer des projectiles sur les cabanes ; il fallait les forcer à entrer, pour déplacer la lutte sur leur terrain. La priorité était de rester ensemble, en formant des petits groupes. Dès qu'ils s'éloignaient les uns des autres, les flics fondaient sur eux à quatre ou cinq, les immobilisaient avant de les traîner au sol jusque dans les fourgonnettes. À partir de là, c'était fini. Le jeu consistait à tenir le plus longtemps possible en essayant de ne pas trop se faire amocher.

Le Pilote poussa Rox devant lui.

— Par ici ! On peut se servir de ça.

Il désigna, abandonnées dans un coin, des caisses remplies de cailloux. Ils pouvaient faire office de munitions si les gars s'approchaient trop.

— Les fumigènes ?

— On n'a que ça.

On répandit le matos sur le sol. Le Pilote s'accroupit pour un rapide décompte. Il ne restait pas grand-chose, mais on se contenterait de ça.

— Ils en sont où ?

Une fille, un peu à l'écart, hurla :

— Ils sont là !

— Combien ?

— Deux cars de CRS. Mais ils peuvent pas monter plus haut, à cause de l'état du chemin.

— Pas de blindés ?

— Non.

Le Pilote prit une grande inspiration.

— OK, on a deux minutes. Rentrez dans les cabanes, attachez-vous. On bouge pas d'ici, c'est clair ? Faut tenir au moins une heure. Protégez vos têtes. Et rappelez-vous, s'ils vous attrapent, restez bien allongés au sol, pesez de tout votre poids et continuez à bouger, très lentement, pour qu'ils aient le plus de mal possible à vous déloger.

Ils se précipitèrent vers les cabanes en criant.

Le Pilote enfonça la porte de celle de droite.

L'obscurité, à l'intérieur, était presque totale. Le petit jour qui tombait des fenêtres de guingois n'éclairait que deux carrés lumineux sur le plancher moisi, recouvert de terre et de saleté. Ils firent quelques pas à l'intérieur, Louise-Michel et lui, les yeux rivés sur les poutres de la structure ; il fallait d'urgence trouver de quoi s'attacher. La traverse du plafond était trop haute, mais pas les poutres de côté. De quoi sérieusement emmerder les mecs qui voudraient les déloger.

D'abord, pousser des caisses, les meubles, la vaisselle, des débris, ce qui leur tombait sous la main, pour barricader la porte.

Mais déjà le Pilote empilait à toute vitesse des sacs et du linge sur une table, que Rox l'aidait à pousser sous les vitres. Puis elle s'assit contre une poutre, tandis qu'il lui passait une corde autour de la taille.

— File les menottes. Je vais mettre ça au poêle.

Louise-Michel les regardait faire, hébétée.

— Eh ! Aide-nous, tu veux ? Les keufs sont là, au cas où t'aurais pas vu.

Elle ne bougeait toujours pas. Des cris, au-dehors, avaient commencé à retentir.

— Qu'est-ce que tu fous, bordel ? Tu veux qu'ils t'embarquent ?

— Louise-Michel ?

La voix de Rox qui la suppliait fit comme un éclair au-dedans d'elle. Elle s'agenouilla sur le sol. L'odeur de la poussière, mêlée à celle des vêtements en décomposition et à la sueur des autres qui haletaient, la frappa à la gorge.

— Tiens. Prends ça. Je vais t'attacher aussi.

— Toi d'abord.

C'étaient les premiers mots qu'elle prononçait, d'une voix brisée, sans timbre. Rox frissonna. Le Pilote, un genou à terre, avait commencé à serrer grossièrement les nœuds.

On devinait les mouvements des flics qui passaient et repassaient entre les cabanes, pour jauger le nombre de militants, l'arme de poing à la main. Au bas de la butte, derrière une rangée de boucliers en Plexi, l'escouade s'alignait lentement. Un chien, peut-être l'un des deux de tout à l'heure, se mit à hurler sans discontinuer.

— Tu sais où sont les autres ?

— En face. J'espère qu'ils ont eu le temps de s'attacher, sinon on ne tiendra pas longtemps.

Aux premiers fumigènes balancés, ils étoufferaient. Louise-Michel jeta un coup d'œil autour d'elle. Rien, pas même le matos de base pour se protéger les paupières. Elle se sentait étrangement indifférente à son propre sort.

Rox grogna.
— Qu'est-ce qu'ils font ?
— Sais pas.
— Allez, bouge plus.
Presque aussitôt, elle sentit le coude de Rox lui rentrer dans les côtes. Louise-Michel retint sa respiration. Se tirer d'ici, si c'était encore possible, la soustraire à tout ça, cette poussière, cette odeur de moisi, et ce chaos qu'étaient devenues leurs vies : un espoir absurde était en train de renaître.
— Écoutez.
De dehors, un haut-parleur cracha des mots qu'ils ne comprirent pas.
Puis le silence.
Louise-Michel sombrait.
Morvaillan mourrait, territoire rentré dans les normes, hameaux de pacotilles rayés des cartes, forêts laissées en friches, potagers de fortune, protestations d'opérette dont bientôt plus personne ne se souviendrait. Même pas de vrais morts. Juste un pauvre gosse dans le coma, et une famille détruite pour toujours.
En somme, une parodie.
Des visages du passé, une seconde, effleurèrent sa conscience, avant d'être chassés par le hurlement des chiens errants, tout près d'eux maintenant, juste derrière la cloison de planches. Curieux que personne ne les ait encore fait taire. Trois corps vulnérables attachés contre une poutre, voilà ce qu'ils étaient, chair compacte, indifférenciée, allongée, passive, et cependant vivante, presque confondue avec la terre, dont la forte odeur remontait, à travers le plancher disjoint.

Les premiers coups retentirent sur la porte.

D'instinct, ils se recroquevillèrent encore un peu plus, les doigts de pied crispés dans les chaussures humides, les cuisses contractées, les coudes sur les genoux, la tête enfouie dans les bras.

Soudain, la porte craqua.

Un grand bruit.

Quatre armures de gendarmes mobiles, tout en noir des pieds à la tête, des hommes sans visage, le casque abaissé, les gants crispés sur leurs LBD. En une seconde, ils eurent inspecté la cabane, avant de se poster autour d'eux.

Aucun ne parlait.

Louise-Michel aperçut, quelques mètres derrière eux, un grand inconnu maigre qui les filmait, caméra sur l'épaule, bonnet vissé sur le crâne.

Le Pilote hurla :

— Bordel, mais pourquoi tu nous pointes comme ça, mec ? Tu vois pas que j'peux pas bouger ?

Il fallut dix grandes minutes pour que les types réussissent à les faire sortir de la cabane en les traînant au sol. Le Pilote leur donnait du fil à retordre. Louise-Michel et Rox s'étaient laissé emmener plus facilement.

Elles étaient debout, à présent, maintenues par deux des quatre gars, immobiles, haletantes, tandis que les deux autres s'efforçaient de parer les coups furieux du Pilote. Louise-Michel sentit un élancement au niveau du poignet. Elle s'était coupée à quelque chose pendant qu'on la traînait au sol. Du sang coulait.

Derrière eux, le mec à la caméra filmait toujours.

Plus loin, ce qui restait de la petite troupe se débattait, aux prises avec les flics.

Et puis, soudain, tout s'était déréglé.

Rox avait donné un grand coup de coude dans les côtes du type, qui avait ployé un peu, plus surpris qu'amoché. Ça avait suffi pour qu'il la lâche. Elle avait pris son élan, couru, trébuché, les mains au sol, s'était relevée, avant de galoper à perdre haleine vers la rangée de bouleaux derrière les cabanes.

Louise-Michel sentit sa poitrine se soulever. La gosse n'avait rien, apparemment. « Cours ! cours ! » hurla-t-elle de toutes ses forces.

À son poignet, le sang continuait de couler goutte à goutte, le long de son pull, dont la manche se trempait peu à peu.

Rox s'éloignait toujours.

Les flics semblaient avoir renoncé à la poursuivre, pour se concentrer sur le Pilote, qui, à terre, ne bougeait plus, un homme sur chaque jambe et chaque bras, un sourire de défi aux lèvres.

Soudain, elle crut que son cœur s'arrêtait de battre.

Là-haut, à la lisière des bouleaux, la silhouette rousse venait de s'immobiliser. Louise-Michel, haletante, ne la quittait pas des yeux. Qu'est-ce qu'elle foutait donc ? Pendant deux secondes, elle hésita à croire ce qu'elle voyait : Rox, se balançant sur une jambe puis sur l'autre, un peu raidie, le dos en avant, un sourire aux lèvres, la bouche légèrement entrouverte.

Rox qui se remettait en marche, mais cette fois, vers eux.

Elle grandit doucement, absurde, les mains tendues devant elle comme une aveugle. Louise-Michel, épouvantée, regarda autour d'elle. Quelques flics étaient en train de ramener les derniers récalcitrants vers les fourgonnettes où les autres étaient déjà enfermés, menottés.

Personne encore n'avait rien vu.

Rox continuait à descendre à pas lents. Cette fois, tous l'aperçurent, dans le plein soleil du petit matin. Une pause, calculée pour se tenir hors de portée d'une simple course en avant des flics les plus proches.

Debout, raidie, elle ne regardait plus personne.

Et tous virent qu'elle étendait le bras droit vers le haut, très loin au-dessus de la tête, comme pour toucher le ciel. De son autre main, elle attrapa ensemble sa polaire et son T-shirt.

Elle les ôta d'un geste fluide et élégant, et les jeta au loin.

Le soutien-gorge noir apparut, moulant les petits seins tendus sous l'effet du froid.

À présent, tous observaient, médusés.

Louise-Michel sentit les larmes perler sous sa paupière. À deux mètres d'elle, le journaliste avait braqué sa caméra pour ne pas perdre une miette du spectacle.

Lentement, geste après geste, Rox se débarrassa de ses chaussures, puis de son jean, avant de faire quelques pas. Toute blanche, dressée dans la terre, elle avait désormais la fragilité d'une biche frissonnante sous la nue.

Le Pilote avait les yeux écarquillés, un sourire sur les lèvres. Louise-Michel aurait voulu détourner le regard ; elle n'y réussit pas, vaincue par la curiosité navrée qui l'attachait à la suite des événements.

Rox, très calmement, se remit à bouger.

Une minute plus tard, elle était nue.

Elle fit quelques pas, avant de faire halte. Tous devaient pouvoir jouir de sa beauté. Louise-Michel aurait juré qu'autour d'eux, les respirations s'étaient arrêtées.

L'allégresse, sur le visage encadré de boucles rouges, brillait comme une flamme, traversée par les petits éclairs bleutés que ses piercings lançaient à chaque pas. Elle se remit à avancer, les bras le long du corps, dans la gloire triomphante de son sexe nu. À peine sentait-on, au tremblement de ses jambes, le frisson qui l'enveloppait tout entière.

En quelques mètres, elle fut parmi eux, pleine de défi et de haine.

Louise-Michel essaya de capter son regard, sans y réussir. Elle visait les hommes planqués derrière la visière de leurs casques.

Rox, à présent, n'était plus qu'à deux mètres de la phalange de CRS. Elle éleva à nouveau les bras vers le ciel, dans un geste d'offrande que Louise-Michel ne lui avait jamais vu. Sous les aisselles, deux touffes de poils roux apparurent.

L'un des flics releva son Flash-Ball dans sa direction, comme s'il avait l'intention de tirer.

Son voisin, d'un geste lent, abaissa le canon.

Le Pilote avait tout à fait cessé de se débattre. Avec les autres, il regardait, hypnotisé.

Pendant une minute, le temps parut s'arrêter. La lumière continua d'augmenter, irradiant les cabanes du Terril, pauvres amas de planches d'où venait de naître une déesse souterraine.

Elle cria une phrase que Louise-Michel n'entendit pas.

Louise-Michel vit Rox qui tombait aux mains des hommes en noir, brusquement sortis de leur immobilité. Un grand mouvement se fit : la phalange s'était rompue pour livrer passage à plusieurs hommes descendus des camionnettes en tenue de combat. On lui jeta une couverture sur le corps, avant de la ceinturer.

Très vite, elle cessa de se débattre.

C'était fini.

Louise-Michel sentit qu'on l'entraînait à son tour. La porte du fourgon se referma dans un bruit de ferraille.

16

Laurence s'assit sur le rebord du canapé, pétrifiée.

Sur l'écran, les images défilaient, hypnotiques, toujours les mêmes.

Un corps nu, flouté, sortant de la forêt, avec derrière lui une rangée de bouleaux, dont les silhouettes noires se découpaient sur le ciel matinal. Le corps progressait, encore flouté, grossissait de plus en plus jusqu'à occuper le champ de la caméra. Une seconde plus tard, le cameraman filmait la confrontation avec les CRS.

Dans le bas de l'écran passait l'habituel message de précaution. Certaines images sensibles pouvaient choquer les téléspectateurs.

Elle sentit les battements de son cœur s'accélérer un peu.

Le reporter expliquait que les expulsions commencées la veille au soir s'étaient poursuivies toute la nuit et dans la matinée. Les opérations, disait-il, devaient mettre fin à la ZAD et à des années de désordre.

Les images s'enchaînaient en boucle.

Rox.

Le Terril.

En un éclair, Laurence reconnut les bâtisses du Terril, là où était tombé Yohann, et là où, depuis, malgré ses errances, elle avait obstinément refusé de remettre les pieds.

Elle ne pouvait détacher ses yeux de la télé.

À l'interview d'un colonel de gendarmerie succédèrent quelques vidéos prises dans un hangar, à Augerac. Des hommes montaient dans des fourgonnettes, armés et prêts au combat. Puis, sans transition, la caméra plongeait dans le bocage. Des haies fugitives défilaient dans l'air du soir. On voyait ensuite l'entrée de la ZAD, le Phare puis la ferme Gonord désertée, et puis encore deux colonnes de fumée, au-dessus des arbres, accompagnées d'un commentaire laconique sur la destruction des cabanes illégales.

Les images du matin revenaient. Le cameraman, depuis le fourgon, avait filmé le silence des hommes casqués, leurs plaisanteries qu'on entendait mal, puis l'approche du Terril, hissé sur la butte.

La suite ressemblait à toutes les scènes d'expulsion qu'elle avait pu voir dans les reportages précédents. Les types se mettaient en formation, arme au poing, enfonçaient les portes, couverts par l'escouade de l'arrière. Quelques projectiles sortaient des fenêtres, on entendait des cris, puis il y avait plusieurs minutes de confusion, une sorte de mêlée. Les militants étaient sortis un à un des cabanes, les uns tenus par les quatre membres, les autres traînés par terre.

La caméra bougeait beaucoup. Impossible de reconnaître qui que ce soit.

Dans la séquence suivante, les CRS lançaient l'assaut contre un arbre dans lequel un militant était juché. Déstabilisé, il finissait par dégringoler de branche en branche, avant d'être cueilli au sol, le visage ensanglanté.

L'image de Rox nue sous le soleil reparut, le corps découpé sur le fond brun de la forêt.

Le commentaire, ironique, ôtait à la séquence son caractère spectaculaire.

« Les militants ne reculent décidément devant rien pour faire comprendre leur détermination. Comme l'an passé, au stade d'Augerac, certains vont jusqu'à se dévêtir pour provoquer les forces de l'ordre. »

Pendant deux secondes, la voix se tut, donnant à entendre le hurlement d'une zadiste devant la phalange de gendarmes. La scène, brutalement coupée, laissait la place à une seconde interview qui venait clore le reportage.

— Comment réagissez-vous à ce genre de situation ?

Sous le casque, l'homme répondit quelque chose au sujet des nouvelles techniques de combats anti-émeutes, que Laurence n'écouta pas.

Une idée venait de la traverser comme une lame.

Sylvain.

Qu'avaient-ils fait à Sylvain ? Et aux Marouflets ? Elle revoyait la longère, les roses grimpantes en train d'éclore, les buissons sur la droite et le vélo abandonné devant la porte.

Elle se mit à trembler.

Derrière elle, la porte de la chambre de Yohann bâillait.

Elle se leva, gagna le couloir d'entrée sans bien savoir ce qu'elle faisait.

Comme elle ouvrait le placard, Loïc se dressa devant elle.

— Où tu vas ?

Elle ne détournait pas le regard. Livide, son manteau sur les épaules, ses chaussures à la main, elle lui faisait face, avec un air de somnambule.

— Tu sais bien où je vais.

— Je te l'interdis. Je te l'interdis, tu m'entends.

Déjà, elle essayait de passer outre lorsqu'elle sentit le bras de Loïc s'enrouler autour de son corps. Elle en eut le souffle coupé. D'un bond, elle se rejeta en arrière, le dos collé contre le mur du couloir.

Ses lèvres tremblaient.

— Laisse-moi passer.

Loïc aspira un grand coup, avant de la relâcher.

— Non.

L'obsession de Morvaillan lui dictait cette fuite vers ce champ de bataille, qui, espérait-il, ne serait bientôt plus qu'un champ de ruines.

L'espace d'une seconde, il eut envie de la laisser partir.

Qu'elle disparaisse, qu'elle aille au bout de sa folie, puisqu'elle y tenait tant ; lui seul, à présent, pouvait sauver leur fils. Jamais il ne parviendrait à la ramener à la raison, puisque même la perspective de faire du mal à ses enfants ne l'émouvait plus.

La colère l'emporta, une colère contenue cette fois, qui n'altérait pas ses facultés.

— Je ne te laisserai pas faire ça, tu m'entends.

— Tu ne peux pas m'en empêcher.

Cette voix butée le poussait à bout. Il se força à répondre calmement :

— Je ne te laisserai pas faire ça, parce que je t'aime.

Les mots étaient sortis tout seuls, sans qu'il les ait prémédités.

Garder la tête hors de l'eau quoi qu'il en coûte, la seule chose qui les reliait encore l'un à l'autre, avec leurs souvenirs : elle ne pouvait avoir tout oublié, c'était impossible. Le désespoir, cette fois, lui donnait l'inspiration qui lui avait fait défaut.

— Écoute, je suis prêt à tout accepter, tout… Que tu changes d'idées, que tu trouves qu'ils ont raison, que tu te battes pour les animaux, la planète, ce que tu veux, même, tu vois ce que tu me fais dire… Mais par pitié, reste là, aujourd'hui… Ne va pas là-bas… Reste avec moi…

Et il suppliait à voix basse, répétant qu'il ne dirait plus rien contre eux, si seulement elle consentait à rester.

Laurence, d'un geste machinal, avait posé une chaussure à terre. Elle continuait de serrer l'autre sur son ventre, comme un bouclier. Loïc s'approcha, tendit les bras. Elle sentit ses mains qui se posaient sur ses épaules. Elle se dégagea d'un mouvement brusque, avant de bégayer :

— Je ne peux pas… je ne peux pas… Je suis avec eux, maintenant… Je dois y aller, pour lui…

— Pour qu'il en meure, c'est ça ? Qu'est-ce que tu crois qu'il va devenir, sans toi, si tu l'abandonnes, au fond de son lit ? Et moi ? Et Émilie ? Tu veux qu'on meure, nous aussi, si tu t'en vas ?

Elle le regarda, épouvantée.

Loïc vieilli, tassé, pas rasé depuis trois jours, et ce visage ravagé, sanglotant, qu'elle ne lui avait jamais connu, traversé d'éclairs de haine et de tendresse mêlées. Une copie abîmée de l'homme d'avant, solide et rassurant, sur lequel, des années durant, elle avait pu se reposer dans les moments difficiles.

Il lui sembla qu'elle s'éveillait d'un rêve.

Loïc la sentit qui faiblissait.

Et d'un coup, dans le tremblement de tout son corps, elle eut peur d'elle-même et de ce qu'elle était capable de faire.

— Tu vois ! Tu vois que j'ai raison... répétait Loïc.

Et Laurence murmurait doucement :

— Oui... oui... peut-être... Je ne sais pas... J'étais folle, de vous oublier comme ça...

Loïc s'approcha encore un peu plus.

— Pourquoi repartir là-bas... Ça n'a pas de sens... Alors que ta fille et ton fils ont besoin de toi... Et moi aussi... Je t'aime, Laurence, je t'aime...

Il se tut, incapable de trouver autre chose.

Elle le regardait, aveuglée par les larmes.

Comment avait-elle pu oublier cette évidence ? Qu'il l'aimait, qu'elle l'aimait ? Elle avait tout gâché.

— Laurence...

À présent, Loïc l'avait prise dans ses bras, sans qu'elle oppose de résistance. C'était la première fois depuis des semaines qu'il la touchait. Alors elle sentit fondre en elle toute résistance. Si souvent il l'avait prise comme cela, contre lui, pour la réconforter, qu'elle eut l'impression, un instant, d'être rentrée à la maison ; là était son refuge, dans les bras de l'homme qu'elle avait choisi, qui était à elle comme elle était à lui.

— On va y arriver, à nous deux… on va y arriver, je te le jure…

La voix de Loïc s'étranglait dans sa gorge, sans parvenir à prononcer le nom de Yohann.

Elle bégaya :

— Comment tu peux imaginer… comment tu peux imaginer… qu'il va se réveiller… qu'il va parler… marcher comme avant…

C'était la première fois qu'elle le lui disait : elle n'y croyait plus. Elle sanglotait. Il lui aurait fallu ça, cette grande joie, cet immense bouleversement du retour de Yohann à la vie ; alors, peut-être, tout serait redevenu comme avant, elle oublierait ses hantises et cette conviction que le monde, désormais, courait à sa perte.

Loïc murmurait dans son cou, maintenant, très vite, sans s'arrêter :

— On va s'occuper de lui, tous les jours, tout le temps, on va lui parler, et il va se réveiller, il va marcher, parler, je te le promets.

— Comment tu peux en être sûr ? On n'y peut rien…

— Si, si, j'en suis sûr… Je lui donnerai ma force, tu lui donneras ta force… ensemble !

Et il la serrait à l'étouffer.

Alors, elle s'abandonna. Une horrible sensation de tristesse la submergea. Ce qu'elle avait fait, elle l'avait fait par désespoir, rien de plus.

Elle avait perdu la tête.

Plus tard, alors que Loïc s'était endormi, épuisé, elle avait rouvert les yeux d'un coup, émergeant brusquement d'un sommeil qui n'avait duré qu'une heure ou deux.

Autour d'elle, la chambre familière. Un grand froid la saisit. Elle ramena la couverture à elle. Où était-elle donc ? Elle ne reconnaissait plus rien. Il lui semblait entendre des cris et des tirs, sentir la fumée des fumigènes qui envahissait tout ; ce n'était pas un cauchemar, juste le souvenir de ce qu'elle avait vécu, un après-midi, et qui venait de se reproduire à quelques kilomètres de là, derrière les haies.

Des idées lui revenaient en foule, confuses encore, nimbées de ce demi-sommeil qui alourdissait ses paupières. Engourdie, elle commença à bouger ses bras, puis ses jambes. Le bras gauche de Loïc pesait comme une bûche sur son bras droit.

Doucement, elle se dégagea.

Elle avait juré de ne jamais abandonner. Une honte la gagnait, cuisante comme une souffrance physique, de ce qu'ils pouvaient la croire lâche, désormais, parce qu'elle n'était pas venue à leur secours.

Au fond du jardin, derrière les champs, depuis Morvaillan, Sylvain, Louise-Michel, Rox, le Pilote et Yohann, tous l'appelaient.

Laurence fit quelques pas dans la chambre.

Loïc venait de partir faire les courses. Elle n'avait rien laissé paraître.

Dans le lit, la forme habituelle reposait, d'une immobilité de marbre. Un pied seulement dépassait du drap. Elle le recouvrit d'un geste lent. Sur l'oreiller, plus haut, très loin, Yohann paraissait dormir. Elle s'approcha et mit un baiser sur son front.

Elle vit ses yeux qui s'ouvraient pour la fixer, plein d'un éclat désespéré qui lui fit mal.

De sa main droite, elle saisit la sienne qui reposait sur le drap.

Elle se pencha de nouveau pour lui murmurer à l'oreille :

— J'y vais, mon chéri. Je vais là-bas. Le temps qu'il faudra. Je penserai à toi sans cesse. Sans cesse, je te jure, je penserai à toi. Mais il faut que j'y aille. Maintenant.

Au moment de sortir, elle se retourna, les yeux pleins de larmes.

— Je t'aime. Papa s'occupera de toi.

Elle ne vit pas la main qui remuait, imperceptiblement, sur le bord du lit.

— Émilie !

La voix se perdit dans les aigus.

La petite descendit, réticente. Quelque chose, dans la voix de sa mère, résonnait d'une façon inhabituelle.

— Mets ton manteau. On sort.

— Maintenant ? Mais papa doit bientôt rentrer…

— Viens, je te dis.

Laurence, à petits gestes rapides, remplit un sac avec tout ce qui lui tombait sous la main, une bouteille d'eau, quelques paquets de chips et de gâteaux, des mouchoirs et des torchons. Elle finit en attrapant un crayon, avant de prendre la première feuille du bloc de Post-it collé au frigo.

— Voilà.

Émilie, le visage renfrogné, se tenait sur le seuil de la cuisine, dans son manteau, le col de travers.

— Et les chaussures ? On y va tout de suite, là.

— Où ça ?

Laurence passa devant elle sans répondre. Émilie sentit sa respiration s'accélérer.

— Maman ! Où on va ? Et Yohann ?

Mais Laurence était déjà dehors.

Une seconde plus tard, les portes de la Peugeot déverrouillées, elle jeta le sac qu'elle avait préparé sur le siège passager.

— Monte.

— Maman ! Et Yohann ? On le laisse ?

— Papa va rentrer. Viens.

Émilie obéit à regret.

Laurence braqua au maximum. La voiture fit demi-tour dans un grand crissement de pneus. Impossible de passer par là. C'était déjà le troisième barrage auquel elle se heurtait. Les gendarmes l'avaient envoyée paître sans ménagement. Inutile d'insister davantage.

À l'arrière, Émilie se taisait, les poings crispés, le visage tendu.

Par où passer ?

Et elle tâchait de se souvenir des trajets qu'elle avait faits en compagnie de Rox et de Louise-Michel, lors de ses précédentes visites.

Tant pis, elle était bien forcée de s'arrêter, comme la première fois qu'elle était venue, avec Loïc. Il faudrait marcher à travers champs, bien s'orienter.

Elle se gara au bord de la départementale, dans l'herbe, sur le bas-côté. Si elle avait bien visé, il devrait suffire d'aller en ligne droite, par les prés, pendant une vingtaine de minutes. Le troupeau de moutons habituel, pourtant, n'était pas là. On avait dû le mettre à l'abri en prévision des affrontements.

Le danger était tout près, peut-être. L'idée ne l'effleurait pas.

Elle descendit de voiture, avant d'ouvrir la portière à Émilie. La petite, résignée, ne posait plus de questions.

— Il faut prendre par là.

La campagne, autour d'elles, était silencieuse. Une odeur de fumée planait dans l'air. Laurence réfléchit à toute vitesse. D'après les images, la Brèche et le Terril étaient les principaux endroits visés, c'est-à-dire assez loin du lieu où elles se trouvaient en ce moment même, mais les opérations devaient se poursuivre.

Les herbes hautes, dans le champ, ralentissaient leur progression, et leurs pieds s'enfonçaient dans la terre humide.

Émilie grelottait en silence, la peur tout entière concentrée dans son regard. Laurence avançait mécaniquement, un pied devant l'autre, sans penser.

— On arrive, chérie. On y est presque.

Les Marouflets. Le toit de la ferme. Elle ne s'était pas trompée. Cette fois, ça y était. La longère n'avait pas l'air d'avoir souffert. Laurence respira mieux, tandis que son cœur battait violemment.

Il était encore là, elle en était sûre.

Et comme s'il avait pu les entendre arriver, Sylvain s'avança sur le seuil, semblable à lui-même, le regard posé sur le lointain. Pour la première fois peut-être, il parut surpris de la voir surgir de derrière la haie.

Sans lui laisser le temps d'ouvrir la bouche, elle lui demanda quelles étaient les nouvelles.

Sylvain désigna du bras l'horizon, sur la gauche, où des lambeaux de fumée erraient dans le bas du ciel, juste au-dessus des cimes.

— Ce matin, ils étaient là-bas. Ils ne laisseront que les constructions en dur. Le reste a déjà dû disparaître.

Émilie, serrée contre Laurence, ne disait rien, haletante, tâchant de reprendre son souffle. Laurence, d'un geste machinal, lui caressait la tête.

Elle regardait l'horizon bouché par les rideaux d'arbres qui lui masquaient l'étendue du désastre. Il lui sembla qu'elle entendait, dans la forêt, les cabanes tomber en ruine.

— Où sont les autres ?

— Ceux qui restent, tu veux dire ?

Il montra du doigt l'intérieur de la longère. Elle s'écria sans réfléchir :

— Tu dois partir !

La petite la regarda avec étonnement : c'était la première fois qu'elle l'entendait tutoyer quelqu'un qu'elle ne connaissait pas.

— Pour aller où ? Toute ma vie est ici, maintenant. Qu'ils viennent. D'ailleurs ils ne me feront rien.

— Alors on reste avec toi.

Laurence avait parlé sans réfléchir.

— Avec ta fille…

D'un geste brusque, Laurence serra Émilie contre elle, sans s'apercevoir qu'elle pleurait. Est-ce qu'elles retourneraient *là-bas* un jour ? Sa maison, désormais, ne signifiait plus rien pour elle. Tout était mort, son ancienne existence comme son amour pour Loïc. Yohann vivait plus ici que là-bas. Pour la première fois, elle prit nettement conscience du sens de sa fuite : elle voulait rester.

Avec eux. Jusqu'au bout.

Aux premières questions qu'elle posa, Sylvain ouvrit une porte sur une pièce à l'arrière de la longère.

Dans la pénombre, quatre ou cinq corps gisaient, allongés les uns contre les autres. À leurs fréquents changements de position, elle devina que la plupart ne dormaient pas, étendus seulement, trop nerveux pour espérer fermer l'œil.

Assez vite, elle s'était reculée.

— Ils vont aller où ?

Sylvain n'en avait aucune idée, tout comme eux, sans doute. Il lui dit ce qu'il savait des expulsions, et qu'elle ignorait encore. Louise-Michel et Rox avaient été arrêtées la veille, au petit matin, dans les conditions qu'elle connaissait.

— Et le Pilote ?

C'était lui qui risquait le plus gros, incontestablement, d'autant plus que Sylvain croyait savoir, sans en être certain, qu'il était à l'origine de la plupart des coups de force des dernières semaines. Les autres, si leur participation à des actions violentes n'était pas prouvée, se retrouveraient sans doute mis en liberté rapidement, sous contrôle judiciaire. Ceux qui restaient là, et qu'il avait accepté d'héberger jusqu'à ce que cessent les opérations d'expulsion, étaient les plus fragiles. Sans solution immédiate, ils attendaient des jours meilleurs.

De toutes ses forces, il regrettait qu'on n'ait pas saisi l'occasion, à la fin de l'été dernier, de signer les contrats offerts par l'État. Ç'aurait été un renoncement, mais on aurait sauvé quelque chose, au moins, de Morvaillan.

Il pensait que les zadistes les plus radicaux s'étaient condamnés eux-mêmes, dès le départ, en refusant d'adopter un mode d'organisation plus rationnel et surtout plus efficace.

De toute façon, s'en prendre à des symboles, banques, caserne, mairie ou préfecture, comme dans les années 1980, c'était du grand n'importe quoi. On ne changeait pas le système de cette façon-là, jamais. Au mieux, on soulageait sa colère. Au pire, on y perdait une énergie précieuse pour la transformation des zones où s'inventait un nouveau style de vie.

Laurence, songeuse, ne disait rien.

Sylvain, peut-être, avait raison.

— Louise-Michel, à la fin, elle était de mon avis. Elle était tellement fatiguée, elle aussi, de tout ça...

Tandis que Sylvain refermait la porte, Laurence ressortit un instant sur le seuil de la longère. Les ombres du soir descendaient sur la campagne. Les bosquets autour des Marouflets, pleins de noirceur, fondraient bientôt dans la nuit. L'odeur de fumée persistait. Au-delà des champs, ce n'était plus que ruines.

Elle en était sûre, pourtant : Morvaillan n'était qu'une bataille au cours d'une guerre qui ne faisait que commencer.

Ne plus se battre pour l'inessentiel : c'était là sa victoire.

Son fils, en s'endormant, avait allumé en elle une flamme. Longtemps, elle avait couvé sous la cendre, minuscule et rougeoyante, et voici qu'elle flambait, jaillissant hors d'elle-même comme une source de chaleur illimitée : jamais elle n'abandonnerait. En reprenant la tâche qu'il s'était donnée, elle achèverait de se confondre avec lui. Peu importait que les autres, ceux qui l'avaient initiée à leur secret, ne soient plus là pour l'accompagner. Même Sylvain, à présent, lui paraissait trop timoré. Elle se sentait de taille à tracer sa propre voie.

Ce serait une aube, une renaissance, un réveil, toute une armée de jeunesse qui se lèverait pour protéger la terre.

Morvaillan et Yohann vivraient en elle, peu lui importait sous quelle forme.

Soudain, elle tressaillit.

Dans son coin, Émilie, recroquevillée sur une couverture jetée au hasard sur le sol, s'agitait en gémissant. Elle s'approcha doucement.

— Maman…

— Tu dors, mon chat ?

— Maman, quand est-ce qu'on rentre ? J'ai froid…

La main d'Émilie dans la sienne était glacée, presque autant que celle de Yohann, là-bas, dans le lit, au rez-de-chaussée de la maison. Elle se souvint que la petite était à peine guérie. Elle chercha des yeux quelque chose pour la réchauffer, ne trouva rien.

— Laurence ? Viens voir ça.

Elle rejoignit de nouveau Sylvain sur le seuil de la porte.

Il désignait du doigt une traînée lumineuse et rouge tout en bas de l'horizon, du côté de la ferme Gonord.

Laurence sentit un grand frisson la parcourir.

17

À la fin, ceux qui souffraient le plus finissaient par remporter la mise.

Loïc se rappelait avoir entendu quelque chose de ce style, un jour, au catéchisme. Pas dit comme ça, bien sûr, mais ça y ressemblait. Il fallait beaucoup de douleur sur la terre pour gagner quelque chose en récompense. À vrai dire, pendant la première partie de sa vie, il n'y avait pas cru, pour la bonne raison qu'il n'y avait jamais pensé.

Depuis ce qui était arrivé à Yohann, il avait eu, certains jours, la tentation de la prière, sans s'y arrêter. Il ne savait pas comment s'y prendre, tout simplement. Mais la souffrance devait bien vous valoir un petit quelque chose en plus. L'enquête ne donnerait rien, bien entendu, Lazare avait raison. Jamais on ne saurait qui avait lancé cette grenade, si un gendarme avait visé Yohann, ou si un zadiste l'avait ramassée. Mais lui, au fond de son cœur, tenait ses coupables.

Et puis, à force de pleurer, il avait obtenu ce miracle : Yohann avait levé la main ; son bras se dressait à présent vers le plafond, le coude appuyé sur le matelas, dans un curieux geste de bénédiction.

Et maintenant Loïc se tenait dans cette chambre, seul, sans Laurence ni Émilie pour l'aider à faire face à cette chose nouvelle, en laquelle, pourtant, il avait toujours cru : le retour de son fils à la vie.

Où pouvaient-elles bien être ? Laurence avait dû emmener la petite en balade. Elles auraient pu attendre qu'il rentre. Il fronça les sourcils en pensant qu'elles avaient laissé Yohann seul, comme ça, sans même prévenir les voisins.

Il avança vers le lit. La tête de son fils s'était un peu tournée vers lui, même si les muscles du visage étaient encore figés.

— Tu veux parler, hein ? Bientôt, mon fils, bientôt. Je te le promets.

La main de Yohann, épuisée, retomba sur le lit, inerte. Il sembla à Loïc que les yeux de son fils étaient pleins d'effroi.

Tout doucement, il s'agenouilla au bord du lit pour le rassurer.

La renaissance s'était longtemps fait attendre, mais elle était en train de se produire. Finalement, c'était lui qui avait raison, depuis le début. Le lendemain, il appellerait le médecin, pour lui transmettre la bonne nouvelle. Il voulait garder quelques heures rien qu'à lui la promesse que contenait cette main dressée, un presque rien qui était presque tout.

L'espoir, maintenu au chaud, couvé comme une braise.

Loïc avança la main pour caresser la joue de Yohann, avant de poser sa tête sur sa poitrine.

Le cœur, sous son oreille, battait faiblement, petite bête chaude emprisonnée dans la cage thoracique, devenue si maigre qu'on pouvait en compter les côtes à l'œil nu. La vie était là, indestructible, irradiant dans tout le corps.

Sans bouger la tête, les battements du cœur de son fils dans l'oreille, il murmura :

— Je sais que tu es vivant, là, derrière, tout près.

Depuis quelques minutes, il pleurait sans s'en rendre compte.

— J'ai besoin de toi.

Jamais il ne l'abandonnerait, jamais. Ce que sa mère faisait… Il se redressa, en sueur. C'était la première fois qu'il osait le penser.

Laurence désertait.

Il sentit un flot de haine l'envahir, une haine nouvelle, toute neuve. Ceux qu'il avait haïs, jusqu'alors, c'étaient *eux*, les coupables, ceux qui échappaient même à la justice ; elle, il l'avait épargnée. Un déferlement de reproches, tout ce qu'il n'avait pas osé s'avouer encore, était en passe de franchir les barrières dressées devant ses pensées. Si elle était entrée à ce moment-là, il se serait jeté sur elle et il aurait serré les mains autour de son cou, serré, serré, jusqu'à ce qu'elle étouffe, avec une joie barbare, entière et profonde.

Presque aussitôt il eut peur de ce qu'il ressentait.

Elle n'allait pas tarder à rentrer avec Émilie. Il fallait qu'il se maîtrise.

Il se mit debout, un peu étourdi.

Yohann avait fermé les yeux. Il donnait de nouveau l'impression de dormir.

Loïc se rendit dans la cuisine, un peu hébété.

Un papillon blanc inhabituel collé sur le frigo.

Sans réagir, il ouvrit le placard pour prendre une bière, avant de se laisser tomber sur une chaise.

Même si elles étaient sorties, elles n'avaient pas pu partir bien loin. Que pouvaient-elles faire ? Il regarda encore son portable. Rien.

Ses yeux, de nouveau, accrochèrent le papier blanc collé sur le frigo, pile sur le coin de la porte du congélo.

Quand même, qu'est-ce que c'était que ce truc ? Une nouvelle liste de courses ?

Il s'approcha.

Son sang, tout d'un coup, se glaça dans ses veines.

Il n'y avait qu'un mot écrit au stylo bleu, en lettres capitales :

« Pardon ».

Un nuage rouge passa devant ses yeux.

Loïc n'a plus qu'une idée, depuis qu'il a été forcé d'abandonner le vélo presque dans le fossé, un peu avant les barrages de police.

Des semaines qu'il en rêve la nuit, sans oser passer à l'action. La fureur lui donne tous les droits.

Parvenir jusqu'au Phare, dont le sommet est visible là-bas, sur la gauche, au fond de l'horizon.

Le sac, dans son dos, lui laboure les côtes. Il serre sa main droite dans sa poche et reprend sa marche lente à travers les herbes folles dont la pointe vient lui chatouiller les coudes. Devant lui, pas très loin, un bosquet d'arbres, peut-être l'orée d'une forêt. Le nuage rouge de tout à l'heure a disparu de devant ses yeux, mais dans son cerveau surexcité, d'autres images défilent. Des élancements douloureux le prennent au front.

Il redoute d'être surpris.

Tout à l'heure, il a bien cru distinguer, en bordure de champ, très loin, derrière un troupeau de vaches étrangement paisibles, quelques uniformes. Depuis, plus rien. D'habitations, il n'y a pas trace non plus. Il se souvient de ces points de lumière entrevus autrefois, avec Laurence, lorsqu'ils avaient traversé la campagne à la recherche de la ferme Gonord : des êtres vivaient là, retranchés de la civilisation, avec leurs idées folles et meurtrières.

Se pouvait-il que toutes les cabanes soient déjà détruites ?

Ils sont encore là, pourtant, il les sent autour de lui, menaçants jusque dans leur fuite prochaine. Ce battement, dans ses tempes, qui ne veut pas cesser, ce sont eux qui plantent, inexorablement, des coins dans sa douleur. Eux qui lui ont enlevé son fils. Eux qui sont en train de lui prendre sa femme et sa fille.

Il progresse encore.

Son pied droit se tord dans une ornière. Il pousse un juron. À la lisière du bois, plusieurs poteaux portent des inscriptions impossibles à déchiffrer. Deux carcasses de voitures calcinées, pleines de terre, ravivent encore une fois sa colère.

La mort et le chaos partout.

Maintenant, des bruits d'explosion lui parviennent, sans qu'il comprenne quelle est leur origine. Des combats ? Ou des opérations de destruction déjà bien avancées ?

Mais il n'y a pas de cris.

D'instinct, il s'accroupit sur le sol, contre un arbre. Il sent plusieurs formes passer tout près de lui, en contrebas. Des gendarmes ? Des zadistes ? Impossible à dire.

Il retient son souffle. Le sac pèse deux fois plus lourd qu'avant. La paroi de plastique du bidon, dans son dos, lui paraît d'une rigidité de métal. S'il bouge trop, il y aura ce bruit de flotte remuée, reconnaissable entre mille. Il serre les dents.

Il ne veut pas qu'on l'arrête, pas maintenant.

Les types du talus sont partis. Il patiente quelques instants. N'être vu de personne. Il ne supporterait pas, il le sait, un autre regard planté dans le sien. Il dirait tout alors, son fils à demi mort, son abandon, la folie qu'il sent croître tout au fond de lui.

Le besoin de détruire. La vengeance.

Il a repris sa progression.

Déjà, les arbres clairsemés disparaissent.

Deux cents mètres plus bas, l'une des entrées Morvaillan sur la départementale, désertée, toutes les haies alentour calcinées. C'est sa chance que les fourgons de CRS ne se soient pas garés là à la file.

Maintenant, il se repère. Dix minutes de marche à découvert, au plus, mais il doit rester prudent.

Il saute sur la route, la traverse.

Des foyers fument encore, derrière les poubelles ; il leur jette à peine un regard. C'est là, pourtant, qu'il a rencontré les militants pour la première fois, ces silhouettes noires qui ont si longtemps hanté ses cauchemars. Il sent son anxiété grandir à mesure qu'il approche.

La ferme Gonord.

Et puis le Phare, enfin.

Machinalement, il se dissimule derrière un tronc pour observer les environs. Personne, mis à part un chien qui traîne là comme partout. Tous doivent être partis, déjà, protéger d'autres endroits, à moins qu'en lâches ils n'aient pris la fuite. À vrai dire, pour ce qu'il est venu faire, il s'en moque.

La fatigue n'a plus prise sur lui, et, dans la tension nerveuse qui l'habite, il ne sent même pas ses jambes qui commencent à fléchir sous lui. La délivrance est proche.

Une forme d'allégresse, à présent, le tient.

Détruire le cœur battant de Morvaillan.

Rétablir l'ordre.

Les flics, comme d'habitude, épargneraient les constructions en dur, ces fermes fantômes d'où pouvaient sortir de nouveaux ennemis. Lui ne veut plus qu'on laisse faire, jamais. Il n'a plus rien, ni ami, ni femme, ni enfants. Rien qui puisse le retenir sur le chemin qu'il emprunte.

Il regarde sa montre. Près de dix-neuf heures. Les bruits d'explosion, au loin, ont presque disparu. Parfois un coup éclate, laissant croire à la fin d'une agonie. Même l'hélico qui survole la zone paraît s'être éclipsé.

L'une des fenêtres de la ferme est brisée.

Jetant un regard à l'intérieur, il ne voit que l'obscurité. Tous les volets sont fermés. La porte, il s'en souvient soudain, est de l'autre côté. Fermée elle aussi. En deux coups d'épaule, il en vient à bout.

L'intérieur est tel que dans sa mémoire, obscur et poussiéreux. Des planches, partout, du bois pourri, mais du bois.

Aussitôt, il se met à l'ouvrage.

Il dépose son sac sur le sol avec un soupir de soulagement. Les trois outils font un bruit de métal. Il fait rouler ses épaules, tourner ses poignets. Il faut procéder méthodiquement.

Il a la fièvre. Jamais il n'a été aussi lucide. Il distingue du premier coup d'œil, dans l'ombre des pièces, les plus minces détails. Dans la grande salle, les poutres de soutènement, celles qui datent de la rénovation, seront plus dures à attaquer. Dehors, le Phare ne pourra s'embraser que si la toiture est déjà partie, à cause de la structure en fer des deux premiers étages.

Il se met à rassembler tout ce qui peut lui être utile.

Dans la pièce du fond, les fauteuils éventrés, les caisses et les autres meubles, grossièrement découpés à la scie, entassés avec les livres qui traînaient sur les étagères, s'appuient bientôt aux poutres.

Sitôt ce premier tas achevé, il revient au bidon qu'il a sorti du sac.

Pourvu que les cinq litres suffisent.

Tout détruire. Il n'a plus que ça en tête. Rien d'autre ne compte. Que tout disparaisse. Qu'Émilie leur échappe.

La réserve qu'il conservait toujours au garage, pour la tondeuse, lui semble soudain dérisoire. Les maigres allume-feu qu'il a attrapés sur une étagère ne pèsent pas lourd non plus. Le bâtiment, après inspection, lui a paru plus grand que prévu. Tant pis. Il sait que quelques étincelles bien placées suffisent pour faire des ravages importants. Et puis, tout est si pourri à l'intérieur que la structure d'ensemble elle-même, une fois prise, devrait flamber facilement.

Il répand deux litres, goutte à goutte, sur les tas qu'il a disposés, avant de sortir en prenant soin de fermer la porte. Reste l'extérieur, le poulailler reconstruit, les dépendances, puis le corps de ferme. Si l'un des bâtiments vient à s'effondrer trop tôt sur lui-même, avant que l'incendie ait pris complètement, il risque d'étouffer les flammes.

C'est ce qu'il faut éviter.

Lancer le feu de joie du dehors, puis attendre qu'il gagne l'intérieur, et les toits.

Avant le Phare.

Les débris de pneus sur lesquels il a compté se trouvent là, jonchant le sol, comme lorsqu'il est venu la première fois.

Lentement, il se met à les soulever un par un.

Les pneus de tracteur sont trop lourds pour être manœuvrés par un seul homme, mais il reste encore, çà et là, des amas de chiffons dont il peut faire quelque chose. Il se rappelle la fois où des chauffeurs de poids lourds, trois ans plus tôt, ont bloqué les autoroutes pendant trois semaines pour protester contre la hausse des prix de l'essence ; il a vu des types faire, avec des pneus alignés à la file et des palettes, un mur de flammes, un truc vraiment impressionnant.

Avec un peu d'adresse, il est sûr d'obtenir le même résultat.

Des bourdonnements envahissent ses oreilles, il sent le nuage rouge de tout à l'heure revenir devant ses yeux. Il secoue la tête ; il ne doit pas flancher maintenant. Il reprend le bidon qu'il a abandonné près de l'entrée. Quand il a terminé, il revient se placer devant le bâtiment, là où se dresse encore, à demi penchée, l'inscription « Bienvenue ». Le soleil, à présent, frôle l'horizon. Les traînées de fumée commencent à se dissiper, le silence gagne peu à peu les champs.

Il est seul, à des kilomètres à la ronde.

La joie de tout à l'heure reparaît, plus claire, plus franche. Les larmes qui lui coulent sur les joues sans qu'il en ait conscience commencent à tremper son col.

Un geste et tout sera fini.

Il plonge sa main droite dans sa poche, en ressort un briquet. Un cadeau de Laurence, fait au cours de leur voyage de noces, une blague, parce qu'il s'était arrêté, un jour, devant une vitrine d'objets en argent qui lui avait plu. Jamais il ne s'en est séparé. L'instrument de sa vengeance.

Il n'y songe même plus, tant il est à ce qui l'occupe.

Là-bas, de l'autre côté du bois, les flics nettoient le paysage, avant de repartir, leur boulot achevé. Mais c'est trop tard, bien trop tard. Le feu qu'il allume, c'est l'anéantissement de tout, le signe que la vermine ne repoussera plus nulle part, à cause du bruit que fera son sacrifice, pour leur montrer à tous que rien de bon, jamais, ne sortira plus de Morvaillan.

Il tourne la molette du briquet, sans résultat.

Comme il réessaie, une fois, dix fois, il croit devenir fou pour de bon.

Soudain il se rappelle.

Les allumettes ! Il désencombre la porte, court au sac, fouille fébrilement les poches extérieures.

En sentant la boîte sous ses doigts, il a un soupir de soulagement.

Dehors, à l'air libre, il respire. Les doigts tremblants, il brise les deux premières allumettes. La troisième s'enflamme. Protégeant la flammèche de ses mains, il s'approche du premier tas qu'il a formé près de la porte.

Il fait le tour du bâtiment, la boîte en main, recommençant sans cesse la même opération, en s'y reprenant jusqu'à trois fois quand il le faut. Il maîtrise sa rage, à présent, dans l'unique souci d'atteindre son but : détruire le symbole exécré, cette fausse citadelle où son fils se meurt, enfermé pour toujours.

Il n'y a plus qu'à attendre.

Les flammes, petites d'abord, donnent l'impression de lécher en vain les surfaces qu'elles attaquent.

Un instant, Loïc croit que l'humidité ambiante, malgré la saison, va tout faire manquer.

Puis il voit.

Dans ce bois, des lignes noires commencent à apparaître, comme des veines qui se propagent rapidement du sol jusqu'au faîte des poutres. La chaleur s'infiltre par là, jusqu'à rejaillir en étincelles de lumière, folles, désordonnées, prêtes à tout embraser.

Une grande victoire se prépare.

Les premières vraies flammes s'échappent sur la droite, du côté du poulailler. Leur souffle, profond comme une haleine, recouvre le crépitement du bois qui se tord sous l'effet de la chaleur. Quelques minutes plus tard, l'intérieur de la ferme Gonord flambe, la grande salle en bois dont tous, autrefois, étaient si fiers, les meubles avec les livres.

L'heure est venue.

Loïc contourne la bâtisse. D'un geste sûr, il agrippe l'une des barres qui font la structure du

Phare et commence à grimper, sans souci de la morsure du fer sur ses paumes.

Dans quelques minutes, les flammes parviendront jusqu'au toit. Il ne veut pas manquer ça.

L'incendie, maintenant, projette sa lumière sur Morvaillan à l'agonie.

— Loïc !

Le cri, déchirant, vient de retentir tout en bas.

Lorsqu'il les reconnaît, elle et la petite, un grand vide se fait en lui. C'est un mirage, il se trompe, sans doute, puisqu'elles sont parties pour toujours.

Les flammes, autour de lui, n'en finissent plus de grandir.

Épilogue

Trois ans s'étaient écoulés. Un après-midi de la fin juin, les grands bâtiments blancs de l'hôpital d'Augerac dormaient sous un soleil écrasant. Les pare-brise des quelques voitures garées sur le parking réverbéraient une lumière aveuglante et dure. Juste derrière, la zone industrielle s'étendait, puis, plus loin encore, les chantiers navals dont on distinguait les grues, alignées le long du port.

La veille, l'observatoire européen Copernicus avait annoncé que ce dernier mois pouvait être considéré comme le plus chaud jamais enregistré sur la Terre.

Laurence demeurait là, les bras ballants, incapable de s'en aller, sans force, à deux mètres du fauteuil roulant. Loïc venait de détacher en silence les sangles qui maintenaient Yohann assis. Émilie l'aidait à déplacer son frère jusque dans l'habitacle de la voiture. Leurs gestes avaient la même douceur que les dernières fois, preuve de tout un savoir-faire qu'elle ignorait.

Ils se revoyaient ainsi, de loin en loin, à des horaires fixés longtemps à l'avance, dans des lieux neutres, sous la surveillance d'un médiateur social. Loïc, après avoir purgé sa peine, avait dû attendre six mois supplémentaires avant de retrouver ses droits parentaux. Il avait vendu la maison, pris un petit appartement à Augerac, au rez-de-chaussée d'un immeuble, pour faciliter les déplacements de Yohann, dont la rééducation, très lente, commençait à porter ses fruits. Quelques semaines plus tard, l'affaire avait été définitivement classée. L'enquête n'avait rien apporté de plus et tout s'était conclu par un non-lieu.

Loïc venait de récupérer son fils à l'issue d'une séance de kinésithérapie à l'hôpital. Laurence les avait rejoints dans une des salles d'attente mises à leur disposition. Par discrétion, la nouvelle assistante sociale s'était reculée dans un coin de la pièce.

Passé les quelques mots indispensables, le malaise s'était installé, comme toujours. Laurence avait demandé de ses nouvelles à Émilie, mais toutes deux préféraient se parler au téléphone, quand elles se savaient seules. Puis Laurence s'était agenouillée devant son fils, et lui avait caressé la joue. Il lui avait souri, la bouche encore un peu tordue sous l'effort. Elle avait compris qu'il l'encourageait.

Loïc avait détourné le regard.

Les progrès de leur fils étaient la seule chose qu'il acceptait encore d'évoquer avec elle. La fois où il avait remué les deux bras, pendant plusieurs secondes ; la fois où il avait pu saisir un objet entre ses mains ; la fois où ses jambes avaient bougé ensemble. Ses premiers mots, maladroits, hésitants. Faire une phrase complète lui demandait encore beaucoup d'efforts.

Un jour, Laurence en était sûre, son fils reprendrait le combat.

Elle aurait voulu lui parler plus longuement qu'elle ne pouvait le faire, mais Loïc la surveillait, de ce même air calme et tranquille qu'elle lui connaissait depuis l'incendie. Leurs regards se croisaient sans qu'il perde jamais son impassibilité ; le visage qu'il lui offrait n'était plus qu'une porte irrévocablement fermée.

Il ne se doutait pas que toute une partie de sa vie s'était détachée d'elle, à tel point qu'elle en conservait à peine le souvenir. Même les semaines passées à Morvaillan commençaient à s'effacer dans le lointain. C'était sa préhistoire à elle, l'époque qui précédait sa naissance, avait-elle coutume de dire lorsqu'on l'interrogeait. Elle n'avait gardé de liens qu'avec Louise-Michel et Rox. Elle était présente le jour de leur relaxe au tribunal d'Augerac ; plus tard, lorsqu'elle avait définitivement abandonné la garde des enfants à Loïc, avec l'aval du juge, elle les avait suivies pendant une année entière, dormant où elle pouvait, sur des canapés ou dans des vans, à Paris, Marseille ou Toulouse, partout où les avait menées l'actualité militante. C'était d'elles encore qu'elle tenait les quelques nouvelles qu'elle avait du Pilote, parti dès sa libération pour l'Angleterre, d'où il continuait le combat. D'après ce qu'elle savait, il s'était fixé pour objectif, avec ses nouveaux compagnons, toujours plus nombreux, d'empêcher l'extension de l'aéroport de Heathrow. Elle n'en savait pas plus.

Louise-Michel et Rox demeuraient ses sœurs de lutte, celles qu'elle continuait d'appeler, même depuis qu'elle s'était fixée un peu par hasard à Mérilleau. On y gardait en mémoire la victoire remportée contre un projet d'enfouissement de déchets nucléaires à proximité de la commune ; beaucoup d'anciens partisans y avaient élu domicile. Elle y travaillait pour une association qui gérait la librairie anarchiste de la ville, dont elle tenait la caisse tout en assurant le remplissage des rayons. C'était à l'association également qu'elle devait la petite chambre qu'elle louait, juste au-dessus de la boutique.

Elle y séjournait peu. Les milieux militants commençaient à la connaître, et, constatait-elle, à la respecter, non seulement pour ce qu'elle avait traversé, mais pour les idées qu'elle était capable de défendre, seule, à la tribune de n'importe quelle manifestation, au nom de son fils. Son histoire la précédait. Il n'était plus rare, à présent, qu'une assemblée l'accueille au son des applaudissements.

Il était question, depuis peu, qu'elle devienne la porte-parole du collectif « Sauvages », dont l'aura ne cessait de croître. Le Conseil d'État venait de suspendre la dissolution du mouvement, accusé de recourir à la violence de manière délibérée au cours d'affrontements toujours plus fréquents avec les forces de l'ordre.

Quant à l'ombre des autres zadistes, elle disparaissait complètement, effacée par d'autres rencontres, plus récentes. À son propre étonnement, Laurence s'était entièrement détachée de Sylvain, dont elle se demandait comment elle avait pu lui accorder une telle importance. Jamais il n'avait voulu quitter Morvaillan et poursuivre le combat, malgré ceux qui l'en pressaient, dont elle avait fait partie. Sa prudence et ses élans lyriques lui paraissaient désormais timides et sans portée.

Simplement, elle lui gardait de la reconnaissance pour le discours qu'il avait prononcé, un jour d'automne, au Terril, en mémoire de Yohann.

Lui seul restait, son fils, immortel.

À chaque seconde, son esprit si longtemps poursuivi à travers champs continuait de l'accompagner.

Loïc s'était reculé un peu hors de la voiture. Il murmura quelque chose à l'oreille d'Émilie. Laurence la vit qui s'avançait vers elle. Comme elle poussait vite ! Mais c'était le même visage si longtemps couvé, les grands yeux bruns, les lèvres un peu trop fines, un air d'étonnement légèrement méfiant. Treize ans, l'âge où l'enfance commençait à s'éloigner pour de bon. Encore un an, et sa fille la dépasserait en taille.

Avant, sans doute, de se mettre à la juger. Laurence n'avait jamais cessé de lui téléphoner, ni de lui écrire. Elle voulait croire qu'un jour, elles se retrouveraient.

Elle avait tant à lui dire, tant à lui expliquer.

Tout autour d'eux, le soleil brûlait l'asphalte du parking. L'air chaud dansait, flou, à quelques mètres, juste au-dessus des haies qui les séparaient de la zone industrielle. Et Laurence, sans pouvoir détacher ses yeux de ses enfants, sentait sans la voir la présence des usines et des chantiers de construction. Leur mouvement gigantesque faisait un ronflement sourd, la musique de fond d'un monde en train de mourir.

Émilie aurait, comme eux tous, à choisir son camp. Refuser de trancher n'était plus possible.

— Faut qu'on y aille.

Laurence acquiesça de la tête.

La chaleur devenait infernale. Un coup d'œil jeté sur les portes vitrées de l'hôpital, tout à l'heure, lui en avait apporté la confirmation : elle avait encore maigri. Elle sentait que le combat la fatiguait plus qu'avant ; une mauvaise toux, depuis quelque temps, l'inquiétait un peu.

— Viens.

Elle entoura Émilie de ses bras. La petite se raidit imperceptiblement. Elle ne trouvait plus rien à lui dire.

— Tu seras sage avec papa ?

Loïc grogna :

— Elle est toujours sage.

Laurence se releva. Le véhicule démarrait déjà. Elle recula un peu, pour laisser Loïc manœuvrer.

En se dépêchant, elle pourrait encore attraper le bus de seize heures douze qui desservait l'hôpital et la ramènerait directement à la gare. Elle se mit à marcher rapidement en direction de l'abribus. En se retournant une dernière fois, elle vit que la voiture, arrêtée au cédez-le-passage, était sur le point de sortir du parking.

Yohann, sur le siège arrière, avait collé sa main sur la vitre, comme pour lui faire signe.

Remerciements

Au moment d'achever ce livre, mes remerciements vont à Christophe Aimé, Isabelle Arnould, Élise Blazy, Alexandre Blomme, Cindy Deronzi, Joëlle Guinard, Dietrich Hoss, Nicolas Mouton, Sarah Sauquet, Maya Soudan et Christine Vulliard pour l'aide ou les suggestions précieuses qu'ils ont pu m'apporter.

Merci également à toutes les personnes qui, au sein des Éditions Robert Laffont, ont été amenées à accompagner ce texte, notamment Juliette Campagne, Claire Bélet et, bien sûr, mon éditrice, la formidable Alice d'Andigné, que je voudrais remercier tout particulièrement pour sa confiance, son attention sans faille et, j'ose l'espérer, son amitié.

Merci à mes parents, bien sûr.

Enfin, je ne saurais trop dire ce que ce livre doit à Étienne, son premier lecteur, qui m'a portée, soutenue et encouragée à chaque instant de sa lente et difficile élaboration. Ma gratitude est à la hauteur de ce qui nous lie l'un à l'autre depuis vingt ans.

pca
cmb
édition pré-presse
livres numériques

44400 Rezé

#lisez! engagé
www.lisez.com
Pour plus d'information :
Imprimé sur du papier issu de forêts gérées durablement.

CET OUVRAGE
A ÉTÉ ACHEVÉ D'IMPRIMER
SUR ROTO-PAGE
PAR L'IMPRIMERIE FLOCH
À MAYENNE EN DÉCEMBRE 2023

N° d'édition : 66580/01 – N° d'impression : 103741

Imprimé en France